법과 문학 Ⅱ

법과 문학 II

초판 1쇄 인쇄 2018년 11월 12일
초판 1쇄 발행 2018년 11월 19일

–

지은이 박상엽
펴낸이 이방원

–

펴낸곳 세창미디어
출판신고 2013년 1월 4일 제312-2013-000002호
주소 03735 서울시 서대문구 경기대로 88 냉천빌딩 4층
전화 02-723-8660 팩스 02-720-4579
이메일 edit@sechangpub.co.kr
홈페이지 http://www.sechangpub.co.kr

–

ISBN 978-89-5586-544-8 03800

이 도서의 국립중앙도서관 출판시도서목록(CIP)은 서지정보유통지원시스템 홈페이지(http://seoji.nl.go.kr)와 국가자료공동목록시스템(http://www.nl.go.kr/kolisnet)에서 이용하실 수 있습니다.(CIP제어번호: CIP2018035273)

법과 문학 Ⅱ

박상엽 지음

세창미디어 MEDIA

머리말

나이 마흔을 갓 넘어섰던 시절인 2000년을 전후한 무렵, 객원교수의 신분으로 대학생들을 상대로 다섯 학기 동안 「법과 문학」을 강의한 적이 있다. 당시 젊은 학생들과 함께 발표·분석하고 토론·강평했던 문학작품과 영화들을 기본 자료로 삼아 나름 정리한 결과물이 2000년 8월 『법과 문학』이라는 단행본으로 출간된 바 있다.

이번에 출간되는 『법과 문학 II』 역시 당시의 강의 자료들을 토대로 하여 정리한 결과물이 되겠다.

짧지 않은 세월 끝에, 바쁘다는 핑계를 찍어 누르고는 17년여 동안 먼지 속에 쌓여 있던 강의 관련 자료들을 풀어헤친 것이 최근. 2018년 새해 벽두부터 집필 작업에 돌입, 46일 만에 초고를 완성할 수 있었다.

아침에 집을 나서선 눈 내린 숲길을 걸어 사무실에 도착한다. 그리곤 퇴근시간까지 줄곧 원고 작성에 매진한다. 그것이 한동안 반복된 평일의 일과였다. 그 기간 내내 어둠이 내리거나 석양이 물든 앙상한 겨울 숲길을 걸어 귀가하면서, 때로는 청춘을 불러내 자극하기도 하고 더러는 나이 듦의 애틋함을 서러워하기도 하였다.

2000년에 출판했던 책도 그러하였거니와, 이번 책 역시 체계와 내용이 교과서처럼 딱딱해지는 것을 피하고, 또 가급적 다양한 독자층이 부담 없이 읽을 수 있도록 쉬운 단어와 문구들을 골라 썼다. 각주나 인용표기도 생략하였다. 법령의 적용은 현재 시점을 기준으로 삼았다.

서술 방식은 각 작품의 특성, 소설이냐 영화냐에 따라 조금씩 차이가 있긴 하나, 작가론 · 시대적 배경 · 작품의 줄거리 · 법과의 관련성 · 현실에의 대입을 기본 축으로 하였다.

책의 내용을 3부로 구성하여 제1부에 국내소설 열 편을, 제2부에 외국소설 아홉 편을, 제3부에 영화 다섯 편을 각 배열하였다.

끝으로, 출판을 기꺼이 허락해 주신 세창미디어의 이방원 사장님을 비롯한 편집진들의 노고에 감사의 마음을 전한다.

아울러 지금은 장년의 문턱을 넘어서서 사회 각계에서 중추적인 역할을 담당하고 있을, 문학과 정의를 향한 열정이 충만했던 그 시절의 청춘들에게 아낌없는 찬사와 격려를 보내는 바이다.

2018년 11월

박 상 엽

차례

제1부 국내소설

제2부 **외국소설**

제3부 **영화**

제1부

국내소설

우리들의 일그러진 영웅　이문열

사람의 아들　이문열

즐거운 사라　마광수

내게 거짓말을 해봐　장정일

홍염(紅焰)　최서해

물레방아　나도향

갯마을　오영수

모래톱 이야기　김정한

불 꽃　선우 휘

태평천하　채만식

우리들의
일그러진 영웅

Ⅰ. 작가론

이문열(李文烈)은 1948년 서울 청운동에서 3남 2녀 중 3남으로 태어났다.

본명은 이열(李烈). 1950년 한국전쟁 때 부친이 월북하는 바람에 어머니와 5남매의 방랑생활이 시작되었다. 경북 영천과 영양을 거쳐 안동에서 다시 서울로, 경남 밀양에 거처를 마련하였다가 다시 친가의 고향인 영양으로 돌아갔다. 고입 검정고시에 합격, 안동고등학교에 입학하였으나 중퇴하고 부산으로 내려갔다. 1968년 대입 검정고시를 거쳐 서울대학교 사범대학 국어교육과에 입학하였다. 문학서클에 가입하여 활동하기도 하였으나, 대학을 중퇴한 후 사법시험에 전념하기도 하였다. 세 번의 시험 낙방 후 1973년 군에 입대하였다. 군 제대 후 1977년 대구매일

신문 신춘문예에 단편소설 「나자레를 아십니까」가 가작으로 당선되었다. 이때부터 이문열이라는 필명을 사용하기 시작하였다. 1979년 동아일보 신춘문예에 중편소설 「새하곡」이 당선되었고, 그해 「사람의 아들」로 제3회 '오늘의 작가상'을 수상하였다.

그 이후 발표된 수많은 작품들은 줄줄이 베스트셀러의 반열에 올랐으며, 문학상이라는 문학상은 다 휩쓸 정도로 상복도 많았다. 대표작으로 「금시조」, 「황제를 위하여」, 「영웅시대」, 「우리들의 일그러진 영웅」, 「시인과 도둑」, 「익명의 섬」, 「그대 다시는 고향에 가지 못하리」, 「젊은 날의 초상」, 「레테의 연가」, 「추락하는 것은 날개가 있다」, 「우리가 행복해지기까지」, 「변경」이 있다. 평역 작품인 「삼국지」는 현재까지도 스테디셀러로서 변함없는 인기를 누리고 있다. 한때 보수와 진보 사이에 벌어진 이념 논쟁의 한복판에 서기도 했었다.

이문열의 소설은 매우 다양하고 폭넓은 관심의 영역을 포괄하고 있다. 종교 문제와 예술관의 문제에서부터 분단과 이데올로기 갈등, 근대사의 영역에 이르기까지 다양한 제재들을 다루고 있다. 그것을 형상화하는 기법 또한 현란할 정도로 다채롭다. 이 같은 이문열의 소설은 크게 두 가지 유형으로 나눠 볼 수 있겠다. 하나는 능수능란한 장인적 솜씨가 돋보이는 소설들로, 「황제를 위하여」, 「우리가 행복해지기까지」, 「우리들의 일그러진 영웅」 따위가 그것이다. 다른 하나는 연작장편 「젊은 날의 초상」이나 「그대 다시는 고향에 가지 못하리」 등과 같이 작가 자신의 실존적 번민을 특별한 기교 없이 절실하게 형상화해 낸 작품들이다. 이 두 가지 패턴은 더러 「사람의 아들」이나 「새하곡」에서와 같이 혼재되어 나타나기도 한다. 그러나 우리들이 이문열적이라고 할 수 있는 것은 전자의 요소다. 무엇보다도 현실을 하나의 비유체계로 인식하고 있다는 점, 곧 관념적이라는 점에서 그러하다.

그의 소설은 한국 현대문학사에서 고급문학의 품격을 지키면서도 광범위한 대중적 호응까지 받고 있는 진귀한 경우에 속한다고 말할 수 있겠다.

II. 시대적 배경

「우리들의 일그러진 영웅」은 부조리와 불의를 느끼면서도 복종하지 않고는 살아갈 수 없는 사회현실과, 한 인간이 사회 체제와 제도에 의해 파괴되는 과정을 주제로 삼고 있다. 이 중편소설은 1987년 〈문학사상〉 9월 호에 발표되었으며, 그해 제11회 '이상 문학상'을 수상하였다.

이 소설은 4·19 혁명을 전후한 사회를 배경으로 하여, 권력은 언젠가는 무너진다는 속성을 규정하고 있으며, 불의에 대해 개인의 의지가 복종하는 것의 무의미함을 말하고 있다. 작품의 시대적 배경을 자유당 독재정권의 위세와 폭압이 마지막 기승을 부리고 있던 1950년대 후반 어느 해로 설정하고, 또 어느 작은 읍 단위의 시골 초등학교 교실 안팎에서 일어나는 꼬마들 간의 알력과 이에 따른 무자비한 학교폭력 실태에 한정하여 이야기를 전개하고 있다. 하지만 작품을 읽는 독자의 입장에서는 작가가 즐겨 사용하는 이른바 우화의 방식에 관심을 집중하여야 할 것이다. 겉으로는 이승만 독재시절의 국가폭력과 이로 인한 국민들의 고통과 비애를 얘기하는 것으로 위장하고 있다. 하지만 작가는 오히려 1980년대 군사 독재정권하에서 저질러지는 갖가지 인권유린과 그에 따른 국민들의 고통과 저항에 따르는 희생을 작품 이면에 감추고 있다. 다시 말해 작가는 작품 발표 시점에서 볼 때 흘러간 과거의 얘기가 아니라 눈앞에서 전개되고 있는 현실을 우화의 형식을 빌려 얘기하고 있는 것이다. 군사정권의 서슬 시퍼런 언론검열·통제 시스템이 가동을 채 멈추지 않고 있던 시절임에도 불구하고 이 작품은 온전히 살아남았고, 작가도 다치지 않았다. 오히려 발표 당년에 문학상 수상의 영예를 누릴 수 있었다.

1981년 중앙일보에 「욕망의 거리」를 연재하던 작가 한수산이 군사정권에 밉보여 급기야 필화사건으로 비화되고, 작가 본인은 물론 주변의 여러 사람들이 정보기관에 불법 연행되어 모진 고문을 당하기까지 한 경우에 비추어 보더라도, 작가 이문열은 여러모로 운이 좋았다고나 할까.

Ⅲ. 작품의 줄거리

주인공인 나는 자유당 정권이 마지막 독재 권세를 부리고 있던 그해, 아버지의 전근 발령으로 인해 어느 작은 읍의 초등학교로 전학을 하게 된다. 나는 전학 첫날부터 학급 반장인 엄석대와 불편한 관계를 맺게 된다. 그 후 나는 굴하지 않고 그의 권위와 횡포에 맞서 당당히 도전해 보지만, 결국 소외만 당하기에 이른다. 급기야 나는 비굴한 방법인 줄 번연히 알면서도 엄석대에게 복종을 하게 되고, 그의 보호하에 안락함을 느끼는 경지에 빠져든다. 그러나 엄석대의 결코 무너지지 않을 것 같던 권력도 끝이 보이기 시작한다. 새 학년이 되고 담임선생이 바뀐 것이다. 새로운 선생님의 철저한 교육방식에 의해 엄석대의 굳건한 성은 허물어지기 시작한다. 그가 자신의 시험 답안지를 우등생들로 하여금 작성하게 했다는 사실이 발각되고, 엄석대는 학교를 뛰쳐나가 자취를 감춰 버리고 만다. 그 뒤에 나는 시험과 경쟁 속에 파묻혀 그에 관한 기억을 잊어버린 채 살아간다.

나는 실업자가 된 후에 엄석대와 그가 이루었던 무언의 질서에 대해 생각하게 된다. 아무런 노력 없이도 편안한 생활을 할 수 있었던 그 시절이 그리워지기까지 한다.

그런 어느 날, 우연히 거리에서 수갑을 찬 석대의 모습을 보게 되었을 때 나는 어린 시절 영웅과도 같았던 석대의 모습이 아닌, 바로 그에게 복종하고 마냥 무력했던 자신들 중의 하나와 같은 모습을 보게 된다. 그날 밤 나는 계속 눈물을 떨구고 있다.

Ⅳ. 작품의 분석

작가가 작품 중 엄석대를 통해 나타내고 싶어하는 바가 과연 무엇인가? 작품 속에서 엄석대는 독재자의 전형적인 인물로 묘사된다. 은유적으로 표현된 그의 독재방식은 한국 현대 정치사에서 익히 경험해 보았던 자유당시절과 군사정부하에서의 그것과 다를 바 없다 하겠다. 부단한 억압과 통제, 그리고 철저한 주변관리로 권력을 끊임없이 이어 나간다.

그러나 새로 등장하는 권력, 새로운 담임선생님이 가지는 엄석대에 대한 불신으로 인해 그의 권력은 무너져 내리고 만다. 작품 속에서 주인공인 나는 처음에는 엄석대의 독재에 대해 강한 거부반응을 일으키며 정면으로 그를 거부하는 몸짓을 시도한다. 하지만 곧 자신이 엄석대의 상대가 되지 않는다는 사실을 간파하고는, 자존심 따위는 내팽개치고 단박에 엄석대 수하로 기어들어간다. 엄석대라는 커다란 권력을 업고 나니, 학교생활이 훨씬 수월해진다. 그런 생활이 반복되다 보니, 굴복했다는 수치심은 안개 걷히듯 사라지고 오히려 잘했다는 안도감이 온몸에 퍼져 나간다.

나름 똑똑하고 이론과 원칙에 관하여는 언변이 청산유수임에도, 정작 말과 행동이 일치하지 못하고 계속 엇박자를 내가면서도 부끄러워할 줄 모르는 현대 지식인들의 민낯을 보는 것 같지 아니한가? 살아 있는 권력을 비판·견제하고 또 적절한 대안을 제시하는 역할을 방기한 채, 불의한 권력에 빌붙어 국민 아닌 권력자 개인을 위한 충견 역할로 시종하는 자칭 엘리트들은 과연 어떠한가? 좋은 게 좋다고, 이 사회의 빛과 소금이 되기는커녕 기성 권력과 야합하여 머리 숫자 늘리기와 궁전의 규모 키우기에만 온통 정신이 팔린 이들은 또 어떠한가?

다시 작품으로 돌아와서, 엄석대의 몰락이 시작되었을 때 새로운 세계에 대한 불안감과 또 내가 누리던 권력을 다시 찾을 수 없다는 막연함에 아무 말도 하지 못한다.

입시 경쟁과 바쁜 사회생활 속에서 엄석대를 잊고 지내다가, 가끔씩 무위도식하던 어린 날의 그 시절을 떠올리기도 하면서 근근이 살아간다. 급기야 직업을 잃게 되는 일이 발생한다. 엄석대에 대한 그리움이 커지며, 그는 과연 어떻게 살아가고 있는지 궁금하다. 친구들로부터 전해 들은 소식이 있기는 하다. 하지만 엄석대를 직접 눈으로 보고 싶은 욕망이 끓어넘친다. 자신을 괴롭혔던 이에 대한 연민의 정, 부단한 투쟁 끝에 노예나 농노 신분에서 겨우 풀려났음에도 다시 그 시절로 돌아가고픈 끈적끈적한 욕망을 몸 한 구석에 달고 있는 인간들의 심리상태는 과연 어떻게 설명될 수 있을까? 박정희 시대에 대한 향수, 일본 제국주의 지배하의 식민지 시절에 대한 향수가 아직껏 삼천리 금수강산을 부유하고 있다. 밖으로는 소련 연방 시절에 대한 향수, 멀리로는 중세 봉건사회 체제에 대한 향수도 희미하게나마 지구상을 맴돌고 있긴 하다.

몇 달 후 우연히 여행 중에 석대를 보게 되지만, 석대의 모습은 더 이상 강한 권력으로 모든 이들을 휘어잡던 모습이 아니었다. 나는 어린 날의 추억이 떠올라서인지 아니면 내가 찾는 권력은 더 이상 존재하지 않는다는 실망감에서인지, 잠을 이루지 못하고 끝내 눈물을 떨군다.

이 작품이 발표된 1987년 당시에는 이 땅에 군사정권의 독재와 국민탄압이 한창 기승을 부리고 있을 무렵이었다. 작가는 상당기간에 걸쳐서 이 작품을 구상하였을 터이고, 당시의 시국과 사회 풍조가 작가로 하여금 작품을 쓰게끔 견인하였음에 틀림없겠다. 작가는 고심 끝에 직접화법 대신 간접화법을, 직설법 대신 은유법을, 정공법 대신 우화 형식의 투입을 채택하였을 것이다. 간지러운 입을 열어 임금님 귀는 당나귀 귀라고 말을 하긴 해야겠는데, 어떻게 하면 입이 통째로 봉해지거나 찢어지는 불상사를 피해 가면서 할 수 있을꼬?

문학을 비롯한 예술이 추구해야 할 길과 관련하여 이 땅에서 유독 격렬한 논쟁이 많았고, 이념 투쟁으로까지 전개되어 많은 이들이 이런저런 모습으로 희생되었다.

문학이 현실 개입 없이 오직 아름다움의 추구에만 안주해야 한다고 말하는 측의 주장이 상당한 기간에 걸쳐 한반도의 남쪽에서 주류를 이뤄 왔다. 하지만 문학도 사람들의 이야기, 그 과정에서 맺어지는 이런저런 관계의 이합집산을 그 대상으로 할 수밖에 없고, 결국 과거는 물론 현재에 대해서도 언급하지 않을 수 없다. 모순과 부조리, 그리고 불의와 부정을 고발·비판하고 또 그 대안을 제시함으로써 더 바람직한 인간상, 더 나은 사회상을 구현해 나가는 숭고한 사명이 문학인들의 양 어깨에 놓여 있다고 말할 수 있겠다. 그렇다면 현실 참여는 문학인들에게 거부할 수 없는 숙명이 되겠다.

V. 법과의 관련성

작중 인물 중 엄석대는 국가 권력을 마구 휘두르는 독재자, 공부 잘하는 나는 지식인이나 엘리트 관료, 새로운 학년의 바뀐 담임선생은 주권자로서 일명 넥타이부대나 촛불시위 참여 집단을 상징한다고 보면 큰 무리가 없을 것이다. 학급 동료 학생들은 독재자 휘하에서 탄압받는 일반 국민 각 개인들로 볼 수도 있을 것이다.

권력자가 정권을 장악하는 과정과 관련하여 법적 정통성이 있는지 여부가 문제될 수 있겠다. 권력자의 권력 남용과 관련해서는 제도상으로 탄핵 절차가 규정되어 있다. 이와는 별개로 부정부패로 얼룩지고 국민을 탄압하는 국가지도자를 시민들이 물리적인 힘을 동원하여 축출할 수 있느냐의 문제는 이른바 저항권 이론과 결부되어 다루기가 무척이나 예민하다 하겠다. 일찍이 맹자는 천심을 거스르는 왕은 마땅히 백성들이 쫓아낼 수 있다고 설파하였다. 인심이 곧 천심이라는 말을 보태면, 그 의미해석은 자명해진다.

작품 속에 그려진 아이들의 얘기로 돌아가 보면, 우선 학교 폭력이나 집단 따돌림 문제가 드러난다. 형사 미성년자(만 14세 미만) 신분인 가해자에 대한 형사처벌 가능 여부, 적절한 재발 방지대책, 민사상 손해배상 문제와 관련하여 감독자의 지위에 있는 가해자의 부모나 학교당국, 담임교사의 책임 여하 등이 거론될 수 있겠다. 현실적으로 이러한 문제의 자체 해결을 위해 각급 학교 내에 관련 위원회가 구성되어 운영되고는 있으나, 처리 절차의 투명성 및 공정성 등 면에서 이런저런 잡음이 수시로 들려온다.

Ⅵ. 맺으며

권력은 그 속성상 부패하기 마련이다. 민주국가·선진국가일수록 권력을 분산하고 있고, 또 권력기관들 간에 적절한 견제와 균형이 제도적으로 보장되어 있다. 권력자의 손에 쥐어진 칼은 양날이다. 권력자들은 너무 자주 이 사실을 잊는다. 스스로의 권력을 강화하기 위한 수단으로, 자신을 둘러싼 비리를 은폐하고 이를 폭로하고 비판하는 반대 세력을 탄압하기 위한 방편으로 양날의 칼을 마구 휘두른다. 그러다가 제 칼에 제가 베어 치명상을 입을 수도 있다는 사실은 전혀 염두에 두지 않는다. 1987년 대규모 시민 시위는 호헌철폐·대통령직선제 쟁취 등 대한민국의 현대 정치사에 하나의 큰 획을 긋는 기폭제였다.

이문열의 「우리들의 일그러진 영웅」은 어쩌면 당시의 도도한 시민혁명의 물결을 예고하는 먹구름 속 한줄기 천둥이었을지도 모르겠다.

사람의 아들

Ⅰ. 작가론

「사람의 아들」은 소설가 이문열이 쓴 첫 장편소설이다. 1979년에 발표되었다. 같은 해 동아일보 신춘문예 소설부문에 중편 「새하곡」이 당선된 점을 감안하면, 작가의 초창기 작품이라고 할 수 있겠다. 그럼에도 불구하고 작품 속에서 터치하고 있는 대상과 주제가 특이하고 또 예사롭지 않다. 무엇보다도 현실을 하나의 비유체계로 인식하고 있다는 점에서 더욱 그렇다. 작품이 발표된 그해 제3회 '오늘의 작가상'을 수상하였다. 작가론과 관련하여 더 자세한 내용은 앞서 본 「우리들의 일그러진 영웅」 편을 살펴보면 되겠다.

Ⅱ. 시대적 배경

1970년대는 정치적으로는 이른바 유신독재 체제로서, 이 땅에서 자유민주주의가 사라지고 긴급조치와 비상계엄하에 국민들의 기본적 인권까지 깡그리 말살되고 있던 시대였다. 심지어 유신헌법에 대한 찬반 토론까지 금지하고, 이를 어기면 어김없이 감옥에 집어넣을 정도였다. 그 시절 감옥은 철권통치에 저항하다 검거·구금된 지식인들과 젊은이들로 넘쳐 났다. 경제적으로는 연이은 석유파동의 후유증과 정경유착에 따른 재벌독점 체제로 인한 빈부격차의 심화 등으로 인해 서민들의 경제적 고통이 가중되고 있던 시기였다. 사회적으로 불안 요인이 가중되고 이런저런 유언비어가 난무하는 통에, 시민들은 생업에 충실하는 대신 삶의 의욕을 잃거나 사이비 종교에 현혹되어 직장과 가정을 버리기 일쑤였다.

Ⅲ. 작품의 줄거리

D경찰서에 재직 중인 남 경사는 기도원 근처에서 발생한 민요섭 피살사건에 대한 수사를 담당하게 된다. 그 과정에서, 민요섭이 외국인 선교사의 양자로 입양되어 어린 시절을 보냈으며, 우수한 성적의 신학생이었다가 이단적 행동으로 말미암아 신학교를 떠났다는 사실을 입수하게 된다. 그 후 민요섭은 명문고교 우등생인 조동팔의 집에 그와 함께 기거하면서 생활해 나간다. 조동팔은 점점 민요섭의 종교사상에 빠져들어가고 이에 한껏 매료된다. 급기야 민요섭의 신념을 실천하는 극단적

인 행동주의자가 되기에 이른다.

한편, 그 같은 내용을 탐문해 가던 남 경사는 민요섭이 작성한 소설 형식의 일기를 통해 민요섭과 조동팔이 추구하던 기독교 부정의 신념을 어느 정도 이해하게 된다. 민요섭의 글에서, 아하스 페르츠는 예수와 동시대의 인물로서 부모에 의해 훌륭한 랍비가 되도록 양육된다. 그러나 성장하면서 자신의 종교에 대해 갈등과 회의에 휩싸인다. 결국 유태교적 신념을 포기하고는 길고도 험한 순례의 길을 떠난다. 고행과 절박한 간구에도 불구하고 진정한 신을 찾지 못한 채 고향으로 돌아온다. 그 후 육체적인 고통이 수반되는 단식을 통해 마침내 위대한 영혼과의 교감을 이룬다. 그리곤 예수와 논쟁을 벌인다. 유다를 부추겨 예수를 죽음의 길로 몰아간다. 예수의 최후를 곁에서 지켜보고는 시공을 초월한 방황의 길을 떠난다.

남 경사는 끈질긴 수사 끝에 조동팔의 은신처를 알아내어 그를 체포한다. 그리곤 민요섭을 살해하게 된 동기와 경위를 캐묻는다. 조동팔은 기독교 신이 아닌 새로운 차원의 신성을 발견해 낸 민요섭의 사상을 극단적으로 실천하던 중, 민요섭의 갑작스런 기독교 회귀로 인해 자신의 실천력이 희석되는 것을 두려워했다고 말한다. 다시 말해 자신의 행동적 신념을 고수하기 위해, 배신자인 민요섭을 살해하게 되었다고 자백한 것이다. 조동팔은 음독자살로써 자신의 생을 마감한다.

Ⅳ. 작품의 분석

1979년 6월 〈세계의 문학〉에 전재된 이문열의 첫 장편소설이다. 우리의 현대문학사에서 보기 드물게 신과 종교의 문제를 진지하게 천착한 작품이다. 구성상의 몇몇 문제를 수정한 개정판이 1987년에 출간되었다.

이 작품의 특성은 주제와 작가적 태도 양 측면에서 살펴볼 수 있겠다. 첫째, 주제적 차원에서는 그 생소함을 들 수 있다. 샤머니즘적인 부류를 제외한다면, 우리 문학사에서 종교의 문제는 흔히 피상적·장식적으로 구사되는 데 그쳐 왔다. 이러한 문학적 풍토하에서 기독과 반기독을 설정, 인간 구원의 문제를 천상과 지상이라는 이원적 맥락에서 심도 있게 형상화했다는 점에서 주목된다 하겠다. 둘째, 작가적 태도의 문제에 있어 이 작품이 보여 주는 특징은, 기존의 작가들이 보여 왔던 계몽가적·지사적 면모를 완전히 탈각한 이야기꾼으로서의 작가상을 확립하였다는 점에 있다. 작가적 위상의 이러한 변화는 소설의 형식적인 특성을 통해 마련된다. 즉 이 작품에는 액자 형식과 추리소설적인 기법이 혼용되어 있다.

한 형사의 집요한 추적을 통해 단서가 잡히지 않는 살인사건의 내막이 드러난다는 점에서 추리소설적 기법이 확인되며, 그러한 과정에서 주인공인 민요섭의 노트를 통해 제시되는 '아하스 페르츠'에 관한 이야기는 액자 형식의 내화(內話)에 해당한다고 할 수 있다. 그리고 아하스 페르츠에 관한 이야기가 단속적으로 등장한다는 점에서 이원적 구성이라고 할 수도 있다.

이 작품의 주제는 선과 정의로 표상되는 천상의 논리와 지혜와 자유로 특징지어지는 지상의 논리 사이의 충돌에서 발견할 수 있다. 천당과 영생을 약속하는 기성종교의 비현실성에 대하여 사람의 아들들에게 절실한 삶의 복락과 현세적 위무의 중요성을 제기하는 것, 즉 신의 문제보다는 인간의 문제에, 종교적 진리의 실현보다는 사회적 정의의 실현에 더욱 치중하는 것이 「사람의 아들」의 기본방향이라 하겠다.

이 점은 구원보다는 정의를, 신의 논리보다는 인간의 논리를 계속 추구하는 민요섭의 지향이, 신의 은총이 아니라 정의의 실현에 놓여 있음에서 확인된다. 이러한 맥락에서 「사람의 아들」이 암울했던 1970년대 국내 상황에 대한 근원적인 문제제기의 한 양식이라는 주장이 가능해진다. 비약이 될지도 모르겠지만, 작가는 당시의 한국 정치상황의 절박함과 위태로움을 고발하고 또 이에 대해 경종을 울리기 위한 방편으로 개발독재국가의 최고통치자를 사이비 교주로, 열렬한 추종자 내지는 심복을 광신도로 도치시켰을 가능성이 농후하다. 작품 속 조동팔의 민요섭 살해 장면이 이 작품이 발표되었던 바로 그해의 가을에 이 땅의 통치권력 최상층 중심부에서 재연될 줄이야 그 누가 알았으랴? 능력이 뛰어난 작가는 현재의 실상을 진단한다. 그리곤 한걸음 더 나아가 조만간 다가올 미래의 사태를 예고하거나 암시한다. 비극의 모습으로든지, 아니면 희극의 형태로든지.

V. 현실에의 대입

작품 속에서 민요섭이 추구하는 신앙과 아하스 페르츠가 창시한 것으로 설정되고 있는 신앙은 둘 다 정통 기독교의 교리에서 크게 벗어나 있는 것으로 묘사되고 있다. 정통 교단에서는 이러한 부류의 신앙을 이단으로 부르기도 하고, 또는 사이비 종교라고 일컫기도 한다.

일반적으로 사이비 종교는 정치적 불안, 사회적 혼란, 경제적 파탄의 틈을 파고들어 발호한다. 영웅주의, 민중의 무지, 신앙자유의 남용 따위의 복합적 요인이 있다. 한국 사회에서 특히 기독교 주변에서 사이비 종교가 홍행하는 특수한 요인으로는 교회의 분열 및 계층화, 성직의 직업화, 목회자의 신학적 빈곤 등을 꼽을 수 있겠다.

여기에서는 주변에서 발흥해 온 사이비 종교의 교리적 특징을 개략적으로 살펴보고자 한다. 첫째, 사이비 종단은 한결같이 현실 교회는 타락했다고 단정하고 또 저주한다. 기성 교회는 모두 썩었으므로 구원이 없다고 한다. 목사들을 마귀라고 매도하기까지 한다. 둘째, 사이비 종교는 거의 모두가 세상 종말이 가까웠고, 주님께서 재림할 날이 임박했다고 주장해 가면서 이른바 시한부 종말극을 연출한다. 셋째, 새로운 메시아 시대가 한국을 중심으로 도래하고, 그들의 종교 집단이 새 시대의 사명용사라고 주장한다. 그들은 이 같은 근거 없는 주장으로 신도들을 오도하여 소아병적인 선민주의 광신자로 만들고 있다. 넷째, 그 집단을 따르는 자들만이 구원을 받을 수 있다고 역설한다. 이 같은 독선주의는 폐쇄적이고 배타심을 조장함으로써 교회불신을 심화시킨다. 다섯째, 이상한 신비체험을 부각시키고 과도하게 열중하는 것이다. 이들은 입신, 접신, 방언, 환상 등의 신비스럽고 격렬한 체험을 신앙의 전부로 잘못 알고 있다. 신비주의는 현실도피와 미신에 빠지는 지름길이다. 여섯째, 사이비 종교는 본래 혼합주의를 생리로 하는 집단이다. 특히 두드러지게 나타나는 현상은 샤머니즘을 핵으로 하는 온갖 민간신앙과 혼합된 그들의 교리이다. 교주들은 대다수가 샤먼적 강신체험 소유자들이다. 이것이 신도들에게 쉽게 접근할 수 있고, 그들의 욕구에 쉽게 영합하는 통로가 되고 있다. 사이비 종교는 이 같은 점에서 기독교의 샤머니즘화 과정이라고 말할 수도 있겠다. 일곱째, 사이비 종교가 가장 큰 물의를 일으키는 문제는 교주 숭배 현상이다. 교주들은 그 종단의 창시자일 뿐만 아니라 예외 없이 신격화된다. 그리하여 모든 신도들이 숭배의 대상으로 섬기는 절대적 존재로 군림한다. 교주는 자신을 재림주라고 호칭하면서 신도들을 호도한다. 선교와 봉사라는 이름으로 신도들의 노동력을 착취하고 재산의 헌납을 유도하고 강요한다. 궁전을 짓고 기업을 경영·확장하여 부를 축적하고 또 곁에 미녀들을 거느린다. 대한민국 국민이라면 누구나 몇 년 전 대형 해상 침몰 참사를 통해 신흥 종교 집단과 교주 일가족의 민낯을 구석구석 적나라하게 목도한 바 있다. 최근 종교인에 대한 과세 문제로 정부와 개신교 교계 사이에 줄다리기가 한창이다. 한국 사회에서 종교와 종교인이 과연 적절하고도 효율적인 역할을 수행하고 있는가도 한 번쯤 짚어 볼 필요가 있을 것이다. 종교인의 자질 문제와 종교 시설의 사유화 내지 성직의 세습 문제는 이제 정통 대형 교회도 피해갈 수 없는 지경이 되었다. 사이비 종교가 근절되기는커녕 오히려 더욱 기세를 떨치는 원인에 대한 냉철한 분석과 이를 억제할 대책 마련도 시급하다 할 것이다. 서민들에 대한 기본적 생계 보장과 경제 안정, 그리고 정경유착과 정교유착 등 이 땅의 고질적인 비리에 대한 근절책이 무엇보다도 시급하다 할 것이다.

Ⅵ. 맺으며

개인의 신앙과 관련하여 고전적인 논쟁이 있다. "믿어라, 그러면 보일 것이다." "보여 줘라, 그러면 믿겠다." 신의 존재와 성경의 말씀에 대한 추호의 의심도 없는 자의 신앙심이 그렇지 않은 자의 그것에 비해 더 깊다고 할 수 있겠는가? 예수의 동생을 자처하는 자들은 과연 어떻게 평가해야 할 것인가? 태평천국의 난을 이끈 홍슈취안이 그랬고, 국내에서는 소위 3김 중 한 분이 과거 그런 말을 했던 것 같은데…. 다른 한편으로는 부처를 만나면 부처를 죽이고, 조사를 만나면 조사를 죽이라던데….

사이비 종교가 됐든 고등 종교가 됐든, 신앙을 빌미로 인간이 절대자의 충직한 노예가 되고 인간으로서의 자유와 행복이 속박되는 사태는 백번 바람직하지 않다 할 것이다. 어쩌면 지금이야말로 이 땅에서 진정한 의미의 르네상스가 필요한 때인지도 모르겠다.

즐거운 사라

Ⅰ. 작가론

마광수(馬光洙)는 소설가라기보다는 교수로 분류하여야 할 것이다. 다만 연세대학교 국문학과 교수로 재직하면서 에세이집「나는 야한 여자가 좋다」, 시선집「가자, 장미여관으로」등의 작품을 발표하면서, 음란성과 관련하여 대중의 입방아에 오르게 되었고 그로 인해 유명세를 치렀다. 급기야 1991년 문제의 장편소설「즐거운 사라」출판을 계기로 형법상 음란문서 제조·판매 등의 혐의로 구속되어 형사 법정에 서게 되었고, 대학 교수직에서도 해직되기에 이르는 등 한동안 세간의 관심을 끌었다.

마광수는 1951년 가족들의 피난 시 잠시 머문 경기도 수원에서 출생, 줄곧 서울에서 어린 시절을 보냈다. 1973년 연세대학교 국문학과를 졸업하였다. 1977년 〈현대문학〉에 「망나니의 노래」 등 6편의 시가 박두진 시인에 의해 추천되어 문단에 데뷔하였다. 1983년 연세대 대학원에서 「윤동주 연구」로 문학박사 학위를 취득한 후 이듬해 연세대 국문학과 조교수로 취임하였다. 1985년 문학이론서인 「상징시학」을 청하출판사에서, 시선집 「귀골(貴骨)」을 평민사에서 각 출간하였다. 1987년 평론집 「마광수 문학론집」을 출간하였다. 1989년에 앞서 본 「나는 야한 여자가 좋다」와 「가자, 장미여관으로」를 자유문학사에서 연이어 출간하였다. 같은 해 5월부터는 〈문학사상〉에 장편소설 「권태」를 연재하기 시작하여 소설가로서의 활동을 시작하였다. 1990년 장편소설 「광마일기(狂馬日記)」를 행림출판사에서 출간하였다. 1991년 「즐거운 사라」를 서울문화사에서 출간하였으나, 간행물윤리위원회의 제재로 출판사 측에서 자진수거·절판하였다. 이듬해 「즐거운 사라」의 개정판을 청하출판사에서 출간하였으나, 10월 29일 소설의 내용이 외설스럽다는 이유로 검찰에 의해 전격 구속되기에 이르렀다. 12월 28일 제1심 재판에서 징역 8월에 집행유예 2년의 유죄 선고를 받았고, 재직하던 대학에서 직위해제되었다. 1994년의 항소심 재판에서 항소기각, 1995년 대법원 상고심에서 상고기각 판결을 받음과 동시에 재직 중인 대학 교수직에서도 해임되었다. 그는 이에 굴하지 않고 그 이후에도 꾸준히 문학이론서와 에세이, 시집과 장편소설을 출간하였다. 1998년 3월 13일 사면·복권되었으며, 같은 해 5월 1일자로 연세대 교수로 복직되었다. 강의와 작품발표를 병행하면서 교단을 지킨 후 정년퇴직 하였으나, 인생 후반부의 육체적 고통과 정신적 고독을 이겨내지 못하고 2017년에 이르러 끝내 자살로써 생을 마감하였다.

Ⅱ. 작품의 줄거리

이 소설은 여 주인공 사라가 성에 대한 학습 요구의 실천이라는 미명하에 벌이는 자유분방하고 괴벽스러운 섹스행각 묘사가 스토리의 대부분을 차지하고 있다. 그 성희의 대상도 미술학원 선생, 처음 만난 유흥가 손님, 여중 동창생, 그녀의 기둥서방, 친구의 약혼자, 동료 대학생 및 대학교수 등으로 여러 유형의 남녀를 포괄하고 있다. 성애의 형태 또한 자학적인 자위행위에서부터 동성연애, 그룹섹스, 구강성교, 항문성교, 카섹스, 비디오 섹스 등 아주 다양하다. 성애의 묘사방법 또한 매우 적나라하고 장황할 정도로 사실적·구체적이며 또한 몹시 자극적이고 선정적으로 표현하고 있다. 작가가 내세우는 성 논의의 해방과 인간의 자아 확립이라는 주제를 감안하더라도, 이 소설은 때와 장소, 상대방을 가리지 않는 다양한 형태의 성행위를 선정적 필치로 노골적이고 자극적으로 묘사하고 있는데다가, 나아가 그러한 묘사 부분이 양적·질적으로 소설의 중추를 차지하고 있다. 그 구성이나 전개에서도 문예성·예술성·사상성 등에 의한 성적 자극 완화의 정도가 별로 크지 아니하여 주로 독자의 호색적 흥미를 돋우는 것으로 보인다.

Ⅲ. 형법상 음란성

현행 형법은 제22장 성풍속에 관한 죄를 규정하면서 제243조(음화반포 등)에서 "음란한 문서, 도화, 필름 기타 물건을 반포, 판매 또는 임대하거나 공연히 전시 또는 상영한 자는 1년 이하의 징역 또는 500만 원 이하의 벌금에 처한다."고 규정하고 있다. 이어 제244조(음화제조 등)에서는 "제243조의 행위에 공(供)할 목적으로 음란한 물건을 제조, 소지, 수입 또는 수출한 자는 1년 이하의 징역 또는 500만 원 이하의 벌금에 처한다." 고 규정하고 있다.

여기에서 음란성이란 성욕을 자극 또는 흥분하게 하여 성적 수치심을 유발하고 성적 도덕관념에 반하는 것을 일컫는다고 정의된다. 음란성의 판단대상은 문제되는 도서, 도화, 필름, 기타 물건의 전체여야 한다. 즉 비록 일정 부분에는 음란한 표현이 있더라도 전체를 고찰할 때 음란하다고 볼 수 없으면 음란의 딱지를 붙일 수 없다는 것이다. 또한 음란성은 평균적 성인의 도덕적 기준을 바탕으로 판단되어야 한다. 즉 도덕적으로 너무 자유분방한 자라든가 시종 도덕군자인 자의 입장에서 판단될 것이 아니라, 사회 평균 일반인의 관점에서 어떻게 받아들여지는지가 판단기준이 되어야 한다는 것이다. 음란성 여부는 시대에 따라 달라질 수 있으며, 아울러 당해 대상이 어떤 맥락 속에서 표현되는가에 따라서도 달리 판단될 수 있다. 예를 들어 「채털리 부인의 사랑」은 1950년대에는 음란한 것으로 판단되었지만, 현재는 그렇지 않을 수 있다는 것이다. 똑같은 나체화의 경우에도 명화집에 실려 있을 때는 예술성이 인정되지만, 판매 목적의 성냥갑에 인쇄되어 있을 때에는 음란성이 인정될 수 있다는 것이다.

Ⅳ. 음란성에 관한 감정인의 의견

「즐거운 사라」와 관련한 형사재판에 있어서 위 소설의 음란성 여부 판단에 관하여 감정인에 의한 감정이 시행되었다. 재판부는 서울대학교 법과대학의 안경환 교수를 감정인으로 지정하였다. 아래에서 감정 결과를 살펴보기로 하겠다.

문1) 이 작품 중 성에 관한 묘사와 서술이 그 정도·수법에 있어서 노골적이고 상세한가?

– 그렇다. 이 작품은 전반적으로 성행위에 대한 묘사는 비록 성을 주제로 한 작품이라고 하더라도 불필요하게 상세하고 노골적이라고 판단된다.

문2) 그러한 묘사와 서술이 이 작품 전체에서 차지하는 비중은 어떠한가?

– '비중'의 의미를 계량적인 측면과 주제의 전개에서 차지하는 중요도라는 두 가지 측면에서 살펴본다면, 두 가지 측면에서 모두 이 작품에서 성행위 묘사가 차지하는 비중은 절대적이라고 할 수 있다. 또한 작가 스스로가 천명하듯 이 작품은 '성'에 관한 것이고, 문학적 기법에 있어 사실주의를 표방한다고 내세우는 만큼 성행위의 묘사가 작품 전체에서 차지하는 비중이 클 수밖에 없다.

문3) 그러한 묘사와 서술이 이 사건 작품 전체의 내용의 흐름에 비추어 볼 때 이 사건 작품에 표현된 사상 내지는 주제와 소설의 구성상 필연적인 관련성이 있는가?

– …어떤 정확한 필력에 의해서도 현실의 정확한 묘사는 불가능하다. 그러므로 우리나라에서의 리얼리즘의 논의는 이러한 기계적인 묘사보다는 '현실의 전체 내지는 핵심'의 뜻으로 이해하여 전개되어 왔다. 그렇다면 성에 관한 현실의 전체 내지는 핵심이라는 주제를 다루기 위해 성행위에 관한 적나라한 묘사가 필수적인 것은 아니라고 생각한다. …성을 다루는 문학작품이 예술작품으로 인정받기 위해서는 묘사의 기법이 통속성을 극복하여야 한다. 이 점이 다른 주제를 다루는 작품과의 차이점이다. 왜냐하면 다른 실험과 달리 성에 관한 실험은 결코 새로운 것이 아니기 때문이다. …이 작품의 경우 성의 묘사는 이러한 통속성을 극복하지 못했다는 것이 감정인의 판단이다.

문4) 그러한 묘사와 서술에서 만약 성적인 자극이 유발된다면, 이 작품에서 의도된 작가의 사상성과 작품의 예술성에 의해 어느 정도 완화된다고 평가하는가?

– 감정인의 소견으로는 음란성과 예술성은 법적으로 양립할 수 없는, 상호 배척되는 개념으로 생각된다. 그리고 '감정인의 사견'에서 후술하는 바와 같이 이 작품은 심각한 예술적 가치가 없는 음란물이라고 판정하기에 이 문항에 대한 답변을 생략한다.

문5) 이 작품 전체를 놓고 볼 때, 즉 작품 전체의 내용의 흐름에 비추어 볼 때 의도된 작가의 사상성 내지는 주제는 무엇인가? 또한 그것이 객관적으로 독자 측면에서 이해될 수 있는 사상성 내지는 주제와 다르다면 또한 그것은 무엇인가?

– …성과 인간의 해방이 작가가 의도한 사상성 내지는 주제라고 생각한다. …독자의 입장에서는 이 작품의 음란성에 주목할 것이다. 이 작품은 '사실적 묘사'라는 명분 아래 성행위의 노골적인 묘사가 이어져 있고, 독자는 작가가 의도했다고 표방하는 성과 인간의 해방이라는 사회적 내지는 철학적 주제보다는 성행위 그 자체의 사실적 묘사에 주목할 것이다. …

문6) 이 작품은 독자에게 성적 충동적 모방심을 자극시키고 성범죄를 유발하는 등 사회적 현실로서 위험을 가져올 우려가 있는가?

– 그러한 위험은 없다고 본다. 보편적인 윤리의식과 충동적인 행동의 자제력을 보유한 독자라면 이 작품을 읽고 실행에 옮길 위험은 전혀 없다고 생각된다. …

문7) 결론적으로 현재의 우리사회를 기준으로 하여 그 작품 자체로서 통상적인 성인 독자로 하여금 성욕을 자극하여 흥분케 하고, 정상적인 성적 수치심을 해하여 건전한 성풍속이나 선량한 성적 도의 관념에 반한다고 보는가?

– …감정인 자신의 제한된 경험을 기초로 판단해 볼 때, 감정인이

예상할 수 있는 통상적인 성인 독자로 하여금 저급의 성욕을 자극하며 성적 수치심 내지는 불쾌감을 조성한다고 판단한다.

한편 감정인은 감정서에 첨부되어 있는 '감정인의 사견'이라는 부분에서 「즐거운 사라」의 음란성 여부를 세 가지 기준에 의해 판단하고 있는데, 그 기준을 살펴보면 다음과 같다.

첫째, 전체로 해당 출판물의 주제와 묘사가 작품을 접하는 동시대의 사회의 평균 성인의 저속한 성적 충동을 자극하고, 둘째로 성행위가 통상인에게 도의적 수치심과 불쾌감을 유발하는 방법에 의해 묘사되어 있고, 셋째로 작품이 전체적으로 보아 심각한 문학적, 예술적, 정치적 또는 사회적 가치를 결여한다면 음란물에 해당한다고 판정할 수 있다.

V. 작가와 그 후학들의 변

마광수는 이 작품의 말미에 부기한 '작가의 말'에서 「즐거운 사라」의 창작목적을 '작가의 당위론적 세계관의 개입을 배제한' 성의 사실적 묘사를 통한 리얼리즘의 추구에 있다고 설시하고 있다. 즉, 성에 대한 구체적 묘사와 함께 성의 해방을 주제로 내세우고 있다. 그는 여대생 사라를 통해 일체의 도덕적 코멘트나 이른바 '전망의 제시'같은 것을 무시하고 헷갈리고 방황하는 가운데 스스로의 아이덴티티를 확립해 나가려고 나름 애쓰는 한 여대생의 모습과 전환기의 우리 사회가 안고 있는 가치관의 문제를 조감해 보려고 했다고 말한다.

마 교수는 그의 문학이론서 「문학과 성」에서 이렇게 말한다.

> '사랑'이 빠지는 문학작품은 거의 없고, 사랑의 밑바탕에는 '성'이 있다. 그런데도 이제껏 문학과 성의 관련성에 관한 담론은 우리나라 문학계에서 본격적인 문학론으로 대접받지 못하였다. …성은 이제 문학뿐만 아니라 기타 예술장르와 문화 전반에 걸쳐 새로운 화두로 등장하고 있다. 그런데도 우리나라 문화계 전반을 지배하고 있는 엄숙주의와 경건주의는 성을 다루는 문학작품을 경시하거나 도외시하게 만들고, 심지어는 "예술이냐 외설이냐" 식의 소모적 논쟁으로 몰아가고만 있다. 이런 후진적 현실은 분명 문학의 다양성을 위축시키고 문화의 퇴보를 가져온다고 나는 생각한다.

그는 아름다움을 성적 쾌락과 동일하다고 말한다. 또한 예술을 아름다움을 향한 본능적 욕구를 좀 더 '승화'시켜 보려고 만들어 낸 것이라고 한다. 그런데 그는 이런 승화라는 것이 쓸데없는 '은폐행위'라고 말하고 있다. 그는 이런 생각들을 역사적 인물들과 연결시켜 이해하고 있는데, 로베스피에르·크롬웰·히틀러 등이 그들이다. 그의 말에 따르면, 그들은 본능적 욕구를 은폐하고 지나치게 억누른 나머지 사디스트가 되었다고 말한다. 그는 이들이 가진 사디즘이나 마조히즘이 결코 비윤리적인 것이라 말하지 않는다. 이런 성향은 인간 누구나 가지고 있는 원초적 본능이며, 이런 욕구들을 솔직하게 드러내어 말이나 글, 또는 예술작품을 통해 대리 배설시키면 어떠한 부작용도 만들어 내지 않았을 것이라고 주장한다. 곧 감추는 것에서 모든 문제가 발생하며, 이것이 인간사회의 문화계가 이뤄내야 할 가장 큰 과제라고 역설한다. 그러나 인간생활의 일부인 성으로 인간사회의 모든 현상들을 해석하려고 시도하는 데 대해서는 아무래도 무리가 있다는 것이 평범한 사회인들의 공통된 생각일 것이다.

한편, 그의 제자들이 그의 재판과 관련하여 쓰고 편집한 책인「마광수는 옳다」에서는 이렇게 의견을 피력하고 있다.

> 마광수 문학의 핵심은 무엇인가. 아마도 금지된 것에 대한 도전이라고 할 수 있을 것이다. 움직이지 않는 것은 죽은 것이고, 변화하지 않고는 진보할 수 없다. 그러므로 작가는 끊임없이 기존을 부정하고 새로운 것을 실험하는 것이다. 마 교수의 작품에 대해 비난하는 많은 사람들은 대부분 현재가 변하기를 바라지 않는 기득권자들이다. 그들은 봉건적 사고에 대한 도전은 전통의 파괴로 보고, 현학적이지 않은 일상적 문체는 경박하게 보며, 위선에 대한 비판은 권위에 대한 도전으로 생각하고, 기존의 도덕을 비난하면 사회혼란을 책동하는 것으로 받아들이며, 자유분방한 여자가 주인공으로 등장하면 미풍양속을 해치는 것으로 본다. 마광수 교수는 있는 것을 있다고 말한 것뿐이다. 그것이 마 교수의 금지된 것에 대한 도전이다.

Ⅵ. 음란성에 관한 법원의 판단

대법원은 유죄를 인정한 원심판결을 그대로 유지하여 피고인의 상고를 기각하였다(대법원 1995.6.16. 선고 94도2413판결). 판결문은 "음란한 문서란 일반 보통인의 성욕을 자극하여 성적 흥분을 유발하고 정상적인 성적 수치심을 해하여 성적 도의 관념에 반하는 것을 가리킨다."고 정의했다. 이어서 좀 더 구체적인 판단기준으로서 "그 문서의 성에 관한 노골적이고 상세한 묘사·서술의 정도와 그 수법, 묘사·서술이 문서 전체에서 차지하는 비중, 문서에 표현된 사상 등과 묘사·서술의 관련성, 문서의 구성이나 전개 또는 예술성, 사상성 등에 의한 성적 자극의 완화 정도, 이들의 관점으로부터 그 문서를 전체로서 보았을 때 주로 독자의 호색적인 흥미를 돋우는 것으로 인정되느냐의 여부 등 여러 점을 검토하는 것이 필요하다."고 덧붙인다.

표현의 자유와 음란물의 규제 사이의 한계에 관하여 판결은 "문학에 있어서의 표현의 자유도 공중도덕이나 사회윤리를 침해하는 경우에는 이를 제한할 수 있다."는 기본권 제한의 법리를 밝히며, 문학작품에서의 성적 표현에 관하여는 "문학작품이라고 하여 무한정 표현의 자유를 누려 어떠한 성적 표현도 가능하다고 할 수는 없고, 그것이 건전한 성적 풍속이나 성도덕을 침해하는 경우에는 형법 규정에 의해 처벌할 수 있다."고 판시하고 있다. 「즐거운 사라」에 관해서는 "오늘날 각종 영상 및 활자매체를 통하여 성적 표현이 대담, 솔직하게 이루어지고 있고 다양한 성 표현물이 방임되어 오고 있는 것이 일반적인 추세라고 하여도 정상적인 성적 정서와 선량한 사회풍속을 침해하고 타락시키는 정도의 음란물까지 허용될 수는 없는 것이어서 그 한계는 분명하게 그어져야 하고, 오늘날 개방된 추세에 비추어 보아도 이 사건 소설은 그 한계를 벗어나는 것임이 분명하다."고 판단하였다.

Ⅶ. 맺으며

과거에도 문학작품의 음란 여부와 관련하여 논란들이 있었다. 에밀 졸라의 「나나」, D.H.로렌스의 「무지개」와 「채털리 부인의 사랑」, 플로베르의 「보바리 부인」, 헨리 밀러의 「북회귀선」도 출판 당시에는 이런저런 법적 제재를 받은 바 있다. 이 작품들은 성에 대한 비통념적인 묘사라는 지엽적인 문제 때문에 제재를 받았을 뿐이지, 작품의 문학적 가치 그 자체에 관해서는 심각한 의문이 제기되지 않았다.

현재는 위 작품 모두가 세계적인 베스트셀러로서 만인들에 의해 읽혀지고 있다. 그만큼 문학작품 또한 시대와 상황의 변화에 따라 평가가 수시로 엇갈릴 수 있다는 것이다. 「즐거운 사라」가 후세에 사람들에 의해 태연히 읽혀지고 또 마 교수 제자들의 혜안적 통찰이 수용되어 이 작품의 문학적 가치가 인정된다면, 사회의 통념 내지는 가치관이 그만큼 진보적으로 변화하였음의 징표가 될 것이다.

내게 거짓말을 해봐

Ⅰ. 작가론

장정일(蔣正一)은 1962년 경북 달성(현 행정구역상으로는 대구광역시임)에서 출생하였다. 1977년 성서중학교 졸업. 1984년 무크지 〈어서의 세계〉 3집에「강정간다」외 4편의 시를 발표하며 등단하였다. 1987년 박기영과 공동으로 제1시집「성(聖)아침」을 출간한 이후 1989년까지 사이에 제7시집「심판처럼 두려운 사랑」까지 많은 시들을 집중적으로 쏟아냈다. 1987년에는 동아일보 신춘문예에 희곡「실내곡」이 당선되기도 했다. 1990년대에 접어들어 소설가로서의 능력을 발휘하여, 소설집「아담이 눈뜰 때」를 시작으로 장편소설「너에게 나를 보낸다」,「너희가 재즈를 믿느냐」를 발표하였다. 1996년 장편소설「내게 거짓말을 해봐」를 발표하였으나, 간행물 윤리위원회가 그의 소설을 음란물로 판정함에 따라 시중에 배포된

소설 전량이 회수·폐기되는 사태를 맞았다. 작가는 음란성 내지 외설성과 관련하여 형사재판에 회부되는 등 곤욕을 치르기도 하였으나, 그 이후에도 꾸준한 작품활동을 이어 나갔다. 「중국에서 온 편지」, 「보트하우스」, 「장정일 삼국지」, 「주목을 받다」, 「고르비 전당포」, 「구월의 이틀」, 「길 안에서의 택시잡기」 등 소설·시·산문의 영역을 비롯하여 다방면에 걸쳐 재능을 과시하였다.

Ⅱ. 작품의 줄거리

작품에는 남녀 주인공이 등장한다. 남자는 서른여덟 살의 전직 조각가. 그는 예상대로 유부남이다. 제이라는 이니셜 네임으로 불린다. 상대역의 여자는 와이. 고등학교 3학년생이다. 주인공 제이와 와이는 지배(때리기)와 복종(얻어맞기)이라는 양인 사이의 역할 분담 안에서 그야말로 세기말적인 섹스를 적나라하게 보여 준다. 두 사람 사이의 이 지독한 사랑은 그것이 서로의 묵인하에 이루어진다고는 하지만, 읽는 이들로 하여금 불쾌감을 넘어 혐오감까지 불러일으킬 지경이다.

「내게 거짓말을 해봐」의 외설성은 그 자체가 조각난 데포르마시옹(deformation: 자연 묘사에 있어 의식적으로 확대하거나 변형시켜 묘사하는 근대미술의 한 표현법)에 불과하며, 제이와 와이는 그들의 성행위를 시종 철저하게 보여주기만으로 일관하고 있다. 작품내용 전체의 사 분의 삼 이상이 성희 장면의 묘사와 나열로 채워져 있다. 독자들은 서사가 진행될수록 성행위의 주도권이 제이(남성)로부터 와이(여성)로 이동하고 있음을 발견하게 된다. 자신이 그토록 증오하던 아버지를 자신도 모르는 사이 점점 닮아 가고 있다는 사실에 분노하는 제이는, 그 분노를 오히려 와이라는 어린 소녀에게 폭압적인 아버지의 권력을 행사함으로써 해소하려 한다. 그리고 그 끝에 제이는 자신이 멍에처럼 짊어지고 있던 아버지의 권력을 와이에게 넘겨줌으로써 그토록 자신을 괴롭혔던 자기혐오에서 벗어나게 된다. 외설성의 정도와 관련하여, 작품내용 중에서 상대적으로 그나마 점잖은(?) 한 컷을 직접 끌어와 보자.

> 열 대째를 맞고도 와이는 엉덩이를 내리거나 손을 그리 가져가지 않는다. 그럴 뿐만 아니라 눈물도 보이지 않는다. 제이는 맞아서 따끈따끈해진 와이의 엉덩이에 자신의 아랫배를 대고 그녀의 구멍 속에 자신의 XX를 집어넣는다. 그녀는 갑작스런 정신적 혹은 육체적 충격으로 흥분되었는지 아랫도리가 흠뻑 젖어 있다. 제이는 그녀 뒤에 엎드려 발정난 개처럼 엉덩이를 떨어대다가 "다섯 대만 더 맞아."하고서는 와이의 몸에서 떨어져 나와 다시 몽둥이를 쥐고 붉으락푸르락해진 엉덩이를 때린다(원작에서는 XX도 생식기 명칭 그대로 적혀 있음).

이 작품이 문학인가 아니면 한낱 포르노에 불과한가라는 논쟁과 관련하여, 상당수의 사람들이 혼란에 빠지게 된다. 한편으로는 포르노 소설이면서도, 다른 한편으로는 포르노 소설이 견지해야 할 서사 전략을 의도적으로 거부하고 있기 때문이다. 제이와 와이의 만남에서 헤어짐까지라는 분명한 서사의 흐름이 있고, 언어의 사용 또한 이미지나 환상을 진작시키기보다는 카메라를 들이댄 듯 보여지는 그대로 서술하고 있다. 작품 후반부의 한 장면을 다시 엿보기(?)로 하자.

> 교복을 간직하고 있다면 나는 교복을 입은 와이에게 매질을 당하고 싶었다. 그러면 무척 황홀할 거였다. 와이는 그 말을 아직 기억하고 있었던 것이다. …와이는 내 엉덩이를 충분히 때리고 나서 자신은 침대에 걸터앉고 나는 그녀 쪽으로 엉덩이를 보인 채 방바닥에 엎드려 두 손으로 항문을 까보이게 했다. …입맞춤도, 구강성교도, 삽입도, 비역도 없었다. 나는 늘 그랬듯이 와이 옆에서 푹 잤다. 집으로 돌아온 내가 다시 잠들었다가 눈을 떴을 때 아내는 와이의 교복을 입은 채 턱 밑에 한 손으로 곡괭이 자루를 괴고 있었다. …아무 대답하지 못하는 나에게 아내는 곡괭이 자루를 방바닥에 한번 꽝 찍었다. "자, 내게 거짓말을 해봐!" 그래서 나는 거짓말을 하기 시작했다.

와이는 그녀의 교복을 제이의 아내에게 넘겨주었고, 제이는 그 현실을 받아들임으로써 그의 권력을 완벽하게 소멸시켰다. 제이가 그토록 버리고 싶었던 것은 '남성성'이라는 권력이었던 것이다.

Ⅲ. 작품의 분석

「내게 거짓말을 해봐」는 SM(Sadomasochim: 가학피학성 변태 성욕) 계열에 속한다고 할 수 있겠다. 그렇다면 이 작품은 포르노일 뿐 문학은 아닌가? SM이라는 추악한 가면 아래 장정일이 숨겨 놓은 것은 과연 무엇인가? 스티븐 마커스는 "포르노는 문학이 아니다."라는 전제하에 아래와 같이 포르노 문학과 문학을 구분하였다.

첫째, 형식의 문제에 있어 대부분의 문학작품이 시작·중간·끝을 가지고 있는데 비해 포르노 문학은 그렇지 못하며, 끝없는 반복과 또 반복되는 유의 충동 혹은 강요가 포르노 문학의 두드러진 특징이다.

둘째, 언어의 사용에 있어 포르노 문학에서의 언어의 기능은 일련의 비언어적인 이미지나 환상을 진작시키는 정도에 불과하다.

셋째, 포르노 문학은 인간들에 관심을 두는 것이 아니라 육체에 관심을 둔다.

이 같은 기준에 이 소설을 대입해 보면, 앞서 살펴본 바와 같이 스토리의 시작·중간·끝이 분명히 있고, 작품 중 구사 사용되는 언어의 기능 또한 정상적으로 보인다. 그리고 결정적으로 장정일은 육체에 관심을 두고 있는 것이 아니라 인간의 문제, 그중에서도 권력의 문제에 관심을 두고 있다. SM은 지배하고 싶고 또 지배당하고 싶은 인간의 가장 원초적인 본능을 섹스에 그대로 적용시킨 것이다. 지배는 곧 권력이며, 때리고 맞는 가학피학성 변태 성욕을 통해 제이와 와이는 상대방에게 자신의 권력을 행사한다. 권력은 언제나 그 무게중심이 옮겨질 수 있는 유동형이며, 제이와 와이의 역할이 텍스트 뒷부분에 가서 뒤바뀌는 것은 이러한 속성을 그대로 보여 주고 있다.

지배하고 싶어하는 욕망(남성성)과 지배당하고 싶은 욕망(여성성)으로 규정된 견고한 이 사회의 권력 이데올로기는, 그것이 비록 거짓말에 불과할지라도 장정일에 의해 무참하게 훼손된다. 이 소설이 성적 흥분을 유발시키는 것이 아니라 성적 혐오감을 가져다준다는 일반적인 이해는 정당한 것으로 보인다. 하지만 그 혐오감의 밑바닥에는 불쾌할 정도로 지루한 성 묘사뿐만 아니라 남성성의 훼손이라는 금기의 파괴가 오롯이 자리 잡고 있는 것이다.

Ⅳ. 법과의 관련성

외설물이라는 이유로 문학작품에 가해지는 이런저런 규제는 법과 문학이 충돌하는 대표적인 영역이다. 출판이 금지되고 출판된 작품은 회수·소각되며, 심지어는 작가와 출판사 관계자가 음란물 제조·반포죄 등으로 호된 대가를 치르기도 한다. 예술인지 외설인지를 판가름하는 명확한 잣대는 없다. 그것은 시대와 사회에 따라 변하는 유동적인 문화감각이기 때문이다. 외설인지 아닌지는 법리상 그 사회 평균인의 의식 내지 인식을 기준으로 판단해야 하지만, 실제로는 특정 소수인의 주관이 개입되기 십상이다. 법률가는 대체로 전통적인 가치관의 신봉자이고, 선구적인 예술작품에 대한 이해가 깊지도 않은 편이다. 따라서 법률가들이 음란, 외설물에 대하여 지나치게 엄격한 경향이 농후한 것은 어느 나라에서나 공통된 현상이다.

미국의 어느 연방 대법관은 "어떤 것이 외설인지 아닌지는 말로는 정의할 수 없지만, 실제로 내 눈으로 보면 안다."라며 고소(苦笑)한 적이 있고, 이를 받아서 어느 변호사는 "판사를 발기시키는 것"이 외설이라며 객관적 기준이 모호함을 지적한 바 있다.

장정일은 「내게 거짓말을 해봐」 출간과 관련, 1997년 1월 음란문서 제조 등 혐의로 검찰에 의해 전격 구속기소 되었다. 재판을 거쳐 제1심에서 징역 10월의 실형, 제2심에서는 징역 6월에 집행유예 1년이 각 선고되었다. 대법원 제2부는 상고심에서 피고인 측 상고를 기각, 유죄를 선고한 원심을 그대로 확정하였다. 재판부는 판결문에서 "문학성 내지 예술성과 음란성은 차원을 달리하는 관념이고, 문학성이나 예술성이 있어도 그 작품의 음란성이 당연히 부정되는 것은 아니다."며 "이 소설은 성행위에 관한 묘사방법이 노골적이고 구체적인 점, 그런 묘사부분이 양적, 질적으로 소설의 중추를 차지하고 있는 점을 감안하면, 작가가 주장하는 주제와 오늘날 우리사회의 보다 개방된 성 관념에 비춰 보더라도 음란하다고 보지 않을 수 없다."고 판시하였다.

작가는 소설에 등장하는 성에 관한 소재들이 자신이 추구하는 문화적인 주지(主旨)를 전달하기 위한 도구나 매개체에 지나지 않는다고 재판과정을 통해 누차 항변한 바 있다. 장정일은 사법부의 이 소설에 대한 판단이 최종 유죄로 확정된 후 "사법적 판단은 나에게 아무런 의미가 없고, 유죄 판결이 났지만 유죄로 생각하지 않는다."며 "평생 글을 쓰면서 내 작품에 대한 논쟁이 과연 뭐였던가를 계속 생각하겠다."고 말했다.

Ⅴ. 현실에의 대입

성을 전면적으로 다루는 문학작품에 대해 '외설'이냐 '예술'이냐의 판단을 내릴 때, 무엇보다도 먼저 그것이 문학작품임을 항상 고려하여야 할 것이다. 이에 대한 고찰이나 배려 없이 문학의 영역을 이탈하여 다른 영역에서 어떤 결정을 내리고 제재를 가하는 것은 예술로서의 문학의 자율성에 대한 심각한 도전이 아닐 수 없다. 문학을 비롯한 예술작품에 대해 검열을 하거나 제재를 가하는 사회는 전체주의적 발상에 기초한 닫힌 사회일 뿐이다. 이른바 열린사회는 한 사회구성원의 자율적 인격을 존중하는 것처럼, 문학 및 예술의 자율성 역시 존중한다. 그렇다면 성 문학에 대해서도 비록 그것이 상업성에 입각하여 노골적인 성 묘사에 치중할지라도, 문학적 공론화를 통해 문학영역 자체 내에서 모든 문제가 해결되도록 해야 할 것이다.

법을 비롯한 제반 사회 규범들은 왜 문학의 성적 표현을 규제하려는 속성을 갖는 것인가? 성적 관계는 개인과 개인 사이의 사적 영역에서 벌어지는 지극히 사적인 일일 뿐인데, 법이 이러한 성관계의 표현에 대해 관심을 갖고 규제하려는 이유는 과연 무엇일까? 푸코를 비롯한 탈구조주의자들은 지배담론이 성적 담론을 그들이 설정해 놓은 틀에 길들이기 위해 그것을 억압해 왔다고 이해한다. 그렇다면 지배담론이 이른바 성 문학에 대해 이처럼 민감한 반응을 보이는 이유는 무엇이겠는가? 그 이유는 문학이 갖는 특성과 성이 갖는 특성 때문이다. 문학은 운명적으로 지배담론에 대해 비판적인 입장을 견지한다. 문학은 지배담론이 시종 은폐하려는 모순을 그 특유의 비판적 상상력을 동원해 드러냄으로써 문명 비판의 전위적 역할을 수행한다.

작품의 내용이 외설적인지 여부는 우선 독자나 문단의 평가에 맡기는 것이 순서일 것이다. 그런데도 그보다 먼저 검사의 손에 맡겨야 하는 현실은 우리사회의 문화적 후진성을 드러내는 것이라 할 것이다. 출판사도 엄연한 문화기관의 하나라 할 것이며, 따라서 설령 문제가 된 소설을 출간한 것이 일반인들의 성적 호기심을 이용하려는 순수하지 못한 동기에서 비롯된 것이 아닌가 하는 의심이 든다 하더라도, 공권력이 즉각적으로 칼을 빼들고 나서는 행태는 너무 성급하다는 비난을 면키 어려워 보인다.

미국 연방 대법원이 정립해 세계적인 기준이 된 표현의 자유에 관한 제재기준은「명백하고 현존하며 절박한 위험(Clear, Present and Imminent Danger)」이라는 것이다. 표현의 자유가 아무리 귀중한 기본적 인권이라고 해도 공동체에 명백하고 절박한 위험을 초래하는 경우에는 다수를 위해 제한할 수밖에 없지만, 그것은「명백하고 현존하며 절박할 때」에 한한다는 것이다. 처음에 미국 연방 대법원은「명백하고 현존하는 위험」만을 제한의 기준으로 설정했다가, 뒤에 제한의 범위를 더 좁히기 위해 여기에「절박한」이라는 형용사를 추가하였다. 이 기준을 장정일의 소설에 적용해 본다면, 과연 어떤가? 적지 않은 이들이 우려하는 대로 설사 문제의 소설이 현 사회의 도덕이나 윤리에 충격을 줄「명백하고 현존하는 위험」은 있다고 해도, 문단의 자율적인 평가도 기다릴 수 없을 만큼「절박했다」고 말할 수 있을 것인가. 강요된 침묵보다는 토론을 통해 허위와 오류를 드러내고 해악을 회피할 수 있는 더 자유로운 언론의 보장이 문제 해결의 길이라는 게 미국 연방 대법원의 확고부동한 입장이다.

Ⅵ. 포르노는 무조건 금지시켜야 하는가

이른바 포르노를 규제해야 된다고 주장하는 찬성론자들은, 통상적으로 노골적인 성적 표현물에 접하게 되면 사람들의 성적 수치심이 마비되고, 그 내용을 모방하려는 경향을 보이며, 포르노를 많이 볼수록 성적 공격성이 커진다고 주장한다. 성폭력적인 포르노에 노출된 남성들은 성적으로 쉽게 흥분할 뿐만 아니라 여성에 대한 태도나 행동, 특히 성폭력이나 강간에 대해 관용적으로 바뀌는 경향이 있다는 임상실험결과까지 내세운다. 우리나라의 형사정책적인 측면에서의 한 조사결과에 따르면, 음란물과 성폭력 범죄는 밀접한 상관관계를 갖고 있다고 한다.

그러나 포르노가 성범죄를 증가시키는 원인이 아니라는 반대론도 만만치 않다. 포르노 금지론자들이 포르노가 독자 내지 시청자에게 미치는 영향을 성범죄와 직접 연결시킴으로써 너무 과장하고 있는데다가 일부 범죄자들의 극단적·예외적 충동을 마치 일반적인 현상인 것처럼 강조하고 있다고 비판한다. 성인들이 포르노를 통해 변태적인 성행위를 관람하고 그것을 공상하는 경우는 많지만 그것을 현실에서 실행하는 사례는 적다고 하며, 성폭행 포르노를 보고 성적 흥분을 일으키더라도 실제로 포르노에서 본 대로 행동할 가능성은 적다고 주장한다. 어떤 이들은 포르노를 보면서 억눌린 성적 충동을 자위행위 등을 통해 해소함으로써, 오히려 현실에서 성범죄의 동력이 되는 성적 충동을 감퇴시킬 수 있다고까지 주장한다.

포르노의 허용과 강간 등 성범죄 발생률에 관한 국제적인 비교 연구 결과에 따르면, 포르노를 허용하는 국가라고 해서 그렇지 않은 나라보다 강간 등이 많은 것은 아님을 보여 주고 있다. 세계에서 포르노를 가장 먼저 허용했던 덴마크에서는 오히려 포르노 합법화 이후 강간 발생률이 현저하게 감소한 것으로 나타났다. 이러한 현상은 1960년대에 포르노를 허용했던 스칸디나비아 국가들에서도 마찬가지였다. 미국과 영국은 포르노에 대한 규제정책에 별 차이가 없는데, 특이하게도 영국에서의 강간발생률은 미국의 12분의 1에 불과한 것으로 나타났다. 프랑스는 미국보다 포르노를 더 허용하는 편인데, 강간 발생률은 미국의 20분의 1 정도로 나타났다. 우리나라의 포르노에 대한 규제는 다른 나라들에 비해 매우 엄격하다고 말할 수 있다. 그렇지만 성 범죄율은 선진국들에 비해 매우 높은 편이어서, 포르노 허용과 성 범죄율이 비례관계에 있지 않다는 사실을 실증적으로 보여 주고 있다 하겠다.

현행 형법에서는 성 풍속에 관한 죄의 한 유형으로서 음화반포 등 죄(제243조)와 음화제조 등 죄(제244조)에 관한 처벌 규정을 두고 있다.

「영화 및 비디오물의 진흥에 관한 법률」은 건전한 영화 및 비디오 산업의 육성과 음란한 성 풍속 등의 규제를 목적으로 문화체육관광부 산하에 영화진흥위원회를, 영화진흥위원회 안에 비디오산업 진흥위원회를 각 두도록 규정하고 있다. 이 위원회들은 국내에서 제작된 작품이든 해외에서 수입한 작품이든 불문하고 모든 영화와 비디오물의 등급 분류와 관련하여 엄격한 심사권을 갖는다. 이를 통해 포르노를 비롯한 각종 외설물들의 유통과 상영을 제도적으로 차단하고 있다. 등급 분류 과정에서 아예 심사를 통과하지 못하거나 또는 제한 상영가(제한 관람가) 판정을 받게 되는 경우, 영화 제작자나 비디오물 제작자는 여러모로 결정적으로 타격을 입게 마련이다. 제한 상영가 기준을 보면 "선정성·폭력성·사회적 행위 등의 표현이 과도하여 인간의 보편적 존엄, 사회적 가치, 선량한 풍속 또는 국민정서를 현저하게 해할 우려가 있어 상영 및 광고·선전에 일정한 제한이 필요한 영화"로 정의되어 있다. 같은 법은 영화상영의 제한(제42조), 제한상영가 영화의 상영 및 유통제한(제43조), 불법 비디오물의 판매 등의 금지(제53조), 제한 관람가 비디오물의 시청제공 및 유통제한(제53조의2), 표시의무(제65조), 광고·선전의 제한 등(제66조) 규정을 두고 있으며, 해당 조항 위반에 따른 벌칙조항(제94조 및 제95조)과 양벌규정(제97조)도 열거하고 있다. 한편 「게임산업 진흥에 관한 법률」은 게임물의 윤리성 및 공공성을 확보하고 사행성 유발 또는 조장을 방지하며 청소년을 보호하고 불법 게임물의 유통을 방지하기 위하여 게임물관리위원회를 둔다고 규정(제16조)하고 있다. 위원회는 게임물의 제작·배급과 관련하여 등급 분류 심사권을 갖는다(제21조). 누구든지 범죄·폭력·음란 등을 지나치게 묘사하여 범죄 심리 또는 모방심리를 부추기는 등 사회질서를 문란하게 할 우려가 있는 게임물을 제작 또는 반입하여서는 아니된다(제32조 제2항). 이를 위반하는 경우 2년 이하의 징역 또는 2천만 원 이하의 벌금에 처한다(제45조 제6호).

법률에 의한 금지와 처벌에도 불구하고, 우리나라에서 포르노물의 보급은 급속도로 증가하여 범람하고 있는 실정이다. 그 매체도 종래의 서적, 비디오물, 음반 등에 그치지 않고 유선방송, 위성방송, PC통신, 스마트폰 등으로 다양해졌다. 보급의 양상 또한 위성방송이나 인터넷을 통해 안방과 학생들의 책상에 이르기까지 간편하고 손쉬운 방법으로 직접 전달된다는 중대하고도 심각한 변화를 보이고 있다. 이러한 신속한 변화에 대응하여 포르노 규제는 최소한의 범위에서 집중적이고도 효율적인 차원에서 강구되어야 할 것이다.

Ⅶ. 맺으며

문학작품에 등장하는 성 표현에서 사회 통념상 용납할 수 있는 한계가 어디까지인가에 대한 판단을 내리기는 쉽지 않다. 동시대 사람들이 지닌 통념이란 것도 너무나 다양하여 어떠한 일관된 합의를 도출하는 것 자체가 어렵기 때문이다. 오히려 예술작품이 다루고 있는 내용이나 형식, 표현이 사회 통념에 부합해야 한다는 전제 자체가 창작하는 이들로서는 받아들이기 어려운 것일 수 있다.

모든 창작행위는 사회 통념이나 일상적인 것에 대한 의문이나 일탈, 혹은 그것을 새로운 시각으로 보고자 하는 시도가 그 출발점이라 할 것이다. 장정일의 작품 「내게 거짓말을 해봐」는 작품 내용의 음란성이 인정되어 작가 구속이라는 사태에까지 이르게 되었다. 하지만 그의 소설이 문학작품인지 혹은 문학의 탈을 쓴 음란문서인지를 성급하게 판단하는 역할이 사법 당국의 손에 맡겨지는 것은 결코 바람직하지 않다 할 것이다. 법에서 말하는 '선량한 보통사람의 사회적 통념'은 문학의 원천인 작가의 개방적 상상력과 창조적 도전정신과는 여러모로 배치되므로, 사법 당국에 의한 사회 통념적 판단은 자유로운 창작행위를 심히 위축시킬 우려가 농후하기 때문이다.

홍염(紅焰)

Ⅰ. 작가론

최서해(崔曙海)는 1901년 함경북도 성진에서 태어났다. 본명은 학송(鶴松)이다. 어린 시절 부친에게서 한문을 배웠고, 보통학교에 입학하여 3년 정도 다니다가 그만두었다. 이것이 그의 학력의 전부다. 그 후 그는 국내와 간도를 떠돌며 부두 잡역부, 두부장수 등 최하층의 빈궁한 생활을 영위하였다. 이 같은 어려운 환경하에서도, 그는 굴하지 않고 독학으로 공부를 계속하면서 문학에의 열망을 키워 나갔다.

그는 1924년 10월 〈조선 문단〉에 단편 「고국」이 추천되어 문단에 등단하였다. 이어서 1925년에 「십삼원」, 「탈출기」 등의 작품을 발표하는데, 그중에서 특히 「탈출기」는 그의 이름을 일거에 드높인 작품으로서 문단에서 크게 각광을 받게 되는 계기가 되었다.

그의 작품들은 거의 다 공통적으로 작가의 직접 체험의 반영인 듯한 극도의 빈곤과 그에 대한 격렬한 반항적 태도를 포함하고 있는 신경향파적 경향의 작품계열에 속한다. 이 같은 특성은 당시 문단의 조류에도 상응하는 것이었다.

1925년 카프에 가입한 최서해는「홍염」등의 작품을 발표하며, 더불어 현대공론사 등 여러 잡지사에서 일하였다. 1929년에 이르러 중외일보 기자로 근무하게 됨을 계기로 카프에서 탈퇴, 이제까지의 경향파적 빈궁문학에서 인도주의적 경향으로 전환해 나가기 시작한다. 1931년 그는 매일신보의 학예부장으로 취임하여 인도주의적 색채가 농후한 장편소설「호외시대」를 연재하기도 하였으나, 지병이 악화되어 1932년에 사망하였다.

II. 시대적 배경

작품 속에서 정확한 연도는 드러나지 않았지만, 대략 1900년대 초반에서 1920년대 사이쯤으로 보인다. 서간도의 빠이허(白河)라는 촌락을 장소적 배경으로 설정하고 있다. 한민족의 북간도와 서간도에의 이주가 그 훨씬 이전부터 시작된 것은 사실이지만, 그곳으로의 본격적인 한인이주가 행해진 것은 일본 제국주의의 한반도 침략과 수탈이 노골화된 시점과 일치한다고 볼 수 있겠다. 황무지나 허허벌판 등 거의 버려져 있던 땅으로 이주한 우리의 동포들은 심혈을 기울여 농토를 개간하고 또 촌락을 형성하였다. 농토와 촌락의 영역을 점점 확대해 나가고 또 주변에 상당한 자치권을 확립해 나감에 따라 그 지역의 토착민들인 중국인들과의 사이에 갖은 알력과 마찰이 생기게 되었고, 심지어는 상호 간에 유혈 충돌까지 벌어지는 지경에 이르렀다. 그 후 일본제국주의자들이 만주에 대한 지배권까지 손에 넣게 되자, 그곳으로 이주한 한인 동포들이 겪게 되는 고통과 피해는 훨씬 가중되었다.

Ⅲ. 작품의 줄거리

서간도 한 귀퉁이에 위치한 가난하기 그지없는 촌락 빼이허. 문 서방은 사위(?)인 인가(殷哥)가 살고 있는 '달리소'로 향한다. 그는 죽어 가는 아내가 나이 든 인가에게 원통하게 빼앗긴 딸 용례를 데려다 달라고 애원하던 처량한 모습을 떠올려 본다.

문 서방은 원래 경기도 어느 지역의 소작인이었다. 10여 년에 걸친 소작인 생활에도 끝내 가난의 굴레를 벗어나지 못한 그는, 더 이상 그곳에서의 생활을 감내해 내지 못한다. 연일 이어진 고심 끝에 부부는 남부여대의 퀭한 모습으로 딸의 손을 잡아끌고는 머나먼 곳 서간도 빼이허로 이주한다. 그곳에 가기만 하면 뭔가 희망이 있겠지. 아무리 못하더라도 이곳에서의 지옥 같은 생활보다야 낫겠지. 그러나 천신만고 끝에 옮겨간 그곳에서의 생활이란 것도 고향에서의 그것에 비해 나아진 것이 없었다. 어쩔 도리 없이 이곳에서도 중국인 지주인 인가의 소작인이 된 것이다. 연이어 겹친 흉년으로 인해 결국 소작료까지도 지불하지 못하고 만다. 마음심보가 좋지 못한 인가는 이를 빌미로 음흉스럽게도 문 서방 부부의 어린 딸 용례를 욕심낸다. 결국 소작료 빚을 갚는 대신 외동딸 용례를 인가에게 빼앗긴 문 서방 내외는 절망에 빠진다. 홧병으로 몸져누운 문 서방 아내는 용례의 얼굴을 한 번만이라도 볼 수 있기를 소원한다.

북풍한설 몰아치는 한겨울, 사경을 헤매고 있는 처의 애원을 풀어 주기 위해, 문 서방은 이를 악문 채 인가를 찾아간다. 하지만 인가는 용례를 보여 주지도 않고 장인(?)을 문전박대한다. 일말의 양심은 있는지, 지전 몇 장을 떨구어 주었을 뿐이다. 풀이 죽은 채 집으로 돌아온 그의 면전에서, 아내는 딸의 이름을 목 놓아 부르다가 피를 토하며 죽는다. 아내가 원한을 품고 죽은 이튿날 밤, 세찬 바람과 매서운 추위에도 아랑곳하지 않고 인가의 집 근처에 문 서방이 모습을 드러낸다. 그는 달려드는 개들을 먹이로 달래 놓고는, 인가의 집 뒤꼍에 쌓아 놓은 보릿짚 더미에 불을 지른다. 허공으로 한껏 치솟아 오르는 홍염(紅焰)을 치켜올려 보면서 문 서방은 두 주먹을 불끈 쥔 채 한껏 쾌감에 젖는다. 불타는 집에서 밖으로 뛰쳐나온 인가를 도끼로 찍어 죽이고는 딸을 품에 안는다. 기쁨! 그 기쁨은 딸을 품에 안은 기쁨만은 아니었다. 작다고 여겼던 자신의 힘과 능력이 철통같아 보였던 성벽을 무너뜨릴 때, 사람은 무한한 기쁨과 희열을 누린다. 붉디붉은 불길은 의연히 모든 것을 태워 버릴 것처럼 하늘하늘 타오른다.

Ⅳ. 작품의 분석

최서해가 남긴 대부분의 작품은 그가 짧은 일생을 살아오면서 직접 체험한 극단적인 빈궁의 참상을 폭로·고발하고 있다. 빈곤을 작품의 제재로 삼은 것은 초기 프로문학의 공통적인 특징이었지만, 당시 경향파 작가들의 대다수가 직접적인 체험의 결여로 인하여 불가피하게 관념적 성향으로 기울어지고 있었던 것에 비하여, 최서해는 자신의 직접적이고 다양한 체험에 의해 작품에 직접성과 생기를 불어넣을 수 있었다. 이것이 그가 문학 활동 초기에 문단에 큰 관심을 불러일으킨 주된 원인이 되었다. 또한 그는 당시의 사회 하층민들의 빈궁의 참상을 구체적으로 제시하고 있을 뿐 아니라, 그에 대한 격렬한 항거의 태도를 보임으로써 빈곤 없는 통합된 사회에 대한 갈망을 암시하고 있다.

최서해의 문학은 카프 탈퇴를 계기로 프로 문학적 색채가 감소하고 차츰 인도주의적 경향으로 전환해 가는데, 그의 초기작품에 보이는 가족에의 사랑은 빈자에 대한 동류애로부터 인간에 대한 사랑으로 점차 확대된다. 같은 맥락에서 민족적 고통과 궁핍의 원인이 되는 일본제국주의에 대한 반항 의식과 민족감정을 표명한 작품들도 다수 발표한다.

그의 문학은 작가 본인의 직접적인 삶의 체험에 의한 소재문학이다. 그의 작품들이 문학적으로 여과가 덜 되었다고 보는 부정적 평가도 많은 것이 사실이다. 그렇지만 그의 체험이 지니고 있는 직접성과 처절함, 그리고 그것을 있는 그대로 전달해야 할 표현의 절박성으로 인해서, 세련된 문체의 구사를 비롯한 수사학적 문제는 그에게는 그다지 중요하지 않았을 것이라고 판단된다.

어쨌든 당시 현실에 대해 방관자적 기질을 가지고 있었던 소위 인텔리 작가들의 지나치게 관념에 흐르는 문학에 경종을 울리고, 우리 민족의 고통과 빈궁을 자기 나름의 스타일로 적나라하게 서술했다는 측면에서 그의 작품은 높은 평가를 받아야 할 것이다.

이 작품으로 돌아와 보건대, 1920년대 한국문학의 중요한 일부를 차지하는 것이 신경향파 문학임은 앞서 본 바와 같다. 1917년 러시아 혁명 이후 시작된 계급주의 사상이 일본을 통해 우리나라에 유입되면서 이를 바탕으로 한 문학운동이 전개되었는데, 이것이 바로 신경향파 문학이다.

「홍염」을 이해하는 데에는 다음의 세 가지 점을 주목해야 할 것이다. 첫째, 최서해는 만주 등지를 방랑하며 이런저런 직업을 전전했던 경험을 바탕으로 작품을 썼다. 둘째, 소재를 궁핍한 것에서 찾았으며, 구성은 지주 대 소작인 또는 공장주 대 노동자의 대립으로 되어 있다. 또한 결말이 살인·방화로 끝나는 이른바 '신경향파'적인 요소가 전형적으로 나타나 있다. 셋째, 결말의 살인·방화는 신경향파의 한계를 나타낸다는 점이다. 방화와 살인이라고 하는 대응방식은 극적이기는 하지만, 현실의 구조적 모순을 극복하는 바람직한 대안은 아니라 할 것이다. 왜냐하면 그 같은 수단의 선택은 자포자기 상태에서의 충동적 행위에 불과할 뿐, 문제의 올바르고 근원적인 해결책이 될 수는 없을 것이기 때문이다.

이 작품은 일제의 경제수탈로 인해 궁핍을 면치 못하던 1900년대 초 또는 1920년대 서간도 작은 촌락을 배경으로 그곳에 사는 한인동포들의 비참하고 억눌린 삶을 그려내고 있다. 지주에게 어린 딸을 빼앗기고 그 충격으로 아내마저 죽게 되자, 방화와 살인으로 보복을 감행하는 주인공의 극단적인 행동은 민족적 울분의 심도를 짐작하게 하는 한편, 그 한의 치유와 극복이 현실적으로 얼마나 힘든 것인가를 알려 주고 있다. 이 작품은 신경향파적 작품으로서, 빈곤과 민족 간의 대립 문제가 중심 갈등 요인으로 작용하고 있다. 이야기의 결말이 살인으로 끝난다고 하는 점에서는 김동인의 「감자」와 비슷하고, 종착점이 방화로 꾸며지고 있다는 측면에서는 현진건의 「불」과 유사하다 하겠다.

V. 법과의 관련성

작품 속에서 문 서방은 인가의 집 뒤간에 쌓아 놓은 보릿짚 더미에 불을 질러 집 전체를 불태우고, 불길을 피해 집 밖으로 뛰쳐나오는 인가를 도끼로 찍어 죽이는 것으로 묘사되고 있다.

형법 제164조(현주건조물 등에의 방화) 제1항은 "불을 놓아 사람이 주거로 사용하거나 사람이 현존하는 건조물, 기차, 전차, 자동차, 선박, 항공기 또는 광갱을 소훼한 자는 무기 또는 3년 이상의 징역에 처한다."고 규정하고 있다. 조문에서 열거하고 있는 객체에 불이 난 때에는 사람의 생명에 대한 위험이 크다는 점을 고려하여 무거운 형으로 벌하는 것이다. 여기서 '사람'이란 범인 이외의 사람을 말한다. 따라서 범인이 혼자서 살고 있는 집에 방화한 때에는 본죄는 성립하지 않는다. '사람이 주거에 사용한다'는 것은 행위자 이외의 사람이 일상생활의 장소로 사용한다는 것을 의미한다. 건조물 등이 주거에 적합하거나 행위 시에 주거하는 사람이 현존할 것도 요하지 않는다. 목적물을 소훼케 하는 일체의 행위를 방화라고 한다. 방화의 방법에는 제한이 없다. 직접 목적물에 방화하건 매개물을 이용하여 방화하건 불문한다. 이 작품 속에서는 문 서방이 인가의 집 뒤편에 쌓아 놓은 보릿짚 더미에 불을 붙이는 것으로 묘사되어 있지만, 불이 번져 나가 인가의 집을 전부 태웠으므로 현주건조물 방화죄가 성립한다고 하겠다. 이 죄가 인정되기 위해서는 불을 놓아 주거에 사용하거나 사람이 현존하는 건조물 등을 소훼한다는 점에 대한 고의가 필요함은 물론이다. 하지만 반드시 확정적 고의일 필요는 없으며, 미필적 인식으로도 족하다.

제1항의 죄를 범하여 사람을 상해에 이르게 한 때에는 무기 또는 5년 이상의 징역에 처한다. 사망에 이르게 한 때에는 사형, 무기 또는 7년 이상의 징역에 처한다(제164조 제2항). 이는 이른바 결과적 가중범에 대한 규정이다. 결과적 가중범의 일반원리에 따라 사상의 결과에 대하여 인과관계가 있고, 결과를 예견할 수 있었을 것을 요한다. 사상의 결과에 대한 인과관계는 사람이 불에 타죽은 경우뿐만 아니라 연기나 가스에 의해 질식사하거나, 넘어지는 건조물 등에 압사한 경우 또는 사상의 결과가 불을 피하여 뛰어내리다가 일어난 때에는 물론 불에 대한 쇼크로 일어난 때에도 긍정된다. 그러나 피해자가 진화작업에 열중하다가 화상을 입은 경우에는 예견할 수 있는 결과라고 할 수 없다.

형법 제250조(살인, 존속살해) 제1항은 "사람을 살해한 자는 사형, 무기 또는 5년 이상의 징역에 처한다."라고 규정하고 있다.

작품 속에서 인가의 죽음은 문 서방의 방화 행위로부터 직접 야기된 것이 아니라, 문 서방이 손에 쥐고 있던 도끼에 의해 내리찍혀 초래된 것이다. 인가가 불붙은 집으로부터 집 밖으로 뛰쳐나올 순간의 몸 상태에 대해서는 자세히 서술되어 있지 않아, 정확한 법률 적용이 어려워 보이기는 한다. 하지만 제반 정황에 비추어 보건대, 문 서방에 대해서는 형법 제164조 제2항 후단을 적용하기보다는 오히려 형법 제164조 제1항의 현주건조물 방화죄와 같은 법 제250조 제1항의 살인죄의 경합범으로 보는 것이 타당할 것이다.

Ⅵ. 맺으며

작품 속에서 주인공이 행한 방화와 살인은 자신이 처한 불우한 현실에서 자기능력으로는 해결할 수 없는 자포자기 상태에서 저질러진 충동적 행위로서, 결코 옳거나 바람직한 삶의 태도라고 보아줄 수는 없다. 하지만 독자들은 문 서방을 통해 대리만족을 얻거나 혹은 찡한 카타르시스를 느낀다. 자신의 처지가 불우하다거나 또는 자신이 박해받고 있다고 자가진단하는 이들에게는 그것이 더욱 강렬하다.

물레방아

Ⅰ. 작가론

나도향(羅稻香)은 1902년 서울에서 태어났다. 본명은 경손(慶孫), 호는 도향이며, 필명은 빈(彬)이다. 배재고보를 졸업하고 경성의전에 입학하였다. 문학에 뜻을 두고 집에서 돈을 훔쳐 일본으로 건너가 와세다 대학 영문과에 입학하였으나, 집에서 학비를 보내 주지 않아 몇 달 후 귀국하였다. 귀국 후 작품 활동을 하는 가운데 1년간 경북 안동에서 보통학교 교사로 재직하기도 하였지만, 이후에는 주로 잡지사와 신문사에서 일하였다. 그는 1921년 〈배재학보〉에 처녀작 「출학」을 발표하면서 작품 활동을 시작하였다. 1922년 현진건, 이상화, 박종화, 박영희 등과 함께 〈백조〉 동인으로 참여하여 창간호에 「젊은이의 시절」을 발표하였다. 같은 해 「별을 안거든 우지나 말걸」에 이어 11월부터 장편 「환희」를 동아일보에 연재하는 한편, 「옛날의 꿈은 창백하더이다」를 발표하였다. 이 작품들은 주조가 애상적이고 감상적인 경향이 농후하였다. 그 뒤 그러한 감상에서 벗어나 1923년에 「17원 50전」, 「행랑자식」을 〈개벽〉에, 「여이발사」를 〈백조〉에 발표하면서 냉정하고 객관적인 자세를 보여 주었다. 이 시기 이후 작가는 빈곤의 문제 등 차츰 냉혹한 현실과 정면으로 대결하여 극복의지를 드러내는 주인공들을 내세운다. 1925년에 「물레방아」, 「뽕」, 「벙어리 삼룡이」를 연이어 발표함으로써 비로소 주관적인 애상과 감상차원을 완전히 극복하고 사실주의적 경향을 보여 주기에 이른다. 작가로서 완숙의 경지에 접어들 무렵, 병마가 그를 데려간다. 1926년 8월, 그의 나이 24세 5개월.

Ⅱ. 시대적 배경

한일합방 이후 억눌렸던 우리 민족의 자주독립정신은 1919년 3·1 운동으로 불타올랐다. 민족자결주의에 입각한 3·1 운동은 자주독립을 쟁취하기 위해 벌인 거족적인 투쟁이었다. 이 운동을 계기로 상해에 임시정부가 들어서는가 하면, 중국 각지에서 무장독립투쟁도 활발해졌다. 국내에서의 독립운동 역시 더욱 고취되었다. 일제는 이 거센 흐름을 무마시키기 위해 일시적인 유화정책을 펼쳤다. 문화의 각 부분에 대한 억압과 규제를 조금씩 풀어 줌으로써 조선민족의 무장투쟁을 사전에 차단하려고 시도하였다. 언론·집회·결사·종교의 자유가 제한적으로나마 허용이 되자, 언론운동과 각종 문화운동이 활발하게 전개되기에 이르렀다. 3·1 운동 이듬해에 조선일보·동아일보가 창간되는가 하면, 순수문예지 〈창조〉·〈폐허〉와 종합지〈개벽〉 등이 잇따라 등장하여 근대문학을 본격적으로 열었다. 이에 많은 소설가들이 동인지·잡지를 배경으로 삼아 대거 문단에 진출하였다.

결국 1920년에 들어서서야 비로소 우리 소설이 근대 소설적인 성격을 분명하게 갖추게 되었는데, 이는 위에서 말했듯이 3·1 운동 이후의 민족의식의 자각과 밀접한 관련이 있다고 하겠다. 계몽주의 시대가 끝나고 민족의 나아갈 길을 모색하는 일이 이 시기의 소설에 주어진 큰 과제였던 것이다. 또한 개성의 자각과 함께 시대와 현실의 어두운 면을 포착하는 단편소설의 확립은 당시 작가들의 큰 관심사였다. 언문일치의 확립, 묘사의 치밀성을 바탕으로 한 개인과 사회의 관계를 추구하는 사실주의적 수법은 근대소설의 본령이라 할 수 있다. 바로 이 시기에 나도향은「물레방아」,「벙어리 삼룡이」등으로 가난한 조선 농민의 아픔을 비극적인 서정으로 담아낸 것이다.

Ⅲ. 작품의 줄거리

덜컹덜컹 홈통에 들어갔다가 다시 쏟아져 흐르는 물이 육중한 물레방아를 번쩍 쳐들었다가 쿵 하고 확 속으로 내던져질 때, 머슴들의 콧소리는 허연 겨가루가 켜켜이 앉은 방앗간 안에서 청승스럽게 들려 나온다. 달이 유난히 밝은 가을 밤, 물레방앗간 옆에 서서 어떤 남녀가 수작을 부린다. 늙은 남자 신치규는 달래는 듯한 말로 이방원의 젊은 아내를 꾀고 있다. 이방원은 입체적이고 동적인 인물로서, 지주인 신치규의 집에서 막실살이를 하는 우직하고 순박한 농사꾼이다. 방원의 처는 이지적이면서도 창부형으로 그려지고 있다. 물욕과 신분상승 욕구가 매우 강하다. 문제의 신치규는 방원의 상전으로, 나이 오십이 넘은 탐욕스런 늙은이다. 대를 이을 자식을 하나 낳아 주면 내 것이 전부 네 것이 된다는 신치규의 말에 방원의 아내는 새침한 웃음만 짓는다. 둘은 방원을 쫓아낼 약속을 하곤 물레방앗간 안으로 들어간다. 달빛이 스며드는 가운데 물레방아의 절구공이는 쉼 없이 쿵더쿵 덩더쿵 절구질 중이다. 사흘 후 방원은 신치규로부터 돌연 자기 집에서 나가 달란 통보를 듣는다. 애걸해 봐도 소용이 없자, 방원은 자초지종을 모른 채 처에게 안주인마님께 사정 얘기를 해 보라고 한다. 아내는 오히려 앞으로 자기를 어떻게 먹여 살릴 거냐며 앙탈을 부린다. 방원은 홧김에 아내에게 주먹질과 발길질을 해대고, 방원의 처는 꺼이꺼이 소리 높여 운다. 그날 밤, 술이 얼큰하게 취해 집에 돌아온 방원은 사과할 생각으로 방문의 고리를 잡아흔든다. 아내는 집안에 없다. 옆집 아주머니로부터 아내가 단장을 하고 물레방아께로 가더라는 소리를 듣는다. 그가 막 방앗간으로 돌아들자, 신치규와 아내가 밖으로 나오는 장면이 포착된다. 사지가 떨리고 윗니 아랫니가 맞부딪친다. 처음에는 놀라고 당황하던 계집과 신치규가 이젠 오히려 방원에게 호통을 치고 나온다. 어제까지의 상전이란 생각에 한동안 주저하던 방원은, 끝내 신치규의 멱살을 잡고 넘어뜨리고는 목을 조른다. 이제 그는 더 이상 상전도 아니고 자기와 똑같은 사람, 아니 원수일 뿐이다.

"사람 살류!"하는 계집의 비명에 사람들의 목소리와 칼 소리가 난다. 방원은 순사의 구둣발 소리를 듣자 비로소 자기가 무슨 일을 저질렀는지 깨닫곤, 미친 듯이 일어나 계집에게 어서 도망가자고 팔을 잡아끈다. 그러나 방원은 순사의 포승에 묶인 채 끌려가고, 신치규는 널브러진 채 머슴들의 등에 업혀간다.

그로부터 석 달이 지나고, 상해죄로 감옥에 갇혔던 방원은 출옥한다. 그 사이 신치규는 아무런 일도 없었다는 듯 방원의 계집을 데려다 함께 살고 있다. 방원은 더욱 냉정해진 세상을 원망한다. 칼을 품고는 신치규의 집으로 달려간다. 차마 계집을 죽일 용기가 나지 않는 그는 마지막 작심으로, 자기와 함께 멀리 떠나자면서 계집을 달래고 또 위협해 본다. 일언지하에 거절당하고, 결국 자신의 아내를 찌르고 나선 본인도 칼로 가슴을 겨눈 채 거꾸러져 칼에 찔린다.

Ⅳ. 작품의 분석

「물레방아」는 나도향이 1925년 8월 〈조선문단〉에 발표한 단편소설로, 이 작품은 인간의 욕망의 문제와 경제문제, 계층 간의 갈등이 뒤엉켜 있는 작품이다. 운명문제(신분), 본능문제(성 충동), 현실문제(가난) 등이 드러남으로써 나도향 후기 작품들의 특징을 뚜렷하게 보여 주고 있다. 이 작품에서 이방원의 아내는 김동인의 「감자」의 주인공 '복녀'가 보여 준 윤리적 타락과 일맥상통하는 여인으로 그려지고 있으나, 남편을 대하는 태도에서는 복녀와 전혀 상반된다. 즉 지주의 유혹에 쉽게 빠져들면서도 남편에게는 잔혹할 만큼 냉담한 모습을 보여 주고 있다. 가난이란 것이 윤리적인 면에서 한 여인에게 얼마나 커다란 영향을 줄 수 있는가를 보여 주는 것으로, 그녀의 죽음은 지나친 욕망과 그에 따른 윤리적인 타락에서 연유한 결과라고 할 수 있겠다.

주인공 이방원의 살인은 당대 신경향파 소설에서 보편적으로 보여 주는 살인과는 색다른 것이라 하겠다. 즉 지주인 신치규와의 계급에 따른 적대적 관계나 경제적 궁핍에 대한 복수가 중심이 아니라, 자신의 아내를 둘러싼 애정 문제에서 비롯된 치정관계의 극단적 돌파구인 것이다. 탐욕의 파탄을 주조로 한 이 「물레방아」는 식민지 시대 우리나라 농촌의 구조적 가난과 전통적인 성 윤리의식의 변질이 맞물려 빚는 갈등, 그리고 그 갈등이 고조되어 죽음으로 종결되는 과정을 잘 보여 주고 있다. 특히 이 작품에서는 돈과 인간본능의 함수관계에 대한 작가의 인식과 관찰이 돋보이며, 당시 농촌의 피폐한 경제와 에로티시즘의 상징물인 동시에 향토적 정취이기도 한 물레방앗간이란 배경설정이 작품의 성공에 크게 기여한 것으로 보인다.

이 소설은 탐욕스런 집주인과 아내와의 불륜에 맞선 어느 농사꾼의 비극을 다루고 있다. 나도향은 이 문제를 다루기 위해 무섭게 이지적이면서도 전형적인 창부형인 아내와 불같이 격렬한 성격인 방원을 등장시킨다. 이 둘은 각각 요부형과 야수형의 인물이라고 할 만한데, 이들이 결합되어 있을 때는 운명적으로 파탄이 기다리는 법이다. 전남편을 버리고 방원을 따라나선 전력을 가지고 있는 아내는, 경제적으로 무능한 방원 대신 지주인 신치규를 택한다. 방원 아내의 전력이 이미 비극을 내포하고 있다고 보아도 틀리지 않을 것이다.

물레방아란 곡식을 찧어 내는 곳, 즉 생존과 관계되는 곳이면서도 당시 농경사회 구조의 모순 속에서 비정상적인 연애가 이루어지는 실제적인 장소의 의미도 갖는다. 나아가 은밀하고 병적인 성적인 욕망(성 충동을 연상케 하는 상징물)을 암시하는 상징어가 되기도 한다. 이와 같이 물레방아는 토속적이면서 애욕적인 세계를 연상시키며, 방원과 그의 아내가 빚어내는 격렬한 애욕의 분위기와도 잘 어울린다. 방원과 그의 처의 성격 및 이들의 관계란 원형적인 것으로서, 고대 그리스 신화에서도 비슷한 예를 찾아볼 수 있다. 즉 헤파이토스와 아프로디테의 관계가 바로 그것이다. 추남인 대장간의 신 헤파이토스의 눈을 피해 미의 여신 아프로디테는 뭇 남자들과 성적 관계를 가진다. 헤파이토스가 뒤늦게 이를 알아차리게 되면 분노는 불길처럼 치솟아 오르게 마련이다. 결국 방원은 눈이 뒤집힌 상태에서 아내를 죽이고, 뒤이어 자신도 자살한다. 이 작품이 계급의식과 인간의 원초적 본능 문제를 다루면서도, 그것이 추악하게 느껴지기보다는 낭만적으로 받아들여지는 것은 앞에서 말한 상징을 사용했기 때문이라고 볼 수 있다. 가진 자의 탐욕에 대한 막실살이꾼의 응징이 아내 살인으로 매듭된다는 점에서 지배체제 원리의 전근대성을 역설적으로 폭로하고 있는 작품으로도 볼 수 있겠다.

Ⅴ. 법과의 관련성

이 작품에서는 방원 아내와 지주인 신치규 사이에 벌어진 불륜과 관련하여 형사상 간통죄 여부가 문제될 것이다. 그리고 방원의 아내 살해 장면과 관련해서는 형법상 살인죄 성립이 거론될 수 있으며, 자살에 대한 법적 차원에서의 관여 가능 여부가 문제될 수 있을 것이다.

남녀 사이의 은밀한 애정행위인 간통을 국가가 적극적으로 관여하여 형사적으로 처벌할 수 있느냐와 관련하여, 국내외를 막론하고 상당한 세월에 걸쳐 논쟁이 지속되어 왔다. 선진국은 물론, 현재를 기준으로 보면 처벌하지 않는 국가들이 상당한 비중을 차지하고 있다. 우리나라에서도 그간 수차에 걸쳐 위헌심판제청이 있었고, 그때마다 헌법재판소의 이에 대한 심판이 있었다. 합헌결정을 반복하여 오다가 결국 최근에 이르러 위헌 결정이 내려졌으며, 이에 따라 2016. 1. 6.자로 개정된 형법에서 제241조 간통죄 부분이 통째로 삭제되기에 이르렀다. 다만 간통행위가 형사상 처벌대상에서 제외되기는 하였지만, 그렇다고 민법상 이혼소송과 관련한 유책 배우자의 지위에서까지 벗어날 수 있는 것은 아니다.

방원의 아내 살해에 나름대로의 명분이 있고 또한 동정의 여지가 없지 않다고 할 수는 있겠으나, 형법상 규정된 살인죄의 죄책을 피해갈 수는 없을 것이다. 다만 살인죄의 피의자가 범행 후 자살하였으므로, 이런 경우 공소제기 및 유지의 의미가 더 이상 없다 할 것이므로 수사기관으로서는 공소권 없음 처분을 하여 수사를 종결하여야 한다. 공소 제기된 이후 재판이 종결되기 전 사이 중간에 피고인이 사망하였다면 법원은 결정으로써 공소기각을 선고하여야 할 것이다. 자살은 도덕적·윤리적으로 비난 가능성이 크고, 특히 종교에서는 자살행위를 죄악시하고 있는 것이 현실이다. 이같이 여러모로 비난의 대상이 되고는 있으나, 법률상 자살행위에 대해 가할 제재의 종류나 방식도 마땅찮고, 그 처벌을 과연 누가 어떻게 감내할 것인가와 관련해서는 사정이 더욱 복잡해진다. 현행법상 자살자에 대하여도 수사기관이 관여하기는 한다. 십중팔구 사체검시 내지 부검이 행해진다. 사인을 밝히기 위함이다. 타살이나 범죄행위와 관련한 사망인지 여부를 살펴본다. 자살임이 밝혀지는 경우 사체를 유족에게 인계하고 사건을 종결한다. 자살에 대해 현행법상 처벌규정은 없다. 그러나 요단강을 건넌 후 신의 심판을 뿌리칠 순 없겠다.

Ⅵ. 현실에의 대입

「물레방아」에서 사통한 아내를 죽이고 스스로는 자살을 감행하는 소극적인 형태의 결말은 작가의 의식이 간통을 남녀의 애욕에 얽힌 윤리적인 차원의 문제로 보지 않고, 오히려 그러한 것을 가능케 한 당대의 사회적 모순이라는 명제에서 찾으려고 했기 때문이라고 볼 수 있다. 이는 작품 속 "돈이 사람을 죽이는구나!", '그의 머리 속에는 아까까지 상전이라는 관념이 남아 있었다.' 등의 방원의 말과 행동에서 여실하게 목격할 수 있기 때문이다. 아내가 지주에게 몸을 허락하는 행위 역시 그를 사랑하게 되었다든지 또는 남편이 싫어서가 아니라, '은가락지 은비녀 한 벌 사 주지 못하는' 경제적 무능력자인 남편으로부터 '이 마을의 가장 부자요 가장 세력이 있는 사람'으로 옮겨 가고 싶어 하는, 순전히 경제적인 이유 때문이다. 그래서 신치규가 내세우는 미끼는 '호강'이라는 단어다. 결국 이 작품에 나타나는 간통은 가난과 신분 때문에 아직껏 벗어나지 못한 당시의 시골생활을 통해 사회적 모순을 드러내려고 사용한, 일종의 구조적인 장치라고 볼 수 있겠다.

이러한 풍경과 현상은 현재 우리사회에서도 그대로 적용된다 할 것이다. 현대인들은 물질 만능주의와 재물욕에 도취된 나머지, 반도덕적·반윤리적 삶을 살아가고 있다. 방원의 모습은 우리사회에서의 남편들의 무능력(물질적 의미에서의 무능력)을 나타낸다고 볼 수 있다. 경제적 빈곤과 무능력하에서 가정의 행복과 원만한 부부관계는 유지되기가 어렵다. 「물레방아」에 나타나 있는 배경들은 우리들의 삶이 물질만을 심히 추구하거나, 반윤리·반도덕적 행태로 흘러간다면 개인적인 삶의 파기성이 누적되어 사회적으로 심각한 악영향을 끼치게 된다는 사실을 암시하고 있다 할 것이다. 현실을 진단해 볼 때, 경제적 부의 편중으로 인한 빈부격차와 그에 따르는 상대적 박탈감, OECD 회원 국가들 중 최고수준인 이혼율과 자살률, 대량 해고와 청년실업 등의 문제는 하루이틀 사이에 해결될 수 있는 문제가 아니다. 성 자유화와 성 개방이라는 미명하에 성 문란의 정도가 민망하기 짝이 없어, 가히 눈 뜨고 볼 수도 없게 된 것 또한 부인할 수 없는 우리 주변의 실상이다. 오호, 통재라!

Ⅶ. 맺으며

돈 많다는 것 하나로써 세상의 모든 권세와 명예를 독점할 수 있다고 착각하는 선남, 황금만능주의의 포로가 되어 이놈저놈 앞에서 스스럼없이 치마끈을 풀어헤치는 선녀들이 어우러져, 이런저런 형태의 요지경 속으로 사람들을 끌어들인다. 아내의 불륜을 뻔히 알면서도, 아내가 밖에서 챙겨 오는 몇 푼 남짓에 현혹되어 겉으로는 태연한 척 가장하는 왜소하고 초라한 이 땅의 사내들은, 눈 내리는 지금도 식은 골방에 홀로 누워 있는가?

갯마을

Ⅰ. 작가론

오영수(吳永壽)는 1909년 경남 울주(현 울산광역시 울주군)에서 가난한 집안의 장남으로 태어났다. 호는 월주(月洲). 가난한 집안환경은 자연히 그를 내성적인 성격의 소유자로 만들었다. 우수한 성적으로 언양보통학교를 졸업했으나, 가정형편상 상급학교에 진학할 수 없었다. 그 후 일본으로 건너가 도쿄 국민예술원에서 수학하였고, 만주 일대에서 방랑생활을 영위하기도 하였다. 8·15 해방 후 경남여고와 부산중학교에서 교사로 재직하면서 작품 활동을 시작하였다. 1948년 〈백민(白民)〉에 시 「산골아이」와 「6월의 아침」을 발표하였다. 이듬해 〈신천지〉 7월 호에 단편소설 「남이와 엿장수」(후에 「고무신」으로 개제)가 추천되었다. 본격적인 문단활동은 1949년 서울신문 신춘문예에 단편소설 「머루」가 당선되면서부터였다. 그는 비슷한 연배의 작가들보다 등단이 늦은 편이다. 그러나 이러한 약점은 오히려 자기 주관이 어느 정도 확립된 이후에 문학 활동을 시작한 것으로 해석할 수 있겠다. 그는 등단 후 6·25 전쟁기간 동안 종군 작가단에 참여하여 많은 체험을 할 수 있었다. 이는 훗날 「후군기(後軍記)」(후에 「동부전선」으로 개제), 「후일담」, 「전우」 등 작품에서 형상화되었다. 〈현대문학〉 편집장으로 11년간 일했다.

오영수가 작품 활동을 한 시기는 1950년대에서 1970년대까지 약 30년간이다. 이 시기는 6·25 전쟁, 5·16 군사혁명, 유신체제라는 역사적 격변을 겪던 때였다. 이 같은 시대의 급격한 조류변화에 따라 많은 작가들이 내부적으로 문학적인 패턴과 내용에 있어서 다양한 형태의 변화를 경험하게 되었다. 그럼에도 불구하고 그는 시종 일관되게 단편소설이라는 한 분야만 고수해 왔고, 200편 남짓 단편소설을 남겼다. 작가는 단편만 창작하는 이유에 대해 "하나의 예술품을 담는 그릇으로서 장편보다는 역시 단편이 더 적당하기 때문"이라고 밝힌 바 있다. 1979년 사망. '꼬장선비'라는 그의 닉네임이 평소의 성격 내지 절조를 잘 말해 준다. 민중미술로 유명한 오윤(吳潤)이 그의 아들이다. 2014년 1월 울주군 언양읍에 '오영수 문학관'이 개관되었다.

II. 시대적 배경

작품의 시대적 배경은 상수의 징용으로 보아 일제강점기 말엽이다. 그러나 이 소설에서는 상수의 징용을 빼고는 일제강점기라는 분위기를 확연히 느낄 수는 없다. 오영수는 이 작품을 1956년에 집필하였다. 그의 작품 활동과 관련하여 주목해야 할 것은 그가 8·15와 6·25 사이에서 문학에의 길로 접어들었고, 6·25의 영향 속에서 작품 활동의 본궤도에 들어섰다는 사실이다. 그가 해방공간의 소용돌이 속에서 길을 선택했고 전쟁의 잔해 속에서 그 길을 다져 나갔다는 점에서, 우리들은 그가 그토록 인간과 자연의 문제에 집착하고 또 문명과 도시의 폐해를 지적해 냈던 연유를 짐작할 수 있다.

해방공간에서 오영수에게 의의를 지녔던 것은 좌우익 간의 대립과 김동리의 존재라 하겠다. 해방 직후의 좌·우익 문학의 쟁점은 물질중시 대 정신중시 또는 사회성 옹호 대 인간성 옹호의 문제였다. 좌익 쪽에서는 개인은 환경의 구성분자요 환경은 인간을 지배한다는 생각에서 문학의 사회적 효용과 집단적 성격을 강조한 반면에, 우익 측은 근본적으로 중요한 것은 인간의 정신적 조건이라는 신념으로 문학의 본령이 인간성 내지 인간미의 추구와 옹호에 있음을 내세웠다. 이러한 시대적 상황하에서 오영수의 데뷔와 그 이후의 지원을 위해 크게 힘 쓴 사람이 바로 김동리다. 김동리가 주창한 것은 민족주의적 순수문학이었고, 인간성의 추구와 옹호였다. 그는 최초의 오영수론을 쓰기도 했다. 이 같은 과정 속에서 오영수는 김동리가 내건 인간성 옹호, 순수문학의 영향권 내에 머물렀으며, 그 또한 인간성 옹호를 자신의 작품의 주된 지향점으로 삼았다.

6·25 전쟁이 오영수에게 준 의미는, 그가 전쟁과 이에 따르는 외래 문물의 유입이라는 와중에서 자신의 감수성을 발견하고 키워 나가지 않

으면 안 되었다는 점이다. 작가들은 새로운 외국문화를 수용하여 여기에서 자신의 정신적 지주를 발견하고 개척자의 공로를 인정받아 보겠다는 부류와, 한국사회의 뿌리를 찾고 이를 계승·발전시키면서 애국의 표시를 해 보겠다는 부류로 크게 나뉘어지게 되었다.

1950년대 후반기로 오면서 새로운 이념의 추구는, 그 이념의 주체인 인간의 추상성 때문에 결국 인간을 상실한 예술의 구조화라는 측면으로 방향을 바꾸게 되었다. 이에 따라 한국적인 것에의 집착은 전통에 대한 논의나 한국사회의 현상을 파악하려는 방향으로 나아가게 되었다. 휴머니즘론과 전통론은 1950년대 문학의 최대 관심사였다. 오영수에게 있어 휴머니즘론은 인정과 신의의 문학으로, 전통론은 반(反)외래문화·반(反)기계문명으로 수렴되어 구체화된다.

Ⅲ. 작품의 줄거리

서쪽으로 멀리 기차소리가 바람결에 들리고, 동해 바다의 파도가 찰싹대는 해변가에 H라는 조그마한 갯마을이 있다. 낡은 삿갓모양의 초가가 스무집 정도 퍼져 있고, 작은 멸치 후리막이 있다. 이곳은 미역으로 이름이 나 있으나, 마을 사내들은 대부분 어선을 타고 먼바다로 품팔이를 나간다. 그런 때문인지 이 마을에는 유독 과부들이 많다. 해순이도 가장 나이 젊은, 스물 셋의 청상이다. 어느 초여름 날, 멸치 후리막에서 여름 들어서 첫 꽹과리 소리가 들려왔다. 드디어 멸치 떼가 몰려온 것이다. 마을 사람들은 일제히 막으로 달려가 그물을 끌어당긴다. 이때 해순이의 손등을 덮어 쥐는 억센 손이 있었다. 그물의 줄과 함께 꽉 움켜쥔 상태인지라, 해순 혼자의 힘으로는 도저히 자신의 손을 빼낼 수 없었다. 그런데 사내들이 멸치가 든 그물을 뭍으로 끌어올려 한곳으로 모아드는 판에, 누군가가 해순의 치마 속으로 손을 디민다. 해순은 반사적으로 홱 뿌리치고는 저만치 달아나 버렸다. 집으로 돌아와 아랫도리를 헹궈 내고는 자리에 누웠으나, 당최 잠이 오지 않는다.

해순이는 해녀의 딸로 태어났다. 성구에게 시집을 온 것이 열아홉 살 때였다. 친정어머니는 그녀를 시집보내고는 고향인 제주도로 건너갔다. 성구는 해순이를 오롯이 아끼고 사랑했었다. 하지만 배를 타고 고기를 잡으러 바다로 나갔다가 불귀의 객이 되고 말았다. 과부 아낙들은 말짱 허사라는 사실을 번연히 알면서도, 남편들이 행여나 살아 돌아올까 막연히 기대하면서 모래밭에 앉아 소일하는 날들이 많아졌다.

어느 날 밤, 해순은 온종일 미역바리를 하고는 지친 몸으로 깊은 잠에 빠졌다. 갑자기 갑갑증이 나서 언뜻 깨어 보니, 이미 일이 벌어진 뒤였다. 정신이 바짝 들어 사내를 밀쳐내려 했으나, 웬일인지 숨결만 가빠오고 혀가 말을 듣지 않는다. 다음 날 해순이가 한천을 펴고 있는데, 누군가가 등 뒤에서 그녀를 부른다. 후리막에서 일하고 있던 상수였다. 그는 해순의 손을 잡아 쥐고는, 방바위 안으로 숨어들어가 자기와 함께 살자고 한다. 해순은 처음에는 외면을 하나, 간밤에 자신의 방에 들어왔던 자가 바로 상수였음을 알게 되자 묘한 감정이 일어난다. 얼른 조개칼을 집어 들고 다가오는 상수를 겨누기는 하나, 정작 찌를 자신은 없다. 상수는 오히려 그녀가 귀엽다는 듯 쳐다보다가, 그녀의 손에서 칼을 거둬

낸다. 바로 그날 상수로부터 절대 소문을 내지 않겠다는 다짐을 받고는 몸을 허락한다. 그러나 이틀이 못가서 소문이 돌기 시작했고, 급기야 시어머니의 귀에도 들어갔다. 평소 친딸처럼 며느리를 아끼던 시어머니는 며느리의 개가를 권한다. 해순의 낯이 달아오른다. 다음 날 상수가 해순이를 맞이한다는 소문이 마을에 쫙 퍼지고, 해순은 결국 상수를 따라 갯마을을 떠난다.

해순이가 떠나버린 갯마을은 왠지 쓸쓸하다. 한 해가 지나고, 다시 멸치 철이 돌아왔다. 동네 아낙들이 모여 앉아 두런두런 얘기를 나누고 있을 때, 상수를 따라갔던 해순이가 난데없이 나타난다. 상수가 징용으로 끌려갔고, 산 속에서 외로이 살기 싫은 해순이가 갯마을로 다시 돌아온 것이었다. 해순이는 갯마을이 더 좋다고, 다시는 그곳을 떠나지 않겠다고 아낙네들에게 말한다. 헤어졌던 시어머니와도 눈물의 상봉을 한다. 해순이는 방에 들어가 해산물 채취 장비와 도구를 챙겨 가지곤 물가로 나왔다. 오래간만에 그립던 갯냄새를 맡아 본다. 후리막에서 야단스레 꽹과리가 울렸고, 해순이는 후리막으로 달려갔다. 맨발에 닿은 식은 모래가 오장육부가 간지럽도록 시원했다.

Ⅳ. 작품의 분석

오영수의 1950년대 소설들 중 「갯마을」은 서정적 구조를 지닌 작품이라 할 것이다. 이 작품은 해순이라는 한 해녀가 바다를 떠났다가, 바다가 좋아 다시 그곳으로 회귀한다는 내용의 이야기다. 이러한 이야기는 그녀의 과거회상 형식으로 전개된다. 이러한 과거 회상을 현재의 시간이 앞뒤로 감싸는 구조를 취한다. 전반부의 현재시간은 여름밤의 멸치 떼를 후리기 위해 밧줄을 붙잡은 젊은 과부(해순)와 그녀의 뒤를 감싸안는 낯모르는 제3의 사내와의 애정이 차단되어 버렸음을 나타내고 있다. 이에 반하여 후반부의 현재시간, 즉 결말은 그들의 애정이 행복하게 귀결될 것임을 암시하고 있다. 이는 해순이와 두 남자의 불행한 만남이라는 과거 회상이 부정적 의미를 지닌 폐쇄적 서두를 개방적 결말로 변환시키는 데 필요한 기능을 하고 있다는 것을 말한다고 하겠다. 이 점에서 작품의 결말부에서 구사되는 "달음산 마루에 초 아흐렛 달이 걸렸다. 달그림자를 따라 멸치 떼가 들었다."는 식의 어투는 생성과 풍요와 같은 긍정적 의미를 지닌 비유적인 표현이라고 할 수 있을 것이다.

오영수의 거의 모든 소설은 작가가 태어나서 자란 고향이나 그 주변이 공간적 배경으로 설정되어 있다. 전원은 오영수 소설에서 서정적 분위기를 조성하는 주된 요소로 자리잡게 된 것이다. 「갯마을」, 「메아리」, 「은냇골 이야기」의 테마는 선한 인간성의 추구, 자연과의 융화에 있다 하겠다.

하나의 폐쇄적 공간을 상정하여 그 속에서의 민초들의 삶을 그려내고 있다. 작품 속에서 '억센 손'은 건강하고 원시적인 생명의식의 발로를 상징한다. 무의식 속에 억압되어 있던 인간의 본능은 기회 있을 때마다 강렬한 충동으로 현실의 세계에 펼쳐 보이길 욕망한다. 그러므로 억센 손이 등장하는 대목의 묘사는 갯마을로 다시 돌아온 해순의 삶의 역정이 끝난 것이 아니라, 앞으로 또 다른 성구나 상수가 등장할 것임의 예고라 할 것이다.

집 안과 집 밖을 이어 주는 문은 외계와 내계의 연결이라는 상징적 의미 외에, 새로운 세계와의 만남을 상징한다. 이 말은 정신의 아직 탐구되지 않은 부분들을 의식적인 통제하에 두기 위해 그 영역 안으로 들어가라는 권유가 된다. 그러므로 「갯마을」의 경우 문을 잠그지 않고 자는 행위는 해순과 미지의 남성과의 연결, 새로운 삶의 세계를 표상한다 하겠다.

그리고 해순이 밤에 입고 나갔던 '맴치마'는 '열린 문'과 상통한다. 입고 있던 옷을 벗고 맴 치마로 갈아입는다는 것은 외적 세계와 대립되는 내면세계로의 진입을 암시한다. 소설의 서두와 결말에서 반복되는 숙이 엄마의 "맴치마만 걸치면 될걸"하는 말은, 해순 스스로 행하지 않더라도 주변인물 또는 현실세계가 결코 그녀를 '닫힌 문' 속에 그냥 두지 않을 것이라는 강력한 느낌을 불러일으키기에 충분하다.

「갯마을」은 삶의 터전을 바다로 설정하였기 때문에 인간 본연의 문제가 적나라하게 드러난다. 자고로 바다의 이미지란 삶과 죽음을 매개하는 이미지다. 심리학적으로 바다는 정신 안에 있는 진정한 자기와 전체적 자기를 위한 잠재력의 존재를 상징한다. 바다가 지니고 있는 이런 속성은 이 작품에서 단순히 구성으로만 나타나는 것이 아니라, 그 세부묘사에도 발견되어 갯마을 사람들의 생활양식을 결정짓는 토대가 된다. 그러므로 이 소설에서 바다의 생리와 해순의 생리는 상호 연관되어 전개된다. 이는 낯선 열려진 타관 땅의 새 생활을 버리고, 정든 닫혀진 늙은 고향땅으로 돌아오는 해순의 태도만 보더라도 알 수 있다.

끝으로, 이 작품의 중요한 일면으로서 에로티시즘을 지적할 수 있다. 후리막에서 그물을 당기는 장면이나 밤중에 잠을 자다가 일을 당하는 대목, 방바위에서의 해순과 상수의 대화, 여인들의 잡담 등에는 상당히 짙은 섹스의 뉘앙스가 풍긴다. 물론 그것은 어촌이면 으레 그러한바 생활의 지극한 일상으로 취급될 뿐, 에로티시즘 자체가 작품 전체를 기능적으로 밀고 나가는 추진력으로는 작용하지 않는다. 오히려 이 작품에서 성은 바다와 같은 대자연에 비해 하나의 소자연으로 그려져 있다. 그렇기 때문에 해순이 결코 바다에 거역해 보고자 생각해 보지 않았던 것처럼, '그저 남녀가 한번 관계를 맺으면 으레 그렇게 되는가 보다. 그래서 그렇게 됐고 또 그렇게 해야 되나 보다.'하는 지극히 막연한 생각으로 상수를 따라갔던 것이다. 거기에는 자기 행동에 대한 최소한의 자의식도 없으며, 바다로서 대표되는 자연에 대한 일말의 대상화도 행해지지 않는다. 오히려 자연의 일부로서 파악된 인간이라고 보는 것이 타당할 것이다.

V. 법과의 관련성

소설의 초반부에 해순의 손등을 감싸안고 또한 해순의 치마 속으로 손을 집어넣은 '억센 손'의 사내에 대하여는 형법상 강제추행죄 여부가 문제될 것이다. 형법 제298조(강제추행)는 "폭행 또는 협박으로 사람에 대하여 추행을 한 자는 10년 이하의 징역 또는 1,500만 원 이하의 벌금에 처한다."고 규정하고 있다. 사람의 성적 자유 내지 성적 자기 결정의 자유를 보호하기 위해 마련된 조항이다. 남자뿐만 아니라 여자도 본죄의 주체가 된다. 객체는 사람이다. 따라서 여자뿐만 아니라 남자도 포함하며, 기혼·미혼 또는 그 연령의 여하는 묻지 않는다. 범행 수단으로서의 폭행·협박은 상대방의 의사에 반하는 유형력의 행사가 있는 이상 그 힘의 대소강약은 불문한다는 견해가 타당할 듯하다. 추행이란 성욕의 흥분, 자극 또는 만족을 목적으로 하는 행위로서 건전한 상식 있는 일반인의 성적 수치·혐오의 감정을 느끼게 하는 일체의 행위를 의미한다고 정의되고 있다. 그렇다면 소설 속 '억센 손'의 해순에 대한 일련의 행동은 해순의 의사에도 반할 뿐 아니라 해순이 예상할 수도 없는 짧은 순간에 일방적으로 기습적으로 행해진 것이므로, 형법상 강제추행죄의 죄책을 면할 수 없다 할 것이다.

소설의 중반부에선, 해순이 일로 인한 피곤으로 곯아떨어진 상태에서 방 안으로 몰래 들어온 남정네로부터 몸을 뺏기는 장면이 묘사되고 있다. 이와 관련하여서는 형법상 준강간죄와 주거침입죄가 문제될 수 있다. 형법 제299조(준강간, 준강제추행)는 "사람의 심신상실 또는 항거불능의 상태를 이용하여 간음 또는 추행을 한 자는 제297조, 제297조의2 및 제298조의 예에 의한다."고 규정하고 있다. 여기서 제297조는 강간, 제297조의2는 구강, 항문 등 성기를 제외한 신체의 내부에 성기를 넣거나 성기, 항문에 손가락 등 성기는 제외한 신체의 일부 또는 도구를 넣는 형태의 이른바 유사강간, 제298조는 강제추행 처벌 규정이다. 준강간은 폭행 또는 협박의 방법으로 간음한 것은 아니지만, 심신상실 또는 항거불능의 상태를 이용하여 같은 결과를 초래할 때 이를 강간죄와 동일하게 처벌하는 것이다. 본 죄에서 말하는 심신상실은 심신장애라는 생물학적 기초에 국한되지 않는다. 따라서 수면 중의 사람 또는 일시 의식을 잃고 있는 사람도 여기에 해당한다. 항거불능이란 심신상실 이외의 사유로 인하여 심리적 또는 육체적으로 반항이 불가능한 경우를 말한다. 심리적으로 항거가 불가능한 경우로는 의사가 자기를 신뢰한 여자 환자를 치료하는 것처럼 하면서 간음한 경우를 들 수 있으며, 포박되어 있거나 이미 수회의 강간으로 인해 기진맥진해 있는 사람은 육체적으로 반항이 불가능한 경우에 해당한다. 처에 대해 강간죄가 성립하느냐와 관련하여 상당한 기간에 걸쳐 논쟁이 있었는데, 최근에 이르러 우리나라 법원도 처의 명시적인 거절 의사표시가 있음에도 이를 무시하고 행해진 간음행위에 대해 이를 강간죄로 인정, 유죄선고를 하는 추세에 진입한 바 있다. 여하튼 앞서 본 남정네의 해순에 대한 겁탈행위는 형법상 준강간죄로 의율하여 처벌하여야 할 것이다. 법정형은 강간죄의 경우와 동일하다.

형법 제319조(주거침입, 퇴거불응) 제1항은 "사람의 주거, 관리하는 건조물, 선박이나 항공기 또는 점유하는 방실에 침입하는 자는 3년 이하의 징역 또는 500만 원 이하의 벌금에 처한다."고 규정하고 있다. 따라서 「갯마을」에서 남정네가 강간을 하기 위한 방편으로 별 생각 없이 해순의 방에 들어오긴 하였으나, 형법상 준강간죄의 죄책을 지는 외에도 주거침입의 처벌 또한 면할 수 없다. 즉 준강간죄와 주거침입죄의 경합범으로 처벌될 수밖에 없겠다. 준강간죄는 친고죄다. 즉 피해자의 고소가 있어야 처벌할 수 있다.

Ⅵ. 맺으며

오영수의 소설을 논하면서 가장 많이 거론하는 용어는 '인정'과 '선악'이다. 이것은 따뜻한 인정과 서정적 분위기로 각박하기만 한 세상사에 하나의 이상향을 제시해 주기 위한 배려일 수 있다. 하지만 끝내 인간성을 옹호하지는 못했다는 것이 문제다. 인정이나 정담을 소재화하는 데서 더 나아가지 못했다. 오영수를 포함한 대부분의 인간성 옹호론자들이 좌익계열 문학에 대한 반대 명제로만 인간성 옹호론을 들고 나왔기 때문에, 생명의 존엄과 생존의 옹호를 향한 그들 나름대로의 뚜렷한 지향점이 없었다.

'님의 부재', '가버린 님에 대한 그리움'은 한국문학사에 있어서 고대·근대를 막론하고 가장 대표적인 원형이다. 오영수의 소설에도 이와 같은 유(類)의 모티브가 의외로 많은데, 이것들은 아쉽게도 한국문학의 고질이라 할 수 있는 한을 더하는 역할밖에는 못했다고 볼 수 있다.

한국 문학이 당면하고 있는 가장 큰 문제 중의 하나는 한국시의 고질인 탄식을 제거하는 일과, 한국 소설의 약점인 순응과 타협을 강렬한 긍정의 태도로 바꾸는 일일 것이다.

모래톱 이야기

Ⅰ. 작가론

김정한(金廷漢)은 1908년 경남 동래(현 부산광역시 동래구)에서 태어났다. 호는 요산(樂山). 그는 일제강점기인 1928년 일본인 교사와 한국인 교사의 불평등한 대우에 맞서기 위해 '조선인 교원연맹'을 결성하였다가 체포되었다. 1932년에는 일본 와세다대학 부속 제1학원 재학 중 '양산농민봉기'와 관련하여 검거되었으며, 1940년에는 치안유지법 위반으로 구속되는 등 항일운동으로 이런저런 수난을 겪었다. 광복 이후에는 건국준비위원회 및 좌우합작위원회 위원으로 나름 민족의 통합을 위해 노력하였으나, 1948년 남한단독선거반대 혐의로 당국에 체포되었다. 또한 6·25전쟁 직후에는 예비검속으로 피검되었으며, 5·16 혁명 때에는 군사정권에 의해 부산대 교수직에서 쫓겨나기도 하였다. 그는 평생 항일과 민족·민주 투쟁으로 일관해 온 지사였다.

요산은 소설가·교육자·언론인으로서 사회로부터 소외된 사람들을 위해 일생을 바쳤다. 특히 그의 소설을 통해 나타나는 특징은 참여문학의 한 종류인 1930년대에 시작된, 실화를 바탕으로 한 농민문학적 발성의 문학과 자신의 고향인 낙동강 유역의 농민들이 사용하는 토속 방언과 토속적 배경을 바탕으로 민족적 아픔을 사실성 있게 표현하고 있다는 점이다. 작가 자신은 그의 문학을 태아가 세상에 나와서 터뜨리는 첫울음과 같은 문학, 즉 자신과 맞지 않는 환경에 대한 저항문학이라고 설명하고 있다.

요산의 대표작으로는 1936년 조선일보 신춘문예 소설부문 당선작인 「사하촌」을 비롯하여 「옥심이」, 「낙일홍」, 「모래톱 이야기」, 「수라도」, 「제3병동」, 「축생도」, 「인간단지」, 「지옥번」, 「오키나와에서 온 편지」, 「슬픈해후」 등이 있다. 「사하촌」은 승려 및 일본 제국주의에 빌붙어 농민들을 수탈하는 친일 지주들의 횡포를 고발한 작품인데, 작가는 이로 인해 일부 승려들에게 테러를 당하기까지 하였다. 「옥심이」는 나병환자를 남편으로 둔 옥심이의 삼각관계로 얽힌 애정을 그리고 있다. 「낙일홍」은 학생들에게 민족정신을 고취하려는 포부를 가진 조선인 소학교 교사가 교장 승진을 하지 못하고 좌천된다는 얘기인데, 작가의 젊은시절의 실제 경험이 잘 드러나 있다. 요산은 상당기간 동안 절필한 바 있다. 절필은 일제가 민족 말살 정책의 일환으로 우리말 작품의 발표를 금지시킴과 아울러 사전 검열을 강화하였던 1940년대 초반 시작된다. 해방 이후에도 이런저런 정치·사회적 이유로 절필이 계속되는, 작가로서의 아픔을 겪었다. 1966년에 이르러 「모래톱 이야기」를 발표함으로써 그의 오랜 기간 동안의 절필은 비로소 끝났다. 「인간단지」는 나병환자들이 겪는 인간적 차별과 좌절을, 「오키나와에서 온 편지」는 우리나라 최초로 정신대와 관련된 문제를 서술하였다는 점에서 의의가 있다 하겠다. 1996년 별세하였다.

Ⅱ. 시대적 배경

요산이 살았던 시대는 우리 민족이 대내외적으로 온갖 고난과 시련을 함께 겪었던 시기였다. 20세기 초 제국열강들은 자원의 확보지로서, 생산물의 판매지로서 약소민족과 국가를 식민지로 앞다투어 병합하였고, 우리민족도 1910년 일본에 합병되었다. 일본제국주의자들은 '대동아 공영'이라는 기치 아래 만주사변과 태평양전쟁을 일으켰으며, '내선일체'라는 미명하에 수많은 동포들을 강제징집·징용, 정신대의 모습으로 사지로 내몰았다. 민족말살정책을 시행, 창씨개명과 신사참배·조선어 사용금지로써 민족정신에 크나큰 상처를 주었다.

1945년 해방 이후 민주주의와 사회주의라는 대립된 사상적 이데올로기는 한민족의 자주적·자립적 통합을 가로막았다. 결국 강대국들의 이해관계가 얽혀 우리민족의 운명이 결정되기에 이른다. 한편 당시 사회주의는 제국주의자들로부터 갖은 핍박을 당했던 약소 식민지국에서 취할 수 있는 가장 확실한 이념이었다. 실제로도 조국해방에 상당한 공헌을 한 것 역시 부인할 수 없을 것이다. 민족통합의 열망을 외면한 채 남한 단독 정부가 수립되었고, 친일파 청산은 물 건너가 버렸다. 권력에 빌붙은 친일파들은 자신들의 치부를 감추기 위한 방편으로 반공을 전면에 내세우고, 좌파척결이라는 구호 아래 민족주의세력을 탄압하였다. 이승만 정권은 독재로 흘렀고, 1·2차 개헌 파동을 거쳐 3·15 부정선거를 강행하였다가 4·19 혁명을 맞기에 이르렀다. 장면 내각은 크나큰 국민 열망을 현실적으로 체계화시키는 데 실패하였고, 5·16 군부 쿠데타 끝에 군사정권이 들어섰다. 이로써 대한민국은 민주주의에 대한 열망이 짓밟혔고, 군부에 의한 기나긴 억압의 시대를 맞이하게 되었다.

「모래톱 이야기」 속의 시대적 상황은 민중의 의지를 통한 정의의 실현보다는 국제정세와 소수의 실권자들에 의하여 인간으로서의 최소한의 인권과 인간으로서의 존엄까지도 보장받지 못하는, 그야말로 민족의 대(大)고난기였다고 할 수 있을 것이다.

Ⅲ. 작품의 줄거리

이 작품의 서술자인 '나'는 K중학교 교원시절 담임을 맡았던 학급의 건우라는 이름을 가진 한 학생 가족의 고난사에 대해 차마 침묵할 수 없다. 그래서 20여 년이 흐른 오늘에서야 비로소 이 글을 쓰게 된다. 비가 억수같이 쏟아붓던 어느 날 1교시 수업시간. 몇몇 학생들이 지각을 하였고, 그들 중엔 건우라는 학생도 끼어 있었다. 지각 이유에 대해 묻던 중, 건우가 김해에 있는 명지면에서 나룻배를 타고 부산에 있는 학교까지 다니고 있다는 사실을 비로소 알게 된다. 이날 이후 나는 건우에게 관심을 갖게 되고, 그의 별명이 거무(거미)라는 사실도 밝혀낸다. 가정방문을 위한 자료로 학생들에게 제출하도록 한 작문에서, 건우가 조마이섬에 살고 있는 자신의 가족들과 삶의 터전인 땅에 대해 냉소적으로 적고 있는 것을 발견한다. 그 순간 나 자신이 무슨 고발이라도 당한 듯한 느낌을 가지게 된다. 가정 방문길에 건우와 함께 나룻배를 타고 그의 집으로 가면서 이런저런 얘기를 나눈다. 아버지가 6·25 때 돌아가셨다는 것과 가정형편에 관해 대화를 나누지만, 담임의 입장에서도 15~16세에 불과한 건우에게 자세히 물어볼 만한 것은 아님을 알게 된다. 집안의 정돈되어 있는 상태와 예의바른 건우 어머니의 모습을 살펴보면서, 건우집안이 범상치 않음을 깨닫는다. 건우의 방에서 우연히 읽은 그의 글에 이런 내용이 들어 있다. 평상시에는 전혀 상관치 않던 정치인들이 선거 때만 되면 나타나서 주민들에게 투표하는 임무만 준다. 조국의 사랑이라곤 받아보지도 못한 헐벗고 굶주린 섬사람들이 나라를 지킬 책임을 맨 먼저 지고 군인이 되어 가고, 자기 아버지도 이런 군인들 중 한 사람이 되어 어디에서 죽었는지도 모른다. 아버지는 국립묘지에도 묻히지 못하고, 연금 한 푼도 없다. 건우의 글을 읽고 난 나는 찡한 아픔을 느낀다. 돌아오는 길에 함께 옥살이를 하였던 '송아지 빨갱이'란 별명을 가진 유춘삼 씨와 '갈밭새 영감'이란 별명의 건우 할아버지를 만나 내친 김에 얘기를 나눈다. 자신들의 조상 때부터 지켜 온 조마이섬이 일제 때는 동양척식회사 땅으로, 해방 후에는 유력한 국회의원 땅으로, 나병환자들의 수용소로, 또 타지의 유력인사가 간척사업이라는 명목으로 그의 땅으로 계속 넘겨감으로써 자신들의 토지를 빼앗았다. 건우네 삼촌이 삼

치잡이를 위해 원양어선을 탔다가 죽었다. 문학가라는 사람들이 민초의 아픔에 대해선 모르면서 자연의 아름다움, 즉 낙동강 유역의 태고의 아름다움만 논하는 것은 죽은 문학활동에 불과하다는 성토를 건우 할아버지에게서 듣는다.

그해 가을. 60년 만에 가장 강력한 태풍과 폭우가 조마이섬에도 몰아쳐 섬 전체가 수몰될 위기에 처하게 된다. 유력인사가 간척사업을 한다며 어설프게 막아 놓은 제방을 허물지 않으면, 생활의 터전을 완전히 잃게 될 뿐 아니라 마을사람들 전체가 수장될 위기에 처한다. 이에 갈밭새 영감은 사람들을 데리고 임시 제방을 트러 나간다. 그러나 유력자의 앞잡이인 젊은 청년들이 갈밭새 영감을 가로막고, 마을사람들이 일부 터놓은 제방을 다시 막는다. 이에 화가 치민 영감님은 그중 한 청년을 움켜잡고는 탁류로 흐르는 낙동강에 내던진다. 이 사건으로 영감은 구속되어 살인죄로 감옥살이를 하게 되고, 건우는 더 이상 학교에 나오지 않는다. 새학기가 시작되었건만 건우는 끝내 모습을 보이지 않는다.

Ⅳ. 작품의 분석

이 작품은 김정한에게는 20여 년이라는 오랜 기간 동안의 절필을 접고 다시 문학활동을 재개한 복귀작이라는 점과, 그가 일관되게 주장했던 농민 문학으로써 서민들의 땅에 대한 애착을 실화를 바탕으로 하여 서술하였다는 점에서 높은 평가를 받고 있다. 소설 속 서술자의 지위에 있는 '나'는 작가로서 애족계몽 운동을 하다 옥살이를 한 경험을 갖고 있고, 교육자로서의 사명을 다하려는 모습을 나타내기도 한다. 하지만 현실적으로 나타나는 사회적 부조리와 관련하여서는 다음 세대에는 보다 정의로운 사회가 될 거라는 낙관주의적 사고를 보여 주고 있다. 건우는 비록 사회를 바라보면서 냉소적 모습을 보이긴 하지만, 나름 순수한 심성의 소유자다. 건우의 할아버지인 '갈밭새 영감'은 부모로서 자식 모두를 매몰찬 사회현실로 인해 잃게 되지만, 마을사람들을 수마로부터 구해 내기 위해 자신을 희생하는 모습을 보여 주고 있다.

이 작품은 공간적 배경으로서 소외된 사람들이 거주하는 가상의 공간으로서의 조마이섬과, 시간적 배경으로는 착취와 억압의 상징인 20세기 초부터 중반까지를 설정하고 있다. 즉 사회적 약자로서 감내해야만 할 서민들의 고통을 확실하게 표출하는 배경 구조를 취하고 있다. 이러한 작품의 특성은 김정한이 평생 추구했던 압제와 부조리에 대한 저항이라 할 것이다. 이러한 사실적 특징은 낙동강 유역의 조마이섬 사람들의 곤궁한 삶과, 삶의 터전을 잃고 결국 감옥까지 가야 하는 이른바 소외된 민초들의 모습에서 분명히 드러나고 있다. 또한 일인칭 관찰자적 입장에 있는 '나'가 단순히 사실진술에 그치지 않고, 현실의 아픔과 권력을 가진 자들에 대한 분노와 저항을 함께 보여 주고 있다는 점을 통해 구체적으로 살펴볼 수 있다.

이 작품은 도시적·문명적 색채를 띠는 표준어를 사용하는 대신, 직접적이고도 현실적인 토속어와 향토색을 갖추고 있다. 이런 토속어의 사용은 현실을 나와 내 가족의 문제로 인식하게 하며, 종결적 서술방식을 사용하지 않고 여운을 남김으로써 오랜 기간 작품 속에서 소외된 계층에 대해 되짚어 볼 수 있는 기회를 부여하고 있다는 점도 한 특징으로 보여지고 있다.

마르크스의 자본론에 의하면 물질적 생활의 생산양식이 사회적·정치적·지적 과정 일반을 조건지으며, 인간의 의식이 인간의 의식을 결정짓는 것이 아니라 반대로 정치·경제·사회적 제 조건이 인간의 의식을 결정하게 된다고 주장한다. 또한 부르주아는 자신들의 이익이 있는 곳에서는 어디에서나 기존질서를 붕괴시키고, 그로 인해 이런저런 갈등이 생긴다고 한다. 이러한 이론을 대입해 볼 필요도 없이, 「모래톱 이야기」 속에서 건우네를 비롯한 조마이섬 사람들은, 그들의 선대로부터 일궈 오고 지켜 온 그들의 땅을 일제 식민지 시대에는 일본 제국주의와 친일 세력에게, 해방 후에는 지역 국회의원을 비롯한 이른바 유력인사들에게 자신들의 경제적 이익의 창출기반과 삶의 터전으로서의 그것을 송두리째 빼앗기고 있다.

이러한 착취는 단순한 경제적 착취에 그치는 것이 아니라, 건우 할아버지가 폭우로 마을 전체가 수몰위기에 봉착하였을 때 마을의 안전과 자신들의 생명을 지키기 위해 부르주아에 대항하였지만, 법적·사회적 권리까지도 박탈당할 수밖에 없음을 말해 주고 있다. 이런 면에서 살펴볼 때, 요산은 부조리한 현실에 저항하고 고발하고 또 비판의 칼을 들이대야 한다는 문학인의 사명에 평생 일관되게 충실한 작가였다고 평할 수 있을 것이다. 설움받고 박해받는 자에게 관심을 기울이고 또 그들을 향해 자애로운 미소의 끈을 한순간도 놓은 적이 없다는 그의 삶의 궤적 앞에서 저절로 고개가 숙여짐은 단지 나 혼자만의 느낌일까?

V. 법과의 관련성

먼저, 일제강점기에 동양척식회사를 매개로 하여 조선총독부가 조선왕실·개인 등으로부터 강제로 빼앗은 토지와 일본 패망시점을 기준으로 일본인 소유토지와 기업, 더 나아가 친일파와 민족반역자들 소유재산의 몰수 및 분배와 관련하여 제반문제를 거론할 수 있겠다. 법 논리상 일제당국에 의해 수탈된 토지 등 재산과 친일파 소유 토지의 국가환수는 어느 모로 보나 정당하다 하겠다. 이승만 정권은 농지개혁에 임함에 있어 소위 무상몰수 무상분배의 원칙이 아닌, 유상몰수 유상분배를 통해 토지개혁을 실시함으로써 반쪽짜리 개혁에 불과하게 만들었다. 원래 당시 정권은 무상몰수 무상분배를 계획하였으나, 대지주가 주축인 한민당과 친일파들의 협조 없이는 정상적인 국가 운영이 불가능하다는 판단하에 느닷없이 정책기조를 바꿨던 것이다. 이것은 국민의 절대다수가 농민이었고 또한 소작농으로 근근이 생활해가며 경제적 부를 축적하지 못했던 일반 국민들에게는, 또다시 지배계급을 위한 착취대상으로 전락하게 하는 정책이 될 수밖에 없었다. 기업과 공장 등 일본인들이 놓고 간 귀속재산도 분배과정에서 대부분 친일파의 수중으로 들어갔고, 그 과정의 불투명성은 그 이후 한국사회에서의 정경유착이라는 고질병의 발로가 되었다. 국유재산인 토지의 불하와 관련해서도 크고 작은 비리와 부정이 끊이질 않았고, 지역유지 등 유력자들과 공무원들이 결탁하여 뒷구멍으로 국가재산을 함부로 빼돌렸다. 그리곤 그 땅에서 거주하거나 농사짓는 서민들을 쫓아냈다. 이들은 줄곧 권력의 비호를 받았고, 또 막강한 재력을 바탕으로 가문에서 직접 국회의원을 배출했다. 뒤늦게 비리가 드러나도, 이들에게는 공소시효라는 법적 안전장치가 몸 전체를 감싸고 있었다. 할렐루야!(?)

정권이 바뀌고 바뀐 끝에, 2005.12.29.자로 「친일 반민족 행위자 재산의 국가귀속에 관한 특별법」이 공포·시행 되었다. 이 법률의 내용의 핵심인 제3조(친일재산의 국가 귀속 등) 제1항은 "친일재산(국제협약 또는 협정 등에 의하여 외국 대사관이나 군대가 사용·점유 또는 관리하고 있는 친일재산 및 친일재산 중 국가가 사용하거나 점유 또는 관리하고 있는 재산도 포함한다)은 그 취득·증여 등 원인행위 시에 이를 국가의 소유로 한다. 그러나 제3자가 선의로 취득하거나 정당한 대가를 지급하고 취득한 권리를 해하지 못한다."라고 규정하고 있다. 이 법 시행 이후 이에 근거하여 국가에 귀속시킨 친일재산이 없지는 아니하나, 소위 친일파 후손들의 저항이 만만치 않다. 민사소송으로 끝까지 버티기 일쑤다. 국가 패소율도 낮지 않다. 개혁에 있어서 가장 중요한 것이 타이밍이란 사실을, 우리 국민들은 어쩌면 피발자국을 일일이 찍어가면서 인지하고 있는지도 모른다.

또 다른 문제는 생존적 위험상황하에서 일어난 살인행위에 대한 형사처벌의 정당성, 다른 측면에서 정당방위 내지 긴급피난이 인정되느냐 여부다. 형법 제21조(정당방위) 제1항은 "자기 또는 타인의 법익에 대한 현재의 부당한 침해를 방위하기 위한 행위는 상당한 이유가 있는 때에는 벌하지 아니한다."고 규정하고 있다. 제2항은 "방위행위가 그 정도를 초과한 때에는 정황에 의하여 그 형을 감경 또는 면제할 수 있다."고 하고, 제3항은 "전항의 경우에 그 행위가 야간 기타 불안스러운 상태하에서 공포, 경악, 흥분 또는 당황으로 인한 때에는 벌하지 아니한다."고 각 규정하고 있다. 또한 형법 제22조(긴급피난) 제1항은 “자기 또는 타인의 법익에 대한 현재의 위난을 피하기 위한 행위는 상당한 이유가 있는 때에는 벌하지 아니한다.”고 하고, 제2항은 “위난을 피하지 못할 책임이 있는 자에 대하여는 전항의 규정을 적용하지 아니한다.”고 하며, 제3항은 “전조 제2항과 제3항의 규정은 본조에 준용한다.”라고 각 규정하고 있다. 작품 속에서 유력인사의 똘마니들로 보여지는 청년들은 제방을 터뜨리려 시도하는 갈밭새 영감을 제지했을 뿐이므로, 아무리 선해한다 하더라도 청년을 탁류에 밀어 넣어 숨지게 한 노인의 행위와 관련하여 정당방위 주장을 하는 것은 아무래도 무리라 할 것이다. 다만 제방을 당장 무너뜨리지 않으면 마을 전체가 수몰되어 주민들의 목숨 자체가 위태로워지는 상황이므로, 마을 주민들의 생존에 닥친 현재의 위난을 피하기 위한 행위로 볼 수 있는 여지가 있다 하겠다. 이 경우에도 청년들을 밀쳐 내고 제방을 터뜨리는 행위가 가능했다면, 청년을 격류 속으로 밀어 넣은 행위가 긴급피난이라고 계속 고집을 부릴 수는 없게 될 것이다. 야간 기타 불안한 상태에서의 과잉 피난의 여지는 좀 있어 보인다. 작가가 집필 시 법적인 차원에서 꼼꼼하게 분석한 후 묘사했는지 여부까지는 알 수 없으나, 새 학기가 시작되었음에도 건우가 학교에 모습을 드러내지 않는 것으로 보아 건우 할아버지는 살인죄가 인정되어 실형을 선고받은 것으로 판단된다.

Ⅵ. 맺으며

요산 김정한이 그의 문학을 통해 독자들에게 말하고자 하는 것은 단지 소설 속에서 끝나는 것이 아니라 현재를 살아가는 우리들, 기득권자들과 사회적 약자들이 서로의 인격과 권리를 존중하고 배려하며 또 보다 발전적으로 나아가 화합과 평화를 이루는 것이라 하겠다.

문학이 심미적 아름다움의 표현에 만족하지 않고 사회현상에 적극적으로 관여하는 이유는, 우리가 살아가고 있는 현실이 정의롭고 대중다수가 행복할 때에만 문학적 아름다움을 만끽할 수 있기 때문이다.

마찬가지로, 법은 그 목적이 국민의 인간으로서의 가치와 기본적 인권을 최대한 보장함으로써 모든 이들이 행복한 삶을 영위할 수 있게 함에 있다. 이를 위해 국가는 개인의 존엄과 가치, 실질적 평등, 사회적 기본권에 대한 보장을 확인하고 실현하는 데 최선의 노력을 기울여야 할 것이다.

불꽃

Ⅰ. 작가론

선우 휘(鮮于 輝)는 1922년 평북 정주에서 태어나서 경성사범학교를 졸업하였다. 조선일보 논설위원·편집국장·주필을 역임하였다. 1955년 〈신세계〉에 단편「귀신」을 발표하여 등단하였다. 1957년 소설「불꽃」으로 '동인 문학상'을 받으며 문단에서의 위치를 확고히 하였다. 그는 이 무렵 역사에 대한 한국인의 체념과 순응주의를 비판하고 인간의 행동적 의지를 강조함으로써, 1950년대 전후문단에서 발랄하고 선 굵은 작가로 인정받았다. 하지만 1965년경에 이르러 전후 행동주의적 경향으로부터 기성세대에 대한 소극적 자세로 변모하였다. 주요작품으로는「테러리스트」,「한국인」,「반역」,「유서」,「아버지」,「나도밤나무」,「목숨」,「깃발 없는 기수」,「싸릿골 신화」,「추적의 피날레」,「산다는 것」,「사도행전」등이 있다.

작품 경향은 오상원과 함께 생텍쥐페리의 이른바 '행동주의적 휴머니즘'의 영향을 받았다. 즉 현실을 절실한 문제로 보고 힘을 다해 그에 부딪치고자 하는 모습을 형상화하여, 작품 속 행동인의 대부분은 우익적 색채를 띠고 있다. 그 예로 「불꽃」의 현, 「깃발 없는 기수」의 허윤, 「추적의 피날레」의 윤호를 들 수 있다. 여기서 행동주의는 역사와 현실에 대한 세심한 관찰과 비판이 없는 즉흥적이고 돌발적인 것으로서, 일체의 사건들과 규범들을 어쩔 수 없는 것으로 전제하고 부딪치는 것을 말한다. 문체의 특징을 들자면, 규모가 큰 소재를 듬성듬성 제시하는 면모가 자주 확인된다. 특히 섬세함이 부족한 반면 웅변투가 자주 구사된다고 지적되는데, 이는 작가 자신의 주관이 강하게 드러나는 대화의 문장이 많아지는 특색으로 이어진다.

작가 본인은 「깃발 없는 기수」에서 자신의 소설관과 관련하여 "나는 평온한 현실과 무위에 가까운 선량한 서민성을 사랑하지만, 그것을 소설의 주제로 하여 형상화할 흥미는 없다. 그것은 평범한 가족사진을 찍는 것과 같아 몹시 무미건조한 것으로 느껴진다. 현실을 남의 것이 아니라 어디까지나 자기의 절실한 문제로 보고 힘을 다해 부딪혀 가는 성실성과 정열에 나의 관심은 간다. 그것은 성실하면 할수록 고뇌와 낙망과 좌절이 더하게 마련이다."라고 서문에서 밝히고 있다. 1986년 별세.

Ⅱ. 시대적 배경

이 작품의 배경은 3·1 만세운동으로부터 6·25 한국전쟁까지의 30여

년에 걸친 역사적 격동기를 배경으로, 할아버지·아버지·손자의 3대에 걸친 가족의 고난, 즉 민족의 수난사를 '고 현'이란 젊은이를 통해 그려내고 있다. 역사에 대한 한민족의 체념과 소위 순응주의를 비판하고, 적극적이며 행동적인 삶의 태도를 형상화한 소설이다.

전쟁의 현실을 직접 체험한 전후세대의 작가들은 전후 폐허의 현실 속에서 새로운 삶에 대한 전망이 불투명해지자, 모든 기성적인 것들을 부정하고 기성세대의 윤리의식과 사회가치 개념에 대한 반항의식을 표현하게 되었다. 전후소설은 새로운 기법과 의식을 드러낸다. 전후의식을 새로운 소설기법으로 수용하는 경향으로, 전쟁이나 그 이후의 극한 상황에서 전통의식을 부정하고 전후의식에 의한 성찰을 현대소설의 기법으로 그리고 있다. 대표적 작가로는 장용학·오상원·김성한이 있다. 또한 근대소설의 전통적인 소설기법인 리얼리즘에 의해 6·25 전쟁의 소용돌이를 겪은 한국적인 현실에서의 삶의 의미를 추구하고 절규하는 인간상을 부각하기도 한다. 대표적 작가로는 전광용·선우휘·이호철·최인훈을 들 수 있겠다. 또 다른 한편으로 전통적 기법과 의식으로 전통적인 생활의식을 전통적인 소설미학으로 형상화하는 경향으로, 6·25 전쟁 같은 격동기에도 변함없이 살아가는 인간상을 부각시키고 있다. 강신재·이범선·오유권이 이에 해당하는 대표적 작가들이다.

전후소설은 두 가지 측면에 초점을 맞춰 이야기하고 있다. 하나는 인본주의, 즉 휴머니즘에 입각하여 '전쟁의 비극성과 비인간성'을 이야기하고, 다른 하나는 '전쟁직후의 타락한 사회상에 대한 비판'을 제기한다. 따라서 대부분의 작품들은 어쩔 수 없이 어둡고 우울한 분위기를 띠고 있으며, 작품의 등장인물들 역시 다소간 비정상적인 측면들이 강조되어 있다. 「불꽃」은 전자 쪽의 휴머니즘에 초점이 맞춰진 작품으로 분류할 수 있겠다. 현실상황에 대한 행동적 참여와 결단을 중시하는 행동주의적 태도를 강조하고 있다. 요약컨대, 해방과 민족의 분단 그리고 6·25라는 전쟁으로 이어졌던 좌우 이데올로기 대립상황에서 현실에 뛰어들어 과감하게 행동하는 인간을 문학적으로 모색하고 있는 작품이라고 할 수 있다.

전후소설의 또 다른 경향으로는, 현실의 비리와 부조리한 상황에 대한 비판을 주제로 하는 고발문학의 치열성과 구체성에 있다. 물론 그러한 정신적 지향이 외부적 현실에서 자기내면으로 방향을 바꾸게 될 경우, 상황성에 대응하는 자의식이 두드러지게 부각되기도 한다.

Ⅲ. 작품의 줄거리

주인공인 고 현의 아버지는 기독교 신자로, 1919년 3월 서울에서 북으로 백여 리 떨어진 P고을에서 일어난 독립만세운동에 앞장섰다가 일본경찰의 총격을 받아 죽는다. 현은 유복자로서, 부친이 죽고 나서 아홉 달 만에 태어난다. 목에 혹이 있는지라 '혹부리'라고 불리는 현의 할아버지(고 노인)는 P고을에서 싸전을 경영하며 자기 개인만을 위한 삶을 살아왔다. 불의에 아들을 잃은 고 노인은 젊은 여자를 재취로 맞아들였고, 며느리인 현의 모친에게는 현을 놓아 두고 친정으로 돌아가 재혼하라고 말한다. 그러나 현의 어머니는 현실의 고통과 외로움을 극복하려는 인

고의 인물로서, 기독교에 귀의하여 아들을 키우며 홀몸으로 살아가기로 결심한다. 이에 고 노인은 어쩔 수 없이 강 건너에 있는 논 몇 마지기와 작은 초가를 마련해 주어, 현의 모자로 하여금 따로 나가 살도록 한다.

농사를 짓는 어머니 밑에서 현은 5년제 중학교를 평범하게 마친다. 고등학교나 전문학교로 진학하는 동급생이 적지 않았으나, 현은 어머니를 도와 농사를 지을 생각으로 상급학교 진학을 포기한다. 그러나 어머니의 권유로 그로부터 2년 뒤 일본으로 유학을 떠난다. 현이 일본에서의 생활을 시작한 지 3년이 지난 어느 날, 일본이 진주만을 공습해 태평양 전쟁이 일어난다. 전선확대로 병력이 부족해지자, 일본학생뿐 아니라 조선인 학생들까지도 학병이라는 이름으로 마구 징집해 가기에 이른다. 결국 현도 학병으로 차출되어 중국전선에 투입된다.

하지만 그로부터 얼마 지나지 않아 구타와 학대로 얼룩진 제국주의 군대에 혐오감을 느낀 나머지 현은 보초를 서던 중 야음을 틈타 부대를 이탈, 탈출에 성공한다. 중국대륙을 헤매고 다니던 현은, 전쟁이 끝나자 고향으로 돌아와선 여학교에서 교편을 잡는다. 이곳에서 사상의 부조리와 정치적·사회적 혼란을 체험하고, 여수·순천 사건을 전해 듣게 된다. 그런 와중에서도 그는 여학교에서 따뜻한 마음을 가진 조 선생을 만나게 되고, 그녀에게서 희미한 사랑의 감정을 느끼기도 한다.

그러나 살아 돌아온 기쁨도 잠시였다. 6·25 전쟁이 일어나 북한의 군대가 남침을 하였고, 급기야 P고을도 적군의 수중에 떨어졌다. 해방 후 북으로 넘어갔던 현의 어릴 적 친구 연호는, 공산당 골수분자가 되어 남으로 돌아와선 현을 회유한다. 현과의 사이에 혁명에 대한 열띤 토론을 벌인다. 반동분자를 즉결처형하는 인민재판을 개최하고는, 현에게 참석할 것을 권한다. 친구의 권유를 뿌리치지 못한 현은 조 선생의 부친이 재판 끝에 즉결처형당하는 장면을 목도하게 된다. 야만성과 무도함에 분노한 그는 보안서원의 총을 빼앗아 처형 집행자를 사살하고는, 그 옛날 부친이 죽음을 맞았던 인근 부엉산 산마루 동굴로 피신한다. 연호는 고 노인을 앞세워 부엉산을 수색해 나간다. 고 노인은 처음에는 투항을 종용하였으나, 마지막 순간 자신은 죽더라도 손자는 살려야겠다는 생각을 한다. 동굴에 숨어 있는 현에게 도망가라고 소리를 지른다. 결국 노인은 연호의 총에 맞아 죽는다. 총소리를 들은 현은 동굴에서 뛰쳐나온다. 연호와 현은 서로를 겨냥하여 총을 쏜다. 연호의 총알은 현의 어깨를 스쳐가고, 현의 총알은 연호의 가슴을 꿰뚫는다. 현의 어깨가 피로 물든다. 점점 흐려져 가는 의식 속에서도 생명의 불꽃을 느낀다. 그리곤 현실과 정정당당하게 대결하면서 살아갈 것을 결심한다. 저 멀리 유엔군의 진격해 오는 포성이 점점 가까이 다가오고 있다.

Ⅳ. 작품의 분석

이 작품은 일인칭 독백 형식으로, 인민군에게 잡혀 죽음을 눈앞에 둔 '나'의 내면적 심리의 갈등이 의식의 흐름이라는 형식을 통해 제시되고 있다. 작품의 전체를 통해 죽음의 무의미함과 전쟁의 비극성을 드러내고 있다. 이 같은 현재형의 진술은 작품의 템포를 박진감 있게 몰아가고 있다. 또한 화자의 주변 인물들의 대화도 화자의 의식 속에서 재편성되어 간접화법으로 진행되고, 묘사도 객관적이기보다는 화자가 바라본 주관의 세계로서 그의 의식 속에서 재구성되고 있다.

이 작품에서 '나'는 전쟁의 의미를 막연하게나마 이해하고 전쟁의 참혹함에 대해 절망하여 전쟁 속에서 삶에 대해 회의를 느끼는 인물로, 전후세대의 공통된 인식이며 심리적 갈등으로 묘사된다. 회상이 이루어지는 시점은 6·25 전쟁 당시이지만, 회상 속의 시간은 1919년의 독립만세운동으로부터 1950년에 이르기까지의 시간이며, 그 과정에서 3대에 걸친 현의 가족들의 삶이 파노라마처럼 펼쳐진다. 이러한 구성 방식은 이전의 고 현의 모습과 현재의 그의 모습을 대비시켜 현의 죽음의 의미를 부각시키기 위한 구성방식이다.

등장인물들의 특징을 살펴보면, 현은 할아버지(숙명론)와 아버지(저항주의) 사이에서 방황하다 현실참여라는 새로운 차원의 삶을 시도하는 인물로 그려지고 있다. 일제 말 학병으로 끌려갔다가 돌아온 후 좌우대립과 인민재판이라는 냉혹한 현실을 직시하고는 이때부터 조부의 생활 방식이던 수동적 자세를 던져 버리고 부친의 적극적 태도를 자신의 삶의 지표로 선택하기에 이른다. 이 작품의 표제인 '불꽃'은 다름 아니라 바로 현의 새로운 생명의식, 즉 현실참여로 자기개혁을 시도하는 새로운 행동의 계시라고 할 수 있을 것이다. 현의 아버지는 스스로를 희생시키는 인물이다. 민족적 신념에 불탔던 현실참여주의자·저항주의자로서 결국 일제에 의해 희생당한다. 조부는 전형적인 전근대인으로, 모든 화근을 선친의 묏자리가 나쁜 탓이라고 받아들인다. 현의 친구인 연호는 열렬한 공산주의자로 묘사되고 있다. 조 선생은 구원의 여인상으로, 민족보다는 가문을, 가문보다는 가족을, 가족보다는 자신을 우선으로 삼는 인물로 그려지고 있다.

이 작품이 발표되었을 당시 문단에 일으킨 반향은 결코 작지 않았다. 당시 대부분의 단편소설이 내면적 심리묘사에 기운데 반하여, 이 작품은 역사적 사실을 작품 속으로 과감하게 끌어들여 서사성과 행동성을 회복하였다. 또한 두 가지 인간형을 제시하고 그 가운데서 고민하고 방황하는 주인공의 과도기적 인간형을 그려냄으로써, 6·25 전쟁 직후 한국의 청년들이 살아가야 할 방향을 제시하고 있기 때문이다. 즉 불꽃의 이미지를 연결시켜, 불꽃은 다가올 다음의 차원에서 비약을 약속하는 이른바 생명의 이미지로 승화시키고 있다. 고 현은 당면한 현실의 문제를 타인의 문제로 치부하고 그 현실에 곧장 순응해 버리는 전근대적인 인간상과는 전혀 다른 인물이다. 그것은 선우휘가 당시의 현실상황에서 문제적인 개인의 행위를 포착하여 새로운 인간형을 제시하고자 했다는 점에서 나름 높이 평가된다 하겠다. 그러함에도 다른 한편으로 고 현이 도피주의에서 행동주의에로의 전환의 필연성이 약하다는 지적이 있다. 즉 너무 쉽게 개인주의와 도피주의가 극복된다는 한계가 있다는 것이다. 진정한 행동주의란 단지 개인의 의지를 바꾸는 차원이 아니라, 현실에 대한 새로운 인식을 전제로 해야만 할 것이기 때문이다. 따라서 이 작품에서 불꽃으로 상징되는 행동주의의 실체는 그리 견고하지 못하다고 볼 수밖에 없겠다.

Ⅴ. 현실에의 대입

문학작품도 어쩔 수 없이 시대의 산물일 수밖에 없다. 이른바 전후문학의 패턴에 속하는 이 작품임에야 더 말할 나위가 없겠다. 조국의 해방과 민족상잔의 비극인 6·25 전쟁의 상흔을 극복하고자 나름 분투하였을 작가는 '평온한 현실과 무위에 가까운 선량한 서민성'이 아니라, '현실을 남의 것이 아니라 어디까지나 자기의 진실한 문제로 보고, 있는 힘을 다하여 부딪혀 가는 성실성과 정열'에 관심을 가졌던 것 같다. 그 결과 그는 역사의 격동기에 과감하게 맞서 헤쳐 나간 행동인으로 「불꽃」의 고현이라는 인물을 그려 냈던 것이리라.

그런데 현의 현실에 대한 도피의식에서 철저한 저항정신으로의 변화는 동굴에서 이루어진다. 동굴은 현의 아버지가 죽은 장소이기도 하므로, 그렇다면 동굴은 죽음의 이미지와 함께 현이 다시 태어나게 되는 재생 내지 부활의 이미지를 동시에 지닌다고 할 수 있을 것이다. 동굴의 이미지가 죽음과 재생, 부활의 이미지를 동시에 갖고 있는 것은 어쩌면 단군신화로부터 이어지는 우리 문학의 보편적 이미지라 할 것이다. 제목이 표창하고 있는 '불꽃'의 의미가 현실도피에서 현실참여로의 전환을 의미함은 앞서 살펴본 바 있다. 해방정국의 극심한 좌우대립으로 인한 투쟁과 혼란, 6·25 전쟁으로 인한 민족사적 수난의 과정에서 수많은 이들이 현실참여의 길로 나섰다. 누구는 좌의 길로, 또 누구는 우의 길로 들어섰다. 누구는 혁혁한 공을 세워 영웅으로 떠올랐고, 또 누구는 빨치산으로 쫓기는 무리의 꽁무니에 붙은 채 얼어붙은 이 골짜기 저 골짝을 마냥 헤매다가 끝내 동굴 속 해골 신세가 되었다. 민간인 학살로 대표되는 거창양민학살로 인한 희생자들은 순전히 민초들이었다. 사실 그들에게는 좌니 우니 하는 이념은 별로 중요한 것도 아니었다. 그네들의 관심사항은 시종 먹고사는 문제였다. 도대체 누가 무슨 이유로 그들을 죽였는가?

이 땅에서 극단적인 이념대립과 국가보안법·정보기관으로 무장한 독재정권의 횡행과 발호, 지나친 현실참여 경향과 과격화 추세는 만만찮은 희생과 분열, 그리고 정치적·사회적 후유증을 남겼다. 억울하게 희생된 이들을 신원하고, 후유증을 치유하고, 또 이를 극복하는 것이야말로 오늘을 살아가는 우리세대가 하루 바삐 해결해야 할 과제요, 시대적 사명이라 할 것이다. 우리들은 과연 지금 이 길을 따라 제대로 나아가고 있는가, 아니면 정반대의 길을 가고 있는가?

Ⅵ. 맺으며

이 땅에 격동의 역사 속에서 자신의 의지와는 무관하게 역사의 현장으로 내몰렸던 수많은 사람들이 있었다. 그 과정에서 자신이 생각했던 것과는 전혀 다른 방향에서 냉혹하고 야멸찬 법적 심판을 받고는 끝내 역사의 현장에서 쓸쓸히 사라져 간 뭇 민중들이 걸어갔던 그 길을, 친구여! 자네도 시방 허허로이 걸어가고 있는가? 소리없이 눈 내리는 이 밤, 내친 김에 소설가 이문열의「영웅시대」를 한번 읽어 봄은 또 어떠하겠느뇨?

태평천하

Ⅰ. 작가론

채만식(蔡萬植)은 1902년 전북 옥구에서 태어났다. 호는 백릉(白陵), 채옹(采翁). 1922년 서울 중앙고보를 졸업하고 일본으로 건너가 와세다 대학 영문과에서 수학하였다. 1923년 9월 관동대지진이 일어나 일본인들에 의한 조선인 학살이 벌어지자, 학업을 중단하고 귀국하였다. 1924년 단편「세 길로」가 이광수의 추천으로 〈조선문단〉에 발표됨으로써 등단하였다. 1925년 동아일보 기자로 입사한 이래 여러 잡지사와 신문사에서 활동하였으며, 습작 수준의 단편소설을 주로 발표하였다.

그가 문단의 주목을 끌게 된 것은 1932년을 전후한 시기부터이다. 이 무렵 그는 계급문학의 현실지향적인 경향에 동조하는 동반자적 성향의 작품들을 발표하면서 문단적 위상이 확고해진다. 단편 소설「레디메이드 인생」,「인텔리와 빈대떡」 등과 같은 풍자적인 작품이 이 시기에 발표되었다. 「레디메이드 인생」은 직업과 그 존재 이유로부터 소외된 지식인의 사회적 초상을 냉소적으로 풍자하고 있는 작품으로 알려져 있다.

1936년 초에는 창작활동에 전념코자 개성으로 거처를 옮겼다. 5년여 동안 그곳에 살면서 그의 대표작인 장편소설 「탁류」,「태평천하」 등을 집필하였다. 희곡에도 관심을 가져 「제향날」,「당랑의 전설」 등을 발표하였다. 1938년 소위 '독서회 사건'으로 검거되었으나, 친일 문인단체인 '조선문인보국회'에 가입한다는 조건으로 풀려났다. 그리하여 1942년 12월에는 이무영·정비석 등과 함께 일본군의 만주전선을 시찰하고 친일작품을 쓰기도 하였다. 해방 직후에는 「민족의 죄인」과 「역로」 등을 통해 일제 말기 지식인의 친일행위를 자책하였다. 그리곤 새로운 조국의 건설과정에서 친일파가 다시 득세하는 민족적 현실을 비판적으로 풍자하는 「미스터 방」,「맹순사」,「논 이야기」 등의 작품을 연이어 발표하였다.

1950년 6·25 전쟁 직전 사망. 미완성의 소설 「소」를 유작으로 남겼다.

II. 시대적 배경

일본 제국주의자들은 3·1 만세운동 이후 무단통치의 총독부 관제를 이른바 문화정책의 시행을 통한 통치체제로 전환하였다. 이에 따라 1920년 3월에는 동아일보·조선일보 등 민간지의 발행을 허가하여 언론·출판·집회의 자유를 주는 듯하였다. 하지만 이는 과열된 민족감정을 달래기 위한 방편에 불과하였다. 일제는 해를 거듭할수록 치안경찰의 수를 대폭 늘리고, 치안유지법을 만들어 새로운 양상의 탄압을 시작하였다. 일본 제국주의 세력은 세계적인 경제공황 속에서 원료공급지와 상품시장 확보를 위한 수단으로 1931년 만주를 점령하고, 1937년에는 중일전쟁을 일으켰다. 급기야 1941년에는 태평양 전쟁을 개전하였다. 국가 총동원 체제와 대동아 공영, 그리고 내선일체의 시대가 개막된 것이다. 일제는 우리민족을 철저한 통치체제 안에 가둬, 정치·경제·사회·문화 등 모든 분야를 오로지 전쟁수단으로 이용하고 동원하였다. 이에 따라 우리나라 농민들과 도시 서민층의 생활은 더욱 궁핍하게 되어, 빈민화와 몰락의 길로 치닫게 되었다. 채만식은 현실인식의 비판적 태도를 바탕으로 식민지 시대의 지식인·지주·농촌과 도시의 빈민 등 계층을 소설 속 인물로 등장시켜, 그들이 주어진 사회현실에 어떻게 대처하며 또 그것을 어떻게 수용해 가는지를 작품을 통해 잘 보여주고 있다.

Ⅲ. 작품의 줄거리

1930년대 후반의 어느 늦가을. 서울 계동의 만석꾼 부자 윤직원 영감이 명창대회를 구경하고는 집으로 돌아오는 길이다. 소작료와 고리채로 매년 십수만 원을 벌어들이는 이 영감은, 타고 온 인력거를 내리자마자 인력거꾼과 요금시비를 벌인다. 요즘 식으로 말해 갑질이다. 버스를 타더라도 일부러 큰돈 지폐를 내밀어 거스름돈이 모자란다는 빌미로 무임승차를 즐기기까지 할 정도다.

거만의 부를 움켜쥐고 있는 천하의 윤직원이기는 하지만, 그에게도 슬픈 가족사가 있다. 노름꾼이던 그의 아비 윤용규가 어찌어찌하다 한 몫을 잡아 집안이 일어나게 되면서부터 화적들로부터 약탈을 당하게 된다. 급기야 집안으로 들이닥친 화적떼에게 윤용규가 무참히 살해당했다. 그 같은 절박한 상황하에서 바지춤도 제대로 여미지 못한 채 달아나 겨우 목숨을 보전한 윤직원은, 화적들이 물러간 뒤 집으로 돌아와 참상을 목격하고는 비장하게 울부짖는다. "오오냐, 우리만 빼놓고 어서 망해라." 화적 떼에게 빼앗기고 관리들에게 수탈당하던 두꺼비 윤두섭이 세상을 향해 외친 위대한 선언이었다. 직원이라는 윤두섭의 직함은 사실 그가 시골에 머물 당시 향교의 수장자리를 돈 주고 사들인 것이다. 이런 저런 연고를 겪으면서 모은 재산이다 보니, 그가 한 푼의 돈을 쓰는 것에도 벌벌 떠는 것도 무리가 아니라고 할 수 있을 것이다. 이만큼 재산을 모을 수 있었던 것은, 어디까지나 자신의 축재능력이 탁월하고 또 시운이 좋았기 때문이다. 절대로 남의 것을 빼앗은 것이 아니다. 후손교육을 위해 서울로 올라온 윤직원 영감에겐 지금이야말로 태평천하다. 든든한 경찰이 있어 도둑걱정 없겠다, 자신의 고리대금업은 날로 성업 번창하고 있으니, 이런 좋은 세상이 어디 있느냐는 것이다. 단지 남은 소원이 있다면, 그의 두 손자인 종수와 종학이 하나는 군수, 하나는 경찰서장이 되어 가문에 권세와 명예를 보태 주는 것뿐이다.

만수무강과 후손의 영화를 위해 자신의 소변으로 눈을 씻고 어린아이의 소변을 사서 매일 아침마다 장복하는 윤영감이지만, 실인즉 그의 집안사정은 점점 난맥상을 드러내 가고 있다. 외아들인 창식은 진작 첩살림을 차려, 하는 일이라곤 노름에 계집질뿐으로 주색잡기에 수천 금을 뿌리고 있다. 맏손자인 종수는 군수가 되리라는 기대와 명목으로 시골군청의 주사로 근무해 가면서, 역시 첩살림에 갖은 주색잡기로 수만의 가산을 탕진하고 있다. 그 애비에 그 아들인가, 아니면 청출어람(?)인가. 작은 손자 종학은 일본에서 대학을 다니고 있어, 윤직원이 나름 가장 기대하고 있다. 하지만 그는 서울집에 있는 처와 이혼하겠다며 성화를 부리고 있다.

그렇다면 윤 영감의 근황은 어떠한가? 그는 회춘을 한다며 여러 차례 어린 기생을 바꿔가며 첩을 얻으려 하나, 이번에는 열다섯 살 동기인 춘심이가 무진장 애를 태운다. 춘심이는 사실 영감의 증손자인 경손이와 눈이 맞아 한창 열애 중이었던 것이다. 신선놀음 중인 영감에게 어느 날 비보가 날아든다. 아들 창식이 동경에서 날아온 전보를 영감에게 전한다. 전보지에는 "종학, 사상관계로 피검"이란 활자가 선연히 찍혀 있다. 차손 종학이 사회주의 운동을 하다가 경찰에 체포되었다는 것이다.

자신이 가장 증오하고 또 두려워해 마지 않는 사회주의에, 자신의 가장 큰 희망이요 보람이었던 경찰서장감 종학이 연루되었다는 사실을 알게 된 윤직원은 격노에 비틀거리며 소리 지른다. 왜 태평천하에 얼토당토않게 사회주의 운동에, 남도 아닌 내 손자가 가담하느냐는 것이다. 어깨가 축 늘어진 채 사랑방 안으로 모습을 감춘다.

Ⅳ. 작품의 분석

소설은 그 시대의 사회와 불가분의 관계가 있기 때문에, 사회현실이 소설의 직접적인 제재와 주제로 다루어진다. 신소설이나 춘원의 계몽소설에 당대의 사회상이 진솔하게 반영되는 것은 물론이고, 김동인·염상섭·현진건의 소설에도 당대 현실의 모습이 잘 반영되어 있다. 소설 속에서 사회의 실상을 묘사해 내는 데에는 대체로 두 가지의 방법이 있다. 하나는 마치 풍속도와 같은 객관적 묘사이고, 또 하나는 비판적 현실 묘사다. 채만식의 경우 주로 풍자를 통해 후자의 입장을 견지하고 있다. 채만식이 이와 같이 비판적 현실묘사의 방법을 택한 것은 그 당시의 시대적 상황에 기인한다고 하겠다.

이 작품은 1938년「천하태평춘(天下太平春)」이라는 제목으로 〈조광〉지에 1월부터 9월까지 연재된, 풍자적 수법을 사용한 장편소설이다. 전체 15장으로 나눠져 있고 각 장마다 소제목이 붙어 있는데, 1940년 단행본으로 출간되었다.

이 소설은 5대에 걸친 가족 이야기로서, 소위 '가족사 소설'의 전형에 드는 작품이다. 더불어 성격묘사에다가 사회전체의 실상을 암시하려는 성격 소설의 특징을 내포하고 있기도 하다. 1930년대 말에 한국사회는 일제의 수탈과 착취에 의해 빈궁화 현상이 가중되어 가고 있던 시기였다. 주인공 윤직원은 전형적인 놀부형 인간으로서, 일제가 조장한 이른바 상업자본주의에 기생하여 자신의 부를 늘려간 대표적인 케이스다. 작가는 작품의 전면에 윤직원을 내세워, 왜곡된 사회와 그 속의 부정적 인물들을 한껏 조롱하고 있다. 즉 일제강점하의 현실을 태평천하라고 믿는 주인공의 시국관을 풍자하고 있다.

이 작품의 결말부분은 종학이 체포된 사실을 알게 된 윤직원 영감이 절규를 담은 포효를 내뱉고, 덩달아 온 집안에 암운이 드리우는 것으로 그려지고 있다. 이는 잘못된 역사와 그 시대적 산물인 추악하기 짝이 없는 인물들이 이 땅에서 청산되어야 하고, 그 청산은 결국 내부에서 자생하는 건강한 힘에 의해 이루어져야 하며, 또 필히 그렇게 될 것이라는 작가의 신념을 충분히 암시하고 있는 것으로 보인다. 즉 이 작품에서 작가는 민족현실을 정확히 묘사하고, 한걸음 더 나아가 이를 극복하고자 하는 사실주의 정신을 표방하고 있다고 할 것이다. 이 작품의 주제는 윤직원이라는 부정적 인물을 통해 파악한 한말 개화기의 퇴락한 삶에 대한 비판과, 윤직원 집안이 세대 간의 가치관 차이로 인해 붕괴되어 가는 과정을 담고 있다. 문맥 표현상의 특징을 살펴보자면, 판소리의 수법을 차용하고 있다는 것이다. 판소리의 소리꾼처럼 '~입니다' 식의 경어체를 끌어들여 독자와 가까운 위치에서 작중 인물을 조롱하고 있다. 또한 독자와 작중 인물의 중간에 선 채 작중 인물을 평해 가면서 독자의 이해를 돕는다. 이 점은 판소리 사설에서의 소리꾼 역할과 엇비슷하다. 판소리에서처럼 풍자의 면도 강하다. 다른 한편으로 보면, 이런 존대말투의 풍자는 봉산탈춤에서 말뚝이가 양반을 조롱하는 장면과도 유사하다 하겠다.

V. 현실에의 대입

이 작품의 주인공인 윤직원 영감은 당대 만석꾼 지주이며, 장리쌀을 기반으로 한 고리대금업까지 겸영하고 있다. 양반 지주들을 중심으로 한 농지 등 토지의 독점과 그로 인한 자작농 계층의 와해와 급격한 소작농화가 심각한 사회문제를 야기할 수밖에 없는 경제구조인 것이다. 권력도 사고 명예도 산다. 연이어 첩을 들인다. 조선시대의 양반들은 생산적인 역할을 거의 하지 않았고, 과거 준비라는 허울에 매달려 시종 희희낙락과 유유자적에 안주하였다. 과거제와 지주제, 그리고 축첩제도가 보장되었던 조선사회는 양반들에게는 그야말로 천하태평춘의 호시절이었다.

현대의 한국사회는 재벌중심의 경제시스템으로 인하여 부의 편중 내지 부익부 빈익빈의 심화가 심각한 지경에 이르렀다. 개인의 근로의욕 상실이나 무위도식하는 생활패턴으로 인한 빈곤화가 아니라, 개인이 아무리 벗어나려 발버둥 쳐도 스스로의 힘으로는 결코 헤쳐 나올 수 없는 구조적이고 원천적인 경제시스템이 문제인 것이다. 제도적으로는 고율의 사채를 금하고 있지만, 음으로 양으로 고리대금업이 활개치고 있다. 경제적 능력이 미약한 청년들이나 서민들이 어쩔 수 없이 사채를 끌어 쓰다가 빚더미에 나앉게 되고, 급기야 개인파산으로 치닫기 일쑤다. 비정규직들이 겪는 설움과 애환은 전 사회적인 문제로까지 확대되었다. 이혼율이 급격하게 치솟았고, 그로 인한 결손가정의 문제도 심각한 수준에 이르렀다. 국가적으로 경제가 어려운 지경임에도 오늘 당장 쓰고 보자는 풍조가 팽배하고, 너나없이 홍청망청 해외나들이에 분주하다.

개천에서 용 나기는 이제 틀렸고, 근면성실한 노동보다는 로또복권이나 비트코인을 통해 일확천금의 요행수를 바라는 자들이 부지기수다.

저금리에 너도 나도 무리하게 금융권 대출을 받아 아파트를 사고 원룸 건물을 지어 임대사업에 나선다. 신용카드는 원래의 주된 사용목적보다는 이른바 돌려막기를 위해 몇 장씩 필요하다. 한달 동안에도 몇 번씩 현금인출기에서 뽑아져 나와 돌려막기에 사용되는 현금과 마이너스 통장을 통한 대출금의 이율은 생각보다 훨씬 높다. 이것이 현대판 고리대금업이 아니고 또 무엇이겠는가? 재벌기업들이 오늘도 따박따박 서민들로부터 고율의 이자 따먹기 사업을 전개하고 있다. 휴대전화는 또 어떤가? 남들이 신형을 가지니까 나도 그 대열에서 빠질 수 없다는 유치한 논리가 작용한다. 한마디로 왕따 되기 싫다는 것이다. 내게 꼭 필요하지도 않은 기능이 탑재된 신형 스마트폰이 정확히 일 년 단위로 쏟아져 나오고, 소비자들은 어른 애 구별 없이 그때마다 멀쩡한 것들을 버리고는 신형 구입을 위해 밤새워 줄을 늘어선다. 최신형 스마트폰 생산업체들과 독과점 체제로 운영되는 무선 통신사들은 엄청난 영업이익을 기록하고 있다. 가히 폭리수준이다. 내로라 하는 재벌기업들이 앞다투어 이 분야의 사업에 경쟁적으로 뛰어들었고, 지금도 한껏 호황을 누리고 있다.

작품 속에서 윤직원은 증손자와 동년배인 춘심이란 어린 기녀를 농간하고, 춘심은 또 반지 하나에 자신의 몸을 허락하려 한다. 작금의 사회적 문제로 부각된 이른바 '원조교제'가 단지 오늘날의 문제만은 아니었음을 짐작케 한다. 현재 축첩제는 법적으로 허용되지 않고 있다. 민법에서는 그 연장선상에서 첩관계의 설정·유지를 조건으로 하는 일체의 계약은 그 명칭 여하를 불문하고 선량한 풍속을 해함과 아울러 사회질서에도 반한다는 이유로 무효로 규정하고 있다. 하지만 성 자유화와 성 개방 풍조가 만연하고 이에 따라 포르노를 비롯한 음란물이 도처에 흘러넘친다. 이에 대한 적절한 차단 등 통제가 제대로 이루어지지 않거나, 관계당국이 단속의 손을 놓고 있는 실정이다. 부적절한 교제와 미팅이 거리 곳곳에 흘러넘친다. 이 땅의 현대인들은 남녀노소를 불문하고 밤낮을 가리지 않고 쉴 새 없이 먹어대고, 또 이런저런 형태로 성과 육체를 즐겨 대고 탐닉해 댄다. 책은 읽지 않고 미용·성형·보톡스에 몰입한다. 주민등록증을 확인해 봐야 나이 70·80임을 알지, 외모상으로는 다들 많이 봐야 40·50일 정도로 외모지상주의의 광풍에 휩싸여 있다. 언론은 성냥불을 손에 쥔 채 선정성의 기름을 부어대고, 재벌기업은 이런저런 기발한 방식으로 소비성향을 한껏 부추기고 있다.

Ⅵ. 맺으며

권력이든 재력이든 이를 손에 쥔 자들은 굳이 '태평천하'인 현재를 바꿀 필요도 없거니와, 아예 그럴 생각조차도 없다. 말로만 국민통합이요 민족통일이다. 입에 게거품을 품어가며 애국과 충성을 부르짖는 자들은 일단 경계하고 또 의심해 보아야 한다. 그렇다고 또 자기들은 더 이상 잃어버릴 게 하나도 없다면서 기득권과 전통을 깡그리 부정하고 마구 흔들어 대는 치들에 대한 주시의 눈과 견제의 손을 아예 놓아 버리는 우를 범하여서도 아니 될 것이다. 과연 이 정부는 정의가 강물처럼 흘러넘치고 평화와 복지의 혜택이 꽃비처럼 뿌려지는 행복한 사회를 우리들에게 안겨줄 것인가? 앵무새 왈 "쉽게 믿지는 말아요."

제2부

외국소설

어머니	막심 고리끼
제인 에어	샬롯 브론테
파리대왕	윌리엄 골딩
테 스	토마스 하디
여자의 일생	모파상
보바리 부인	귀스타브 플로베르
카라마조프가의 형제들	표도르 미하일로비치 도스토옙스키
오셀로	윌리엄 셰익스피어
아Q정전	루쉰

어머니

Ⅰ. 작가론

막심 고리끼는 필명이다. 그의 본명은 알렉세이 막시모비치 페쉬코프. 1868년 볼가강 근처인 니즈니 노브고로드에서 태어났다. 고리끼는 매우 불운하고 힘겨운 어린 시절을 보냈다. '쓰라리다, 비참하다'라는 뜻을 가진 형용사 '고리끼'를 필명으로 삼은 것도 그 당시 그가 지녔던 자신의 삶에 대한 비관적인 태도를 잘 보여 주고 있다. 5살 때 아버지를, 10살에 어머니를 여의고 외조부모에 의해 양육되었다. 외조부모 역시 경제적으로 어려운 형편인지라, 어린 시절부터 성년이 될 때까지 줄곧 헐벗고 굶주리며 막노동에 종사하였다. 볼가강을 운행하는 증기선에서 일하는 동안 우연히 그 배의 요리사로부터 글을 배웠다. 그 이후 혼자 공부하여 글을 쓰기 시작했다. 카잔이란 도시에 정착하여 몇 년간 살다가, 21세 때 그곳을 떠나 막노동을 해 가며 러시아 남쪽지방을 떠돌아 다니는 생활을 여러 해 동안 했다.

1892년 첫 단편소설인「마까르 추드라」를 출간하였다. 그 후 단편「첼카슈」, 장편「포마 고르제예프」등 일련의 작품들을 통해, 고리끼는 사회구조적 모순으로 인해 생겨나는 희생자들의 처지를 적극 옹호하고 또 인간이 인간에게 저지르는 비인간적 행위들을 격렬하게 규탄하였다. 폐결핵으로 1901년 얄타에서 요양하던 중 체홉과 톨스토이와 만나게 되어 사귀었다. 이듬해 러시아 학술원 회원으로 선출되었으나, 정치활동을 했다는 이유로 황제가 이를 취소시킨다. 고리끼는 1901년에 이어 1906년에 정치적인 이유로 체포되었으나, 작가로서의 명성에 힘입어 곧 풀려난다. 러시아를 떠나 망명생활을 이어 간다. 그는 1913년에 러시아로 돌아와 자전적 3부작을 집필한다.「유년시대」·「사람들 속에서」·「나의 대학」이 바로 그것들이다. 1917년 11월 혁명 이후 레닌과 볼셰비키 정부를 지원하는 활동을 하였다. 고리끼는 혁명 직후의 러시아에서 독자적인 활동이 허용된 유일한 기성 작가였기 때문에, 주로 러시아의 전통적인 문학을 살려 내고 신진작가들을 후원하는 일에 심혈을 기울였다.

1921년에 러시아를 떠나, 이전 망명생활 때 거주한 적이 있는 카프리섬으로 가 1928년까지 살았다. 1928년에 그의 60회 생일을 모국에서 맞아야 한다는 사람들의 성화로 인해, 고리끼는 러시아로 영구 귀국한다. 그는 1932년에는 소련작가동맹의 초대 회장으로 추대된다. 1936년 6월 18일 모스크바 부근에서 사망했는데, 그의 죽음과 관련하여 두 가지 설이 있다. 하나는 그가 폐결핵으로 죽었다는 것이고, 또 하나는 스탈린이 그를 죽이라고 명령하여 죽이고는 이를 트로츠키파의 음모라고 뒤집어 씌웠다는 것이다. 죽음과 관련된 진상은 아직껏 명확히 밝혀지고 있진 않지만, 그는 러시아 문학사에 있어 대문호로서의 지위를 한껏 누리고 있다.

II. 시대적 배경

1900년대로 세기가 바뀌면서 러시아의 봉건제도는 밑으로부터 급격하게 무너져 내렸다. 물론 차르는 타도되지 않았고 봉건 지주세력인 귀족들의 권력도 청산되지 않았으며, 그렇기 때문에 이른바 정치적 상부구조는 여전히 봉건적 상태로 남아 있긴 했다. 하지만 기존체제의 구조적 모순과 그로 인한 계급 간 갈등관계가 사회전면에 부각되기에 이르렀다. 프롤레타리아와 부르주아, 즉 노동자 계급과 자본가 계급의 대립과 알력이 그것이다. 이제는 러시아 사회의 변혁도 이 새로운 계급관계 속에서 어느 계급이 주도권을 쥐고 나가느냐 하는 문제로 초점이 모아지게 되었다. 이처럼 변화하는 사회체제 속에서, 진정한 역사발전을 위해서는 노동자 계급이 혁명의 주체적 담당자가 되어야 하는 시대로 옮겨 가야 했던 숙명의 시대였던 것이다.

이 소설의 무대는 고리끼의 출생지이자 러시아의 고도인 니즈니 노브고로드다. 이 도시는 볼가강의 지류인 오까강에 잇닿아 있는데, 작품 출간 당시는 볼가강의 중요한 항구 가운데 하나였으며, 철도가 지나가는 도시이기도 했다. 끄라스노예 쏘르모보 조선소가 가동하고 있었는

데, 이 공장은 당시 러시아에서 최대 규모의 공장 중 하나였다. 바로 이 조선소가 소설 속에 묘사되고 있는 공장의 모델이 되었다. 수천 명의 노동자가 이곳에서 일했고, 노동자들의 투쟁전통이 꾸준히 이어져 왔다는 점이 고리끼로 하여금 작품의 공간적 배경으로 삼도록 하였던 것이리라. 고리끼가 작품 속에서 등장시키고 있는 많은 노동자들도 쏘르모보 공장의 노동자들과 가족들이 실제 모델이 되었다. 어머니의 아들인 빠벨 블라쏘프는 실재했던 쏘르모보 공장의 노동자 빠벨 자몰로프에 대비된다. 그는 총파업으로 인해 총살당한 페테르부르크의 푸찔로프 공장의 바부쉬킨과 함께 러시아 초기 노동운동의 영웅 가운데 한 명이었다. 그는 쏘르모보 노동자들의 5월 1일 파업 시위를 주도한 끝에 체포되어 장기 징역형을 선고받았다. 빠벨의 어머니이자 이 작품의 주인공인 닐로브나는 실존인물은 아니지만, 여러 실존인물들을 합성한 결과 태어났다. 부분적으로는 자물로프의 어머니가 모델이 되기는 하였으나, 상당한 부분은 까돔체프라는 혁명적인 노동자의 어머니를 빼닮아 있다. 그녀들 말고도 자기의 아들딸들과 함께 혁명적인 생애를 살았던 수많은 러시아 노동자들의 어머니들, 그리하여 자녀들과 함께 감옥에서 고생했던 당시의 어머니들이 모두 닐로브나라는 인물 속에 녹아 들어가 있는 것이다.

Ⅲ. 작품의 줄거리

술주정뱅이에다가 걸핏하면 아내에게 주먹질을 해대는, 그러면서도 평생 육체노동으로 가족들을 먹여 살렸던 남편과, 그런 아버지를 증오하면서도 자신 또한 술에 빠져든 철부지 노동자 아들로 인해 오랜 세월 한을 품고 살아야 했던 여인이 바로 그녀다. 그런 여인이, 자신의 눈물 어린 호소 끝에 인생을 새로이 시작한 아들과, 이틀이 멀다 하고 찾아오는 건전한 노동자들 사이에서 시나브로 정신적인 변화를 겪게 된다. 독서에 열 올리고 토론을 좋아하게 되며, 지식인들과도 대화를 나누며 어울리기도 한다. 이해하기 어려운 말들을 쏟아내는 이 부류의 사람들이, 어머니에게는 경이와 두려움의 대상이었다. 그러나 이들 모두는 삶에 대한 열정과 애착을 갖고 있었고, 자신이 아니라 모든 노동자들과 인류의 미래에 대해 꿈꾸고 있었다. 그리고 무엇보다도 자신의 행동을 통해 자기 말의 진실성을 입증해 보이고자 했다. 이런 모든 것들이 내내 어머니에게 신뢰감을 주었던 것이다. 그러나 여전히 어머니에게는 아들에 대한 사랑과 애착이 삶의 전부였고, 자신의 삶을 통째로 아들에게 의존하는 차원에 머물러 있었다.

그러던 중 하나의 사건이 일어난다. 이른바 '소택지를 메우는 데 쓰일 기금'을 일방적으로 노동자들의 임금에서 공제하는 데 반대하여 개최된 집회에서, 아들 빠벨이 처음으로 대중선동에 나섰다가 실패한다. 투쟁이 본격적으로 불붙지도 못한 상태에서 체포되어 버리고 만다. 아들이 구금되자, 어머니는 동향인이자 빠벨의 지도자이며 동지이기도 한 이고르의 권유에 따라 아들이 했던 일을 물려받는다. 행상 차림으로 몸에 유인물을 숨긴 채 공장 안으로 들어가 조직원들에게 이를 전달, 배포케 한다. 이 일은 어머니가 최초로 변혁운동에 직접 참여하는 계기가 되었으며, 이 경험으로 지난날의 소극적·피동적 삶으로부터 적극적·능동적 삶으로 전환할 가능성을 갖게 되었다. 이런 어머니의 곁에는 친아들과도 같은 애정과 헌신성, 그리고 뛰어난 자질을 발휘하며 정성을 다하는 노동자이자 사회민주노동당원이기도 한 안드레이가 있었다.

빠벨이 형기를 마치고 나왔을 때, 어머니는 이전 같으면 가질 수 없었던 뿌듯한 자부심을 간직한 채 자신의 공로를 아들의 동지에게 돌린다. 노동절, 당으로부터 과업을 부여받은 빠벨은 파업시위의 선두에서 깃발을 들고는 무장 경찰의 방어막을 향해 나아간다. 결국 경찰에 의해 무자비하게 구타당하고, 체포되어 끌려간다. 그러자 곁에 있던 어머니가, 아들이 들었다가 경찰에 의해 부러진 깃대를 주워 들고는 앞으로 나아간다.

아들의 체포로 망연자실한 닐로브나는 아들의 동지인 니꼴라이 이바노비치의 권유로 그의 집으로 옮겨 가 살게 된다. 이제 어머니는 자기변화의 흐름에 있어 보다 새로운 전기를 맞이한다. 아들의 재판과정이 바로 그것이다. 피고인으로 법정에 선 빠벨은 청년 노동자로서, 동지들을 대표하는 혁명가로서, 나아가 러시아 노동계급의 전위인 볼셰비키 당원으로서 자신의 정치적 입장과 소신을 당당하고도 세련되게 피력해 나간다. 그가 이른바 '적'이라고 부르는 자들까지도 존경심으로 숙연해지게 만들어 버렸다. 이 재판이 어머니에게 준 인상은 강렬했다. 어머니로 하여금 자식을 위해, 혁명을 위해, 피압박 민중을 위해 스스로를 내던지게 만들었다. 언제나 두려움과 선망의 대상이었던 지식인 혁명가 류드밀라에게서 여린 심정을 발견해 내고는, 그녀를 위해 열변을 토하기도 한다. 아들의 연설 내용이 담긴 인쇄물을 배포하기 위해 갖은 시련도 마다하지 않는다. 발각된 순간에도, 민중 속으로 뛰어들어 죽음을 불사한 투쟁을 전개한다.

Ⅳ. 작품의 분석

소설「어머니」는 근대철학에서 현대사상으로의 시대적 전환기를 이루는 러시아 혁명의 한복판에서 현대적 인간상의 살아 있는 전형을 제시해 주고 있다는 점에서 가장 큰 의미가 있다 하겠다. 근대사회에 이르기까지의 모든 계급사회에서는 소수의 지배계급이 역사의 지배자 내지 주인으로서의 독점적 지위를 누리고 있었다. 근대 부르주아 사회 이전에는 피지배 계급의 어떠한 투쟁도 자기 자신의 해방이라는 궁극적 목표에까지는 이르지 못한 채, 또 다른 형태의 새로운 지배·예속의 계급관계를 창출하는 것으로 그치고 말았다. 근대 부르주아 사회로 오면, 부르주아가 주권과 권력을 장악하여 노동자 계급을 비롯한 절대 다수의 민중을 지배·착취의 대상으로 내몰았다. 그러나 이 과정에서 각성한 지식인과 열혈 노동자들이 대중을 동원하여 근대 부르주아 체제를 전복시키기 위한 투쟁을 지속적·체계적으로 전개해 나가기 시작하였다.

러시아 혁명 또한 이러한 과정의 한 표현이었다. 노동계급은 러시아 혁명 과정에서 승리를 쟁취함으로써 역사상 처음으로 압도적 다수의 피억압 계급이 주권과 권력을 장악하고는 착취계급에게는 독재를, 전체 민중에게는 민주주의를 실시하는 새로운 사회를 만들어 냈던 것이다.

혁명은 지도자와 민중 모두를 가르친다고 한다. 러시아 혁명은 노동계급과 그 의식적 전위의 올바르고 강력한 결합에 의해 자주성을 고양·실현한 노동계급이 역사무대의 전면에 등장했다는 점에서, 역사적 의의가 있다 할 것이다. 이는 또한 지난 세월 무지와 멸시·천대 속에서 수동적·소극적 삶을 살도록 강요당해야만 했던 피억압 민중들이 자신의 존재·지위·역할을 자각하여, 적극적·능동적 삶으로 전환하게 된 계기이기도 했다. 당시에는 혁명이 아직 전체 민중에게 주인 된 지위와 역할을 확고하게 담보해 주지는 못한 상태였다. 하지만 이름 없는 민중들이 혁명과 건설을 통해 일하는 사람이 주인이 되는 새로운 사회로 나아가는 데 있어서 러시아 혁명은 하나의 어엿한 근본 토대가 되었으며, 또 세계사의 변곡점 내지 대전환점이 되기에 충분했다. 또 다른 측면에서 러시아 혁명은, 지난날 객관적 존재에 대한 인식을 중심으로 한 근대철학에서 사람 위주의 새로운 현대사상이 자라날 사회적 토양을 배태하는 시발점이 되었다고 말할 수 있다. 그 같은 사회적 토양 속에서 고리끼의 「어머니」 속 인물이 태어날 수 있었다. 어머니 닐로브나는 작가의 상상 속에서 창조된 허구의 인물이 아니라, 당시 러시아 사회의 깨어 있던 민중들의 역동적인 행태와 투쟁일지에서 추출된 여성전사의 한 전형이라 할 것이다. 고리끼가 소설이라는 형식과 무대를 빌려 닐로브나를 세상 밖으로 끌어낸 것이 아니라, 당시 차르체제의 폭압과 무능, 그리고 민중의 절규와 항거가 작가의 손을 빌려 세상 밖으로 쏟아져 나온 것이다.

동서고금을 막론하고 어머니라는 존재는, 이념이나 사상으로 무장하지 않고서도 위대하다. 사랑과 희생의 원천이기 때문이다. 이념으로 무장한 어머니는 더 위대할 수 있음을, 고리끼는 이 작품을 통해 생생하게 보여 주고 있다. 마치 무비 카메라를 어깨에 둘러메고 전장(戰場) 취재에 나선 르포기자처럼.

V. 현실에의 대입

현대 사상이란, 한마디로 진리를 기초로 한 깨달음의 사상이다. 현대 사상은 근대철학의 변혁적 세계관에 기초하여 이러한 세계관을 인생관화하게 해 주었으며, 이로써 자연·사회·인간 전반에 걸친 유물론적 일원화를 완성시키게 되었다. 현대 사상은 인간의 본질적 속성, 즉 사회적 속성의 근본인 자주성을 기반으로 한다. 자주성이란 자신의 존재와 지위, 역할을 자각하여 변혁의 주체가 됨으로써 적극적이고 능동적인 삶을 사는 것을 의미한다. 또한 사람이 되어 나서 보다 높은 수준의 고상한 삶을 살려는 인간의 속성을 뜻한다. 우리의 '어머니'는 자신의 삶 속에서 이 자주성을 체현하고 고양·실천해 나가는 현대사회 민중의 화신이 되고 있다.

자주성은 기본적으로는 노동 과정에서, 노동하는 근로 대중 속에서 집단적으로 실현·고양된다. 또한 자주성은 의존성을 반대하는 투쟁 속에 고양·실현되며, 굴레를 뚫고 전진하게 된다. 자주적인 입장이 되어 바로 설 때, 창조적이 될 수 있다. 창조적이 될 때, 비로소 세계를 개조하고 지배하는 주인으로서 자신의 역할과 사명을 다 해낼 수 있을 것이다. 인간이 이런 경지에 올라설 때, 비로소 의식적인, 인간을 위한 삶을 살아가고 있다고 자신 있게 말할 수 있을 것이다.

VI. 맺으며

자유민주주의 체제와 사회주의 체제, 자본주의체제와 공산주의체제가 한동안 지구상에서 위세를 떨쳤으나 지금은 시들하고, 또 양쪽 다 이런저런 모순과 한계를 드러냈다. 그렇다고 새로운 이념이나 사상의 출현조짐이 있는 것도 아니다. 이런 환경과 여건하에서라면 이 땅에서 한국판 닐로브나는 당분간, 어쩌면 상당한 기간 동안 출현을 기대할 수 없을지도 모르겠다.

제인 에어

Ⅰ. 작가론

샬롯 브론테(Charlotte Bronte: 1816-1855)는 영국의 여류소설가이다. 목사의 딸로 돈턴에서 태어났다. 여동생 에밀리는「폭풍의 언덕」을, 앤은「애그니스 그레이」를 쓴 작가들로, 샬롯과 함께 이 세 자매를 영국 문학사에서는 '브론테의 자매들'이라고 부르고 있다. 아일랜드 시골출신인 그의 아버지는, 젊은시절 고생 끝에 케임브리지 대학을 졸업한 후 목사보로 요크셔 주에 있는 작은 교회에 부임했다. 집안 분위기가 우울했기 때문에, 샬롯은 어려서부터 부모의 따뜻한 사랑을 모르고 성장했다. 외롭게 나날을 보내던 샬롯 자매들은 코우원 브리지에 있는, 목사의 자녀들을 수용하는 학교에 입학한다. 이곳에서 자매들의 유일한 낙은 부근의 거친 고원을 달음박질치며 노는 것과, 문학에 대한 유별난 관심과 흥미였다. 1831년 샬롯은 로우헤드에 있는 기숙학교에 입학한다. 그 이후로는 비교적 평온하고 행복한 분위기 속에서 학업에 매진할 수 있었다. 1년 6개월의 학습 과정을 마치고는 이 학교의 조교가 되었다. 그후 약 8년 동안 가계에 보탬을 줄 겸 어머니 대신 동생들을 돌볼 겸 가정교사직을 얻어 집을 떠나 있었다. 샬롯은 26세 때 에밀리와 함께 불어공부를 하기 위해 브뤼셀로 유학을 갔다. 1846년 세 자매는 그간 써 모아 둔 시들을 합쳐 자비 출판을 하였으나, 호평을 받지는 못한다. 그러나 그녀들은 결코 낙담하지 않았다. 어둡고 우울한 환경 속에서도 이런저런 슬픔을 이겨 내고 탈고한 「교수(The Professor)」를 런던의 어느 출판사에 보냈으나, 출판사 측은 그녀의 원고를 묵살해 버렸다. 불운이 이어지는 가운데, 스미드 출판사로부터 좀 더 긴 작품을 쓴다면 독자들로부터 호평을 받을 것이라는 격려의 편지가 배달되었다. 이에 힘을 얻은 샬롯은 그동안 쓰고 있던 원고를 완성하여 보냈고, 출판사는 출간을 결정한다. 이 작품이 바로 1847년 발표된 「제인 에어」이다. 샬롯 브론테의 대표작으로, 현재까지 스테디 셀러로서의 확고부동한 지위를 점하고 있다. 독자들의 호평과 기대 속에, 그동안 빛을 보지 못한 채 구석에 치워져 있던 「셜리(Shirley)」가 1849년, 「빌레트(Villett)」가 1853년에 각 출간되었다. 1854년 샬롯이 38세 때 아버지 밑에서 일하고 있던 니콜즈 목사보와 결혼하였으나, 겨우 1년 후 샬롯이 사망하였다. 39년의 짧은 인생이었다. 동생 에밀리도 30세, 앤 역시 29세로 생을 마감하였다. 세 자매는 비록 단명이었지만, 영국 근대문학의 언덕에 우뚝 섰다.

Ⅱ. 작품의 줄거리

총 38장으로 구성된「제인 에어」를 내용상 몇 단계로 나누어 살펴보는 방법이 무난할 것으로 보인다. 제1장부터 제4장까지는 게이츠 헤드의 리드 외숙모댁. 늦가을 시점에서 시작하여 이듬해 1월 15일까지의 그곳에서의 생활이 그려져 있다. 고아소녀 제인은 외숙모집에 얹혀살고 있다. 외숙모인 리드는 제인을 귀찮게 여길 뿐만 아니라 무척이나 싫어한다. 결국 제인을 가난한 소녀들을 위한 열악한 환경의 자선학교인 로우드로 보내 버린다. 제5장에서 제10장까지는 제인이 로우드에 입학한 1월 19일부터 약 8년 반 동안의 생활이다. 제인은 6년 동안 로우드에서 교육을 받은 후, 2년 동안 교사로 근무한다. 그러던 중 제인이 가장 좋아하는 템플 선생이 결혼을 하여 학교를 떠나게 된다. 이에 제인도 구직광고를 내어 가정교사 자리를 구해서는 '손필드'로 떠난다. 제11장부터 제27장까지에서는 10월부터 이듬해 여름까지 가정교사로 들어간 손필드 저택에서의 일들이 서술되어 있다. 제인은 아델의 가정교사로 근무하는 동안 주인인 로체스터와 사랑에 빠지게 된다. 그 사이에 리드부인이 병이 나 위독한 상태에 다다르자, 게이츠 헤드를 방문한다. 리드 외숙모는 마데이라에 제인의 유일한 친척인 존 에어가 살고 있다는 사실을 전해주면서, 그가 제인의 안부를 물었을 때 제인이 로우드에서 열병으로 죽었노라고 거짓말을 했다고 고백한다. 리드 숙모의 장례를 마치고 난 후, 제인은 손필드로 돌아간다. 로체스터가 제인에게 청혼하고, 제인은 기쁜 마음으로 이를 받아들인다. 하지만 로체스터에게는, 비록 미쳐 있기는 하지만 엄연히 아내가 있었다. 로체스터의 처남이 자초지종을 알아내고는, 영국으로 달려와 제인의 결혼을 중지시킨다. 슬픔과 절망에 빠진 제인은 새벽 아무도 모르게 손필드를 빠져나간다.

제28장부터 제38장까지의 마지막 부분에선 손필드를 떠난 후부터 다음 해 6월까지 약 1년 동안 무어하우스에서의 일들이 전개되어 있다. 손필드를 뛰쳐나온 제인은 무어하우스에서 겨우 피난처를 구하게 된다. 그곳에서 리버즈 가족과 잠시 사귀면서 심리적 안정을 찾아간다. 제인은 목사인 센트존 리버즈를 위해 그곳 여학교의 교사를 자원한다. 그렇게 생활하던 중 리버즈 가족이 자신의 사촌이라는 사실을 알게 되고, 마데이라의 존 삼촌으로부터 재산을 상속받게 된다. 마음씨 착한 제인은 상속재산을 사촌들과 나눈다. 센트존은 제인에게, 결혼해서 선교사업의 동반자로서 둘이 함께 인도로 가자면서 끈질기게 구혼한다. 고민에 빠진 제인은 어디선가 자신을 목 놓아 부르는 로체스터의 음성을 듣는다. 제인은 무엇엔가에 홀린 듯, 로체스터를 찾아 손필드로 달려간다. 하지만 저택은 불타 버리고, 로체스터의 미친 아내도 불을 지른 끝에 죽는다. 로체스터는 화마 속에서 눈이 멀고 팔이 잘린 채 불구의 신세가 된다. 뒤늦게 참사랑의 의미를 되찾은 제인은, 로체스터의 불행에도 개의치 않고 그와 결혼한다. 두 사람의 사랑은 아기 출산으로써 값진 결실을 맺고, 그 후 기적과도 같이 아기를 알아볼 수 있을 정도로 로체스터의 한쪽 눈의 시력이 회복된다. 이러한 모든 일들을, 제인 에어가 10년 후에 회상하는 것으로 대단원의 말미를 마무리하고 있다.

Ⅲ. 작품의 분석

이 소설은 불쌍한 고아 제인이 기숙학교를 졸업하고 로체스터가의 가정교사로 고용되어 오만불손한 집주인과 우여곡절 끝에 마침내 결혼하게 되는 과정을 그린 것으로, 한마디로 연애와 모험의 로맨스다. 이 작품은 작가 자신이 체험한 사실을 토대로, 격정적인 정열과 풍부한 상상력을 가미하여 참신한 언어로써 독자층을 파고든 것으로 평가된다. 따라서 이 작품에는 작가 자신의 인간성이 강렬하게 부각되어 있으며, 그녀의 어릴 적부터의 생활 경험이 생생하게 묘사되고 있다. 또한 당시의 위선적인 교육제도와 함께 여성 입장에서의 격분과 정열, 그리고 비탄을 적나라하게 파헤쳐 공개하였기 때문에, 당시의 영국 사회에서는 이 작품에 대하여 불만을 드러내고 비난하기까지 하는 사람들도 적지 않았다.

더구나 구성이 치밀하지 못한데다 내용이 너무 허황되고 줄거리의 전개에 우연성의 남발이 심한 고로, 성공작은 아니라고 평하는 비평가들도 있다. 그럼에도 불구하고 이 작품이 출간되자마자 큰 인기를 끌었던 것은, 일반적인 소설에 싫증을 느끼고 있던 당시 사람들에게 자유분방한 상상력을 동원하여 독자들의 마음을 사로잡았기 때문이라고 하겠다.

우리들이 이 작품에서 눈여겨보아야 할 것들 몇 가지를 살펴보자면, 우선 작가의 성격과 작품에 나타나는 주인공의 성격의 유사성이다. 실제로 우리는 고아인 제인 에어의 성격과 샬롯의 성격에서 많은 유사점을 발견할 수 있다. 그리고 이 유사한 성격은 브론테 세 자매에게 공통적인 것으로 보인다. 「제인 에어」는 작가가 자라 온 환경과 생활을 알지 못하고는 정확히 이해하고 감상할 수 없는 작품이라 할 것이다. 따라서 그 배경을 안다면「제인 에어」의 복잡한 구조의 해석이 자명해진다. 보통 이 소설을 성장소설 내지 자전소설로 분류하고 있으나, 특이하게도 이 소설을 제국주의 소설로 보는 견해도 있다. 비서구 또는 제3세계적 시각에서 보자면 일종의 제국주의적 텍스트라는 것이다. 제인이 다락방에 숨겨져 있는 로체스터의 미친 아내인 식민지 출신 버사 메이슨을 로체스터의 집에서 처음 보았을 때, 그녀에게서 가부장적 사회에서 억압받는 여성으로서의 동류의식 또는 무의식 속에 잠재되어 있는 제인 자신의 악마적인 일그러진 저항의 모습을 보기도 한다. 하지만 근본적으로는 제인 자신도 서구 식민지의 압제라는 것이다. 제인 에어는 결과적으로 백인으로서 비서구인인 같은 여성인 버사를 밀어내고 있다고 해석한다. 이 작품은 또한 고딕소설의 요소도 가지고 있다. 고딕소설은 19세기 초에 유행한 소설의 한 형태라 할 수 있다. 고딕소설의 특징은 신비와 잔인, 각양각색의 섬뜩한 사건들을 등장시킴으로써 소름끼치는 공포를 불러일으키는 데 있다. 마지막으로 이 작품은 무엇보다도 중요한 신분·계급·나이를 초월한 연애소설 내지 애정소설이라는 사실을 빼놓을 수 없을 것이다.

결론적으로 이 작품이 오늘날까지 계속 독자들의 호감을 불러일으키면서 애독되고 있는 이유는, 이 작품이 멜로 드라마적이기는 하지만 정열이 넘쳐흐르는 로맨틱한 줄거리와 융합되어 있을 뿐만 아니라, 주인공 제인이 작가 자신의 분신으로서 잘 묘사되어 있기 때문이라고 할 것이다.

Ⅳ. 현대적 시각에서 본 제인 에어

우리사회에서는 남성 중심의 가부장적 사회구조와 문화에 대한 비판의 목소리가 높다. 뿐만 아니라 이러한 고착된 사회구조에 대해 도전하는 시도들도 많이 보인다. 성 차별 내지 남녀평등의 이념에 반하거나 부합하지 않는 제도적 장치들에 대한 제거나 수선작업들이 부단히 행해지고도 있다. 법규범을 비롯한 제도적인 차원에서는 많은 시정과 개선이 이루어진 것이 사실이나, 사회 현실에서는 이런저런 형태의 차별과 부조리가 공공연히 행해지고 있다는 사실 역시 부인하기 어렵다. 문화형성의 주요 매개체인 글쓰기 행위에 있어서도 가부장적 전통은 역사적으로 그 뿌리를 깊이 박고 있어, 여성 작가들을 그 전통에서 배제된 주변부로 내몰았다는 반성을 낳게 한다. 문화의 중심권에서 소외된 여성 작가들의 자의식은 지극히 예민해질 수밖에 없을 것이다. 때로는 중심 권력과 절충하기도 하고 또 때로는 이방인으로 영원한 떠돌이가 되기도 하여, 그들의 글에서 타협과 대립이 복합된 미묘한 심리적 긴장을 발견하게 된다. 두터운 문화적 권력의 층을 비집고 터져 나오는 긴장의 순간적인 폭발력으로 인해, 여성들의 글은 새롭고 낯선 경험의 기회를 갖게 만든다.「제인 에어」가 갖는 매력은 바로 이 점에 있다고 하겠다. 제인은 교육과 남녀 간의 사랑을 통해 사회와 타자를 접해가면서 억압적인 가부장적 사회구조에 저항한다. 그리곤 여성의 주체성을 선언한다. 불합리한 문화적 편견을 거부하며, 여성만의 독자적인 이미지를 옹호한다.

남성원리가 지배하는 가부장적 사회에서, 여성은 이를 치유하고 새 생명을 부여하는 여성원리의 상징적 역할을 수행한다. 로체스터의 몰락은 가부장적 사회의 파멸을 상징하고 있다. 이를 회복시키고 소생시키는 생명력은 다름 아닌 여성에게서 나오는 무한한 잠재력이다. 두 사람의 재결합은 여성의 희생과 봉사를 요구하는 가부장제의 또 다른 양상이라기보다는, 남성원리와 여성원리의 화합으로서 양성적 비전의 조화를 추구하는 대화적 상상력을 내포한다고 하겠다. 사회의 중심에서 권력을 독차지했던 남성원리의 단선적 사고는 여성을 변방으로 내몰았지만,「제인 에어」는 그 중심권력의 무모함과 아집을 철저하게 해체시키고 있다. 내내 억눌리면서도 주변부에서 꾸준히 생명을 이어온 여성적 자아는 자기탐색의 과정을 거치며 중심부에 도전한다. 그것은 도도하게, 여성들만의 외침이 아니라 참다운 휴머니즘의 메아리로 우리 모두에게 다가온다.

V. 법과의 관련성

샬롯 브론테의 대표작인「제인 에어」는 흔히 그녀의 자전적 소설이며, 페미니즘의 고전이라 일컬어진다. 또한 이 작품은 이른바 법률소설이라고 할 수 있다. 그러나 작품 어디에서도 법정 풍경이나 송사 장면이 등장하지 않는다. 단지 불행하게 태어난 한 여자아이가 여섯 차례나 거처를 옮겨 다니면서 만나게 되는 보통 사람들 사이에 벌어지는 이런저런 일들과 관련된 서러운 이야기뿐이다. 그럼에도 불구하고 이 소설은 당시 영국 법조를 대표하는 제러미 벤담과 존 오스틴의 법사상과 일반 지식인들의 법 감정을 그대로 반영하고 있다는 점에서, 본질적으로는 이른바 법률소설이라고 말할 수 있을 것이다.

그리고 작가가 도출해 낸 에어(eyre)라는 성은 당시 영어의 보통명사로는 법원(法源) 또는 법역(法域)의 뜻이라고 한다. 소설「제인 에어」가 '여성의 인권선언'이라고까지 찬미되는 이유는 충분하다. 최초의 일인칭 소설이라는 점, 여성 또한 남성과 동등한 지적 능력이 있고, 또 훌륭한 여성도 반항적 정열과 육체적 욕망을 표현할 수 있다는 강력한 메시지 등 당시의 보편적 관념을 과감하게 넘어선 선구적인 입장임에 틀림없다.

그럼에도 불구하고 주인공 제인 에어의 나름 소신에서 우러나온 도덕률과 행동양식은 지극히 체제 순응적이다. 성인이 된 제인은 어린 시절 그토록 불평하던 여성의 빈곤과 불평등한 상황을 타개하기 위한, 사회적으로 의미 있는 그 어떤 시도도 행하지 않는다. 어쩌면 제인은 소녀 시절 겪었던 이런저런 불운을, 사랑하는 남자와 재산을 얻음으로써 보상받은 다 큰 신데렐라에 불과할지도 모르겠다. 제인의 행복은 철저히 남성중심의 기존 체제에 순응함으로써 획득된 것이다. 그렇다면 그녀는 제도적·사회적 불평등의 문제를 그 불평등한 제도의 요구에 부응함으로써 개인적으로 해결한 또 하나의 인형에 불과하다고 하는 평가를 면할 수 없을 것이다.

개인으로서, 또는 사회 구성원으로서의 생활을 영위해 가면서, 여성이라는 이유로 차별받아서는 안 된다는 원칙은 확고하고 또 준엄하다. 헌법을 비롯한 각종 법규가 이를 선언하고 있고, 정부와 자치단체가 이를 재확인하고 또 보장하여야 할 신성한 의무를 가지고 있다. 이 원칙을 훼손하는 자에 대하여는 지위고하를 막론하고 합당한 제재가 부과되어야 한다. 여성 스스로도 권익의 옹호와 쟁취를 위한 신성한 투쟁에 발벗고 나서야 할 것임은 물론이다.

대한민국 헌법은 제10조(기본적 인권의 보장)에서 "모든 국민은 인간으로서의 존엄과 가치를 가지며, 행복을 추구할 권리를 가진다. 국가는 개인이 가지는 불가침의 기본적 인권을 확인하고 이를 보장할 의무를 진다."고 선언하고 있다. 이 조항을 기초로 하여 제11조 제1항(평등권)에서는 "모든 국민은 법 앞에 평등하다. 누구든지 성별·종교 또는 사회적 신분에 의하여 정치적·경제적·사회적·문화적 생활의 모든 영역에 있어서 차별을 받지 아니한다."고 규정하고 있다. 제32조 제4항(여자의 보호)은 "여자의 근로는 특별한 보호를 받으며, 고용·임금 및 근로조건에 있어서 부당한 차별을 받지 아니한다."고 명시하고 있다. 제36조 제1항과 제2항(혼인과 가족생활, 모성의 보호)은 "혼인과 가족생활은 개인의 존엄과 양성의 평등을 기초로 성립되고 유지되어야 하며, 국가는 이를 보장한다." "국가는 모성의 보호를 위하여 노력하여야 한다."고 각 규정하고 있다. 이 같은 헌법 정신과 명문이 구현하고자 하는 취지를 반영하여 「남녀고용 평등과 일·가정 양립지원에 관한 법률」을 비롯한 많은 법률이 새로이 제정되거나 개정되었다.

이와 같은 추세와 노력에도 불구하고, 현실적으로는 아무래도 이런저런 측면에서 상당한 괴리감이 남아 있다. 혼인과 가족생활과 관련해서는 대표적인 족쇄인 호주제가 폐지되었다고는 하나, 남성중심의 가부장제적 요소가 여태껏 짙은 그늘을 드리우고 있다. 고용과 노동 분야와 관련해서는 채용과 승진, 임금을 비롯한 대우면에서의 차별, 출산·육아에 따른 불이익 등의 문제가 바로잡히지 않고 있는 실정이다.

Ⅵ. 맺으며

5년 단위로 정권이 바뀔 때마다 여성 각료의 숫자를 파격적으로 늘리겠다고 공언한다. 지난 정권에 비해 자리가 대폭 늘었다고 자화자찬해 가면서, 차렷 자세로 단체기념사진을 찍는다. 그 사진을 들고선, 여성들을 배려하고 또 존중하는 정부라고 생색내고는 홍보에 열중한다. 하지만 그것으로 끝이다. 그 이후의 집권기간은 아무리 좋게 보아 준대도, 마초들의 활극무대이기 일쑤다. 그거 참!

파리대왕

Ⅰ. 작가론

윌리엄 골딩(1911-1993)은 영국의 소설가다. 1983년도 노벨문학상 수상자로 영국문단의 대표적 작가다. 소설가이며 극작가, 시인 그리고 음악가로서 여러 분야에 걸쳐 활약한 다채로운 경력의 작가다. 그는 1911년 영국 서부 콘월에서 태어났다. 맬버러 그래머스쿨과 옥스퍼드대학교 브레이즈 노스 칼리지에서 교육을 받았다. 1935년 솔즈베리의 비숍 워즈워스 스쿨의 교사가 되었다. 1940년에는 영국 해군에 입대하여 독일 해군의 '마르크호'를 격침시킨 전투에 참가하였다. 1944년 연합군의 노르망디 상륙작전 때는 로켓포 발사 전함에 근무 중이었다. 제2차 세계대전이 끝나자 교직으로 돌아와서 1960년까지 교사로 일했다. 윌리엄 골딩은 사실적인 설명의 명쾌함과 현대의 인간조건을 신비스럽게 조명하여 다양성과 보편성을 보여 주었다는 수상이유와 함께 1983년 노벨문학상 수상자로 결정되었다. 그의 첫 장편소설이자 출세작인「파리대왕」은 1954년 골딩의 나이 43세 때 출간되었다. 그때까지 장편소설 세 편을 써 둔 게 있었지만, 발표는 하지 않은 채였다. 이미 남들이 발표했던 것들과 비슷한 것이라고 느꼈기 때문이라는 것이 작가의 변이다. 핵폭발의 엄청난 파괴력을 인지한 인류가 과연 영속적인 평화를 누릴 수 있을까 하는 이른바 냉전시대의 회의적 분위기가 팽배해 있던 당시에, 파리대왕은 전 세계의 독자들에게 큰 충격을 안겨 주었다. 일반적인 불안의 풍토 속에서 구상된 모험담과 알레고리의 차원을 내포한 이 작품이 발휘한 호소력은 가히 폭발적이었다. 특히 영미권 학생들 사이에서 많이 읽혀, 골딩은 '캠퍼스 대왕'이라는 별명을 얻기까지 하였다. 그의 작품세계 또한 그의 편력을 닮아서 그런지, 자유분방한 면모를 보여 주고 있다. 대표작으로「첨탑」,「전갈의 신」,「종이사람들」,「핀처 마틴」,「투명한 암흑」등이 있다.

II. 시대적 배경

이 작품이 출간된 1954년은 영국은 물론 유럽을 포함한 전 세계가 불안과 혼돈, 극단적인 이념 대립과 파괴된 기간시설과 경제복구를 위해 진력하느라, 국가와 개인을 불문하고 짓눌리던 시대였다. 무시무시하면서도 지긋지긋한 전쟁의 공포가 전 세계인의 머리 위를 배회하고 있는 우울하기 짝이 없는 분위기였다. 대량 살상 무기의 등장은 많은 사람들을 주눅들게 하기에 충분했다. 원자폭탄의 개발 성공과 실전에서의 투하 및 수소폭탄의 개발성공은 그러한 개인적 감정과 사회 분위기의 최절정판이었다. 수많은 젊은이들이 종전 이후의 시기에도 전쟁 후유증을 앓아야 했고, 삶의 의욕을 상실한 채 방황해야 하는 신세로 전락했다. 그런 암울한 분위기 속에서 실존주의가 풍미했고, 청춘은 '잃어버린 세대'의 창살 없는 감옥에 갇힌 채 절규하고 또 발광할 수밖에 없었다.

Ⅲ. 작품의 줄거리

이 소설은 영국이 세계전쟁의 위험성을 예측한 후 여러 명의 어린이들을 외딴 섬으로 소개시키는 과정에서 비행기 사고로 인해 무인도에 표착하게 되는 장면으로 시작한다. 무인도 생활 초반에는 그들이 태어나고 살아온 문명의 세계를 반영한다. 나름 의회를 구성하고는 랄프를 대장으로 선출한다. 랄프를 구심점으로 하여 조직된 집행부는 조종사를 보살피고, 구조 요청 신호를 위한 불을 피워 올리는 등 생존과 그곳으로부터의 탈출을 위한 시도들을 행한다. 그런 노력들이 착착 추진되어 나가는 가운데 잭과 로저가 따로 갱단을 만든다. 스스로를 사냥꾼이라 호칭하면서 일행들로부터도 이탈한다. 아이들 사이에 섬 안에 괴물이 살고 있다는 소문이 퍼져나간다. 겁먹은 아이들은 자신의 안전을 위해 잭이 결성한 갱단에 하나씩 둘씩 가입한다. 돼지사냥과 원초적인 본능의 발로로 인해, 그들은 점차 야만인이 되어 간다. 그들이 먹고 남긴 돼지의 머리, 즉 파리대왕의 환상에 의해 시몬은 이상한 생각의 굴레로 빠져

들어간다. 급기야 파티를 벌여 춤을 추고 있는 아이들에게 다가가다 짐승으로 오인되어 죽임을 당한다. 소라의 권위를 주장하던 피기도 살해되고, 랄프는 야만인이 되어 버린 일행들에게 쫓기는 신세가 된다. 구조를 위한 봉화를 올려야 한다는 그의 주장과 인간적인 차원에서의 말들을 갱단이 정면으로 거부한 결과물이었던 것이다. 그들은 도망하여 숨어 버린 랄프를 찾아낼 목적으로 섬 여기저기에 불을 지른다. 결국 랄프는 발견되고, 하늘로 치솟은 연기를 탐지해 낸 구조선이 섬으로 다가온다. 마침내 갱단의 공격적 본능과 야만적 기질이 춘삼월 눈 녹듯 사라진다. 구조되었다는 격한 감정을 억제할 수 없는 아이들은, 서로 얼싸안고 울음을 터뜨린다. 이 장면은 이 소설의 클라이막스이면서, 독자로 하여금 알 수 없는 슬픔과 감동을 불러일으키게 한다.

Ⅳ. 작품의 분석

이 작품은 윌리엄 골딩이 세계대전에서 보고 느낀 인간의 사악함을, 어린이들을 빗대어 신랄하게 묘사한 것이라 하겠다. 골딩은 인간과 인간사회를 분석하는 20세기 특유의 모든 방법을 동원하여 이 종합적 지식을 특정한 소설적 상황으로 구사, 논평을 가하고 있다. 그는 현대세계의 제반 문제들에 대해 모든 가능한 접근을 시도하고, 이런 방법론을 통해 문제의 다채적 구조를 표출해 온 것이다. 한마디로 인간의 본성과 그 사회에의 반영이라고 하는 현대사상의 문제를 다루고 있는 작가로 평가되고 있다.

그의 작품세계의 또 하나의 특징은 상징, 그중에서도 기능적인 상징을 능수능란하게 구사하고 있다는 점이다. 겉으로 얼핏 보기에는 무인도에 떨어진 소년들의 모험담 같지만, 그 내면에는 무인도라는 갇힌 공간을 배경으로 설정된 어린이들은 하나의 상징적 인물들로서, 마지막으로 소년들이 구조되는 장면을 제외하고는 전편이 현실세계를 암시하는 상징성을 띠고 있는 것으로 해석되고 있다. 현실 주변에서 우리들을 둘러싼 채 이런저런 행동제약을 가하는 사회적 관습이나 법규범이 얼마나 비인간적이고 또 허술하기 짝이 없는 존재인지를 적나라하게 드러냈다고 할 것이다. 한편 그의 소설에서는 어떤 일관된 흐름을 발견하기는 어렵다는 것이 문학 비평가들의 공통된 견해로 읽혀진다. 주제뿐만 아니라 표현 양식에서도 다르게 변신하고 있기 때문이다. 작품에서 작가의 직접적인 목소리를 드러내지 않은 채 작가 자신의 얼굴을 철저히 감추고 있다는 점도 빼놓을 수 없는 특이점이다.

작품 속으로 좀 더 들어가 보기로 하자. 비행기 사고로 바다에 추락하면서 정신이상이 된 기장과 함께 무인도에 표착하는 장면으로 이 소설은 시작되는데, 이들의 고립은 서서히 드러나는 인간의 잠재된 야만성이, 특히 사회화되지 않은 아이들을 통해 더욱 실감나고 적나라하게 드러난다. 단적으로 인간성에 대한 날카로운 염세주의의 칼날이라 할 것이다. 시간이 흐를수록 무인도 생활 초반의 질서와 협력의 분위기는 급속히 와해돼 간다. 구조될 수 있다는 희망이 서서히 사라져 가면서, 힘의 논리를 앞세운 생존을 주장하는 무리와 이성적 사고로 구조를 포기하지 않는 집단이 생겨나게 된다. 결국 지나치게 아름다운 무인도를 더욱 빛나는 낙원으로 만들었던 애초의 순수함과 지혜로움은, 점차 공포스런 야만인인 '호모 에렉투스'로 변해 간다. 어찌 보면 인간 본연의 모습일지도 모를 잔인함과 유약함, 공포에 대한 두려움, 이를 극복하기 위해 만들어 내는 '독재'라는 체제는, 세계대전 이후 인간성에 회의를 느낀 작가의 통렬한 비판이자 냉정한 자아성찰이다. 섬 안에서 유일한 문명의 수단이었던 안경은 부서지고 갈취된다. 그리곤 독재에 항거하는 이성을 지녔으며 공포로부터 자유로웠던 세 아이들을 죽음에 이르게 한다. 마지막 순간 어이없는(?) 구조로 살아나지만, 실낙원에 통곡하는 선의 대변자 랄프나 무너진 제국 앞에 망연히 서 있는 잭, 이 둘 모두 종국엔 가해자이자 피해자가 되는 카멜레온과 같은 인간의 이중성이 만들어지는 진지한 염려를 이 작품은 담고 있다.

이야기 중간에 소년들은 사냥을 하고 싸우고 화장을 하고 춤을 추더니, 돼지 사냥을 계기로 마침내 서로 죽이는 극악무도한 행위까지 자행하고 있다. 이들은 고작 열두서너 살에 불과하지만, 모두 피에 굶주린 채 미쳐가고 있었다. 그들은 천신만고 끝에 구조되었으나, 그건 진정한 의미에서의 구조는 아니었다. 그들을 구해 낸 장교는 또 어딘가에서 고함을 질러가며 상대방을 죽일 것이기 때문이다. 피 튀기는 이 정글에서 과연 누가 조난자를 구해 줄 수 있을 것인가? 시뻘건 피를 뒤집어 쓴 채 웃고 있는 파리대왕의 악몽은 아직 끝나지 않았다.

V. 현실에의 대입

이 작품은 희소자원을 둘러싸고 그것을 점유하기 위해 경합을 벌이고 있는 인간사회의 모습을, 무인도라는 제한된 공간 속에서 펼쳐 보이고 있다. 이야기 속에서 두 가지 유형의 정치적 카리스마를 지닌 인물들이 등장한다. 한 명은 합리성을 지향하는 랄프라는 소년이고, 다른 한 명은 충동적 성향을 지닌 잭이라는 소년이다. 이런 대조적 성향으로 인해, 둘은 서로 어울리지 못하고 각자의 세력을 구축하게 된다. 이때부터 문명을 유지하려는 세력과 야만성을 지향하는 세력이 상호 간에 대결구도를 형성하게 된다.

이들이 이미 문명세계로부터 차단된 상황임을 고려해 볼 때, 문명지향적 가치관을 가지고 있는 랄프 세력의 패배는 예정된 것이나 다름없다. 그러면 잭은 어떤 방식으로 세력을 확장할 수 있었는가? 정치에 있어서 최우선의 주제는 가치 배분의 문제라 할 것이다. 여러 가치들 중에서도 가장 기본이 되는 것은 다름 아닌 생존과 직결되는 가치, 즉 먹는 것과 관련된 사항이라는 것이다. 잭이 그의 세력을 확대할 수 있었던 가장 큰 이유는, 바로 멧돼지 사냥을 통해 구성원들의 생존의 문제를 해결했다는 점이다. 물론 랄프도 생존의 문제를 도외시한 것은 아니다. 하지만 그가 우선적으로 관심의 대상으로 삼았던 것은 구출의 문제였지, 생존의 문제는 아니었다. 그렇다고 해서 랄프가 현명하지 못했다고 비난받을 것도 아니다. 그의 합리적이고 현명한 판단에 구성원 모두가 따라만 주었다면, 오히려 구출의 시기가 앞당겨졌을 가능성이 높아 보인다. 그러나 지배의 영역에 있어서 관건이 되는 것은 지배 그 자체라기보다는 오히려 복종의 문제임을 상기할 때, 유감스럽게도 랄프의 실패 원인은 그의 합리성이 아이들의 자발적 복종을 유도하는 기제로 작용하지 못했다는 점에서 찾을 수 있을 것이다. 이와는 대조적으로, 잭은 자발적 복종을 유도하는 정치적 기술들을 소유하고 있었다. 그중 대표적인 것이 바로 권력의 미란다(miranda)와 크레덴다(credenda)다. 권력의 미란다란 정서적·비합리적 측면에 호소하여, 권력을 웅대하고 감탄할 만한 것으로 미화시키는 측면을 의미한다. 여기에는 동일시의 상징들(symbols of identification)이 사용된다. 반면 권력의 크레덴다란 이론이나 신조·체계 등의 지적·합리적 요소, 즉 합리화의 상징들(symbols of rationalization)을 이용함으로써 그 권력의 정당성 및 권위를 획득하려는 시도를 뜻한다. 단순한 강압은 사람들을 외면적으로 복종시킬 뿐이지만, 권력의 미란다와 크레덴다는 내면으로부터의 자발적 복종을 가능하게 하는 것이다. 잭은 자신의 얼굴과 자신의 집단구성원들의 얼굴을 피로 장식하고 있다. 그는 동일시의 상징을 통해 자신의 권력체계를 구축하고 또 미화한 것이 되겠다. 이는 곧 권력의 미란다적 속성과 직결되는 것이다. 아이들 사이에서 섬에 괴물이 있다는 소문이 퍼지자, 잭은 이런 상황 역시 정치적으로 이용한다. 잭은 괴물이 살고 있다는 동굴 앞에 돼지머리를 나무꼬챙이에 꽂아 놓는다. 그러고 나선 동요하는 소년들에게 괴물의 존재를 상기시키면서 공포심을 조장해 가면서 자신의 체제에 정당성을 부여해 나간다.

즉 잭은 괴물이 존재한다는 것과 관련한 일종의 신조체계를 유효적절하게 활용함으로써 자신의 정치적 입지를 더욱 공고히 다져 나가고 있다. 이는 바로 권력의 크레덴다적 측면을 보여 주는 것이라 할 것이다.

Ⅵ. 맺으며

무인도에 내팽개쳐진 채 언제 구조될 수 있을지도 기약할 수 없는, 그야말로 절망적인 상태에서 행해지는 어린 소년들의 이런저런 음모와 야합을 따라가다 보니, 뜻하지 않게도 정치이론과 권력이론의 가파른 절벽 위에 서게 되었다. 여기까지 오게 된 데 대한 책임을 굳이 따지고 든다면, 상당부분은 작가 윌리엄 골딩의 몫이 되겠다. 그의 알레고리 기법은 한편으로는 그 같은 책임의 맹아이자, 다른 한편으로는 문학적 표현의 정수라 할 것이다. 여러모로 그에 대한 법적(?) 책임은 면케 해야 할 것 같다. 공소시효도 완성되었겠다, 또 고인이 된 지도 이미 오래되었으므로. 그나저나 요즘 나라 안팎으로 미란다나 크레덴다 기법을 한껏 활용하여 인기도와 국민 지지율에 한껏 거품을 얹고, 이런저런 상징조작을 통해 자신들의 치부를 덮고 여론을 호도하는 프로급(?) 정치인들은 언제까지 아슬아슬한 외줄타기를 계속할 수 있을 것인가?

젊은 수강생 왈, "앞으로는 너무 깊게 파고들지 말고, 순수하니 가급적 문학과 법 얘기만 하십시다."

테 스

Ⅰ. 작가론

토마스 하디(1840-1928)는 영국 남부 도셰트셔주 도체스터 보컴프튼 마을에서 태어났다. 아버지는 석공이었는데, 조상은 명문출신이었다고 전해진다. 이런 집안사정은 「테스」나 「불운한 쥬드」에 나타나고 있다. 「비상수단」이 1871년 틴슬리 출판사에서 출간되고, 이듬해 「푸른 숲 그늘 밑에서」가 역시 틴슬리에 의해 출판되어 호평을 받았다. 그즈음 하디는 〈코온힐 매거진〉에 「한 쌍의 푸른 눈동자」의 연재를 의뢰받을 정도로 작가로서 인정을 받는다. 그가 영국 문단에서 확고한 지위를 갖게 되는 것은 아무래도 1874년에 「날뛰는 무리들을 멀리 피하어」를 출간한 후부터라고 보아야 할 것이다. 이해에 그는 에마 라비니아 기포드와 결혼하였다. 1877년 또 다른 대표작인 「귀향」을 집필하기 시작, 이듬해 책으로 내면서 저명문인들과의 교제가 시작되었다. 하디는 「나팔대장」, 「무관심한 사람들」, 「탑 위의 두 사람」, 「캐스터브리지의 시장」, 「삼림지대의 주민들」, 「테스」, 「불운아 쥬드」를 계속해서 발표함으로써 필력을 맘껏 과시하였다. 그중 「테스」와 「불운아 쥬드」가 세인들로부터 격렬한 찬반 논쟁을 불러일으켰다. 급기야 1896년 작가는 절필을 결심하기에 이르렀다. 이후로 그는 아예 소설에서 손을 떼고는, 줄곧 시를 써서 발표하였다. 제1시집인 「웨섹스 시집」을 1898년 출간한 데 이어, 「과거와 현재의 시」, 「군주들」, 「시간의 웃음거리」, 「상황의 풍자」, 「환상의 순간」 등을 꾸준히 발표하였다. 하디의 시들은 화려하게 장식된 우아함이나 유창함과는 거리가 멀며, 거의 버릇처럼 사용하는 어휘와 서툰 듯 보이면서도 정확하고 개성적인 발상으로 삶과 죽음, 연애에 대한 풍자적인 관찰을 했다는 평을 듣고 있다. 1928년 눈을 감은 그의 유해는 웨스트민스터 사원에 안장되었고, 유언에 따라 심장만은 고향에 있는 아내무덤 옆자리에 묻혔다.

II. 시대적 배경

1837년에서 1901년에 이르는 빅토리아 여왕 치세기는 영국 역사상의 한 시대와 완전히 부합한다. 그런고로 이 여왕의 이름이 이 시대에 붙게 되었다. 여왕이 즉위한 때는 1832년의 선거법 개정에 의해 중류계급이 정치의 실권을 쥐기에 이른 시기였다. 19세기를 전후한 산업화는 영국의 사회경제적 구조 및 인구분포를 급격하게 바꿔 놓았다. 이러한 변화는 새로운 계급으로 등장한 노동자 계급의 생계와 복지를 위협하였으며, 영국대의제의 모순을 드러나게 하는 것이기도 하였다. 1810년경부터 1830년대에 이르기까지의 영국의 개혁은 필연적으로 노동조건의 개선과 선거구의 재조정으로 나타나게 되었다.

그리하여 이 시대에는 과학과 기계산업의 비약적인 발전으로 인해 놀랄 만한 물질적 번영을 가져왔고, 영국은 세계적인 제국이 되었다. 국민 또한 제국민으로서의 지위에 걸맞은 자각과 자부심을 갖게 되었다. '빅토리아 시대적(Victorian)'이란 형용사는 여러 가지 개념, 예를 들자면 권력·안락·호사·자기만족·중류 시민적인 도덕심·산문적인 리얼리즘 등을 의미하는 것으로 사용하게 되었다.

하지만 빅토리아 시대를 희화화하는 사람들이 공격하는 무사태평한 자기만족은, 결코 모든 빅토리아 시대의 인간이 맛볼 수 있었던 것은 아니었다. 비록 이 시대에 여러 가지 정신적 불안이 해소되었다고는 해도, 경제적 발전이 각종의 당면하고도 절실한 문제의 해결을 재촉하였다. 민주주의의 진보 추세는 사회적 양심의 가책을 더욱더 강하게 했다. 공식적으로는 억압되어 있었지만, 낭만주의적 동경이 많은 사람들을 괴롭히고 있었다. 게다가 그들은 종교적 및 형이상학적 문제에 휩쓸려 있었다. 이 때문에 이 시대의 전반기가 일련의 가치 확립을 향한 일반적인 노력을 그 특징으로 한다면, 후반기에 이르면 오늘날 빅토리아 시대 사상의 정통을 이루고 있다고 여겨지는 여러 원리의 재검토가 여기저기서 행해지고 있음을 볼 수가 있다.

Ⅲ. 작품의 줄거리

테스는 말로트 마을에서 가난한 농부의 맏딸로 태어났다. 다섯 명의 동생들을 돌보며, 힘겹게 살아가는 부모를 도와야 했다. 그녀의 아버지가 자신의 원래 성(姓)이 그 옛날 손꼽히던 가문 중 하나인 더버빌이란 사실을 알아내면서, 사건은 전개된다. 그녀는 어려운 집에 도움이 될까 해서 먼 친척으로 여겨지는 스토크 더버빌 부인의 집을 찾아간다. 거기서 알렉을 만나게 된다. 망나니인 알렉은 순진하고 아름다운 테스에 반해, 자기 집 닭들을 돌보게 한다. 9월의 어느 토요일 밤, 알렉은 테스를 테이스 숲으로 데려가선 순결을 빼앗는다. 결국 테스는 임신을 한 채 집으로 돌아온다. 태어난 아기는 죽고, 다시 집을 떠나 모어에 가서 젖짜는 일을 시작한다. 그곳에서 에인젤을 만나게 되고, 그들은 서로 사랑하게 된다. 부모형제의 반대에도 불구하고 교회를 찾아가서 결혼식을 올린다. 그러나 신혼 첫날 밤 에인젤은 테스의 과거와 관련한 고백을 듣게 된다. 이상주의적 결벽증을 지닌 그는 그녀를 더 이상 사랑할 수 없다고 선언하고는, 브라질로 떠나 버린다. 테스는 어쩔 도리 없이 고향으로 돌아와 가족들을 위해 농장에서 열심히 일한다. 그러던 어느 날, 테스는 목사 신분으로 설교하고 있는 알렉과 조우하게 된다. 테스를 만난 그 순간, 알렉은 테스를 위해 성직까지 버리고 헌신할 것을 맹세한다. 테스의 아버지가 죽고 계약기간이 만료된 집에서도 쫓겨나야 할 위기에, 알렉이 나타나 그녀와 그녀의 가족들을 구해 준다. 할 수 없이 알렉의 여자가 된 테스는 어느 날, 전혀 뜻밖에도 에인젤이 찾아오자 자신에게 이 같은 불행을 가져다 준 알렉을 살해한다. 에인젤과 일주일간의 밀월을 끝마치고는, 교수대에 매달려 형장의 이슬로 사라진다. 기구한 운명을 가진 여자의 박복한 팔자여!

Ⅳ. 작품의 분석

빅토리아 시대가 간신히 유지한 평형에 회의의 눈길을 준 염세주의자들 중에서는, 토마스 하디가 그의 위대한 재능과 소재의 적절한 선택, 그리고 장수에 의해서도 특출한 제1인자의 지위를 차지하고 있다. 장수한 덕분에, 한 때 사회로부터 모질고 야멸찬 공격을 받았으면서도 마침내 청천하늘에 구름 한 점 없는 과분한(?) 영광을 눈감기 전에 충분히 누릴 수가 있었던 것이다. 그는 건축가로서 출세한 후에, 웨섹스(도세트셔 주 및 서머세트셔 주) 지방을 무대로 한 작품들을 씀으로써 등단했다. 인생의 후반부에 이르기까지 이 지방에 관한 글을 계속 썼다. 「푸른 숲 그늘 밑에서」 이래 그의 초기작품들은 조지 엘리엇트의 리얼리즘과 철학적 사색의 혼합에 익숙한 독서계에서 호평을 받았다. 그가 「광란의 군중을 멀리 떠나」에서 네덜란드 화가들과 풍경묘사를 겨루는 것을 보고 사람들은 즐거워했다. 주문 같은 매력을 갖고 있는 「귀향」에서는 어떤 변할 수 없는 숙명이 인간을 지배하고 있다는 것이 작품 테마의 하나가 되어 있는 것에도 크게 난색을 보이지 않고 받아들였다. 그러나 그의 대표작인 「더버빌가의 테스」에서 순진한 테스가 신들에게 조롱당하고, 우리가 정의라고 일컫는 것에 의해 짓눌리는 것을 보았을 때, 청교도들은 은근슬쩍 불만을 품고 또 그 불만을 슬슬 표출하기 시작했다. 이를 간파한

하디가 「그늘에 사는 쥬드」에서 본능과 지성 또는 겉으로 드러난 표현과 내면에 담긴 정신 사이에 일어나는 절망적인 싸움을 가차 없이 묘파하기에 이르렀다. 불에 기름을 부은 격이랄까. 종교인들을 중심으로 전국 방방곡곡에서 맹렬한 반대와 비난의 목소리가 불타올랐다.

19세기 후반은 영국이 농업국에서 공업국으로 바뀌는, 그야말로 소용돌이 바람이 몰아친 시기였다. 이 시대에는 물질문명의 번창 속에서 속물근성과 인습이 지배하던 시대였다. 따라서 이 시기의 도덕관은 매우 엄격하고 또 편협해질 수밖에 없었다. 특히 다윈의 진화론은 하디로 하여금 우주를 지배하는 어떤 우연한 힘 때문에, 개개인의 선량한 기질이나 업적에 관계없이 인생의 행복과 파멸이 결정된다는 자연주의적 신념을 가지게 하는 데 큰 영향을 미쳤다. 소설에서 기차와 증기선의 묘사로써 산업혁명이 일어났음을 보여 주고, 에인젤이 가문의 전통을 무시하고 전통적 기독교의 교리를 거부하는 장면 등으로 전통적 신앙의 붕괴를 보여 주고 있다. 작품의 외적 배경은 이와 같지만, 보다 중요한 작품의 내적 배경은 바로 자연이다. 세상의 모든 일들은 자연 속에서 암시되고, 또 자연 속에서 일어난다. 그러므로 자연은 이야기의 배경이 될 뿐만 아니라 작품의 구성에 있어 절대적으로 필요한 요소가 되는 것이다. 자연의 묘사는 작품의 등장인물과 이야기의 전개를 이해하는 데 중요한 역할을 하기 때문이다. 한마디로 이 작품의 모든 것은 자연이 지배한다고 말해도 과언이 아닐 것이다.

이 소설은 청순한 여주인공인 테스가 알렉이라는 바람둥이 사내를 만나게 되면서, 인생이 어떻게 굴곡진 모습으로 변해 왔는가를 완벽하게 기술하고 있다. 테스가 제기한 문제는, 여자의 과거라는 것이 과연 그녀의 인생을 좌우할 만큼 용서받지 못할 업보냐 하는 것이다. 세상의 남성들이 지닌 보편적인 오만은 결국 한 여자를 파멸시키는 원인이 되고 말았다. 벌레 한 마리 죽이지 못할 만큼 선량했던 테스가 살인을 저지르고 비극적 종말을 맞을 수 밖에 없었던 것은, 소녀시절에 그녀를 유린한 채 버렸던 알렉에게 그 원인이 있다. 진보적 사고의 소유자로 자처해 온 에인젤 클레어도 정작 자신과 관계된 여자의 과거에 대해서는 관용을 보이지 않는, 매우 이기적이고 독선적인 청년이었다. 비록 육체적인 순결은 지켜 내지 못했으나 정신적으로는 누구보다도 청결무구한 테스의 지우고 싶은 아픈 과거를 용서하지 못하는 남편의 속좁음이 보태져, 결국 소설의 대단원을 치명적인 파멸로 이끌고 있다. 알렉이 위악적인 요소가 강한 인물이라면, 에인젤은 위선적 성격의 인물인 것이다. 작가는 「테스」라는 제목 아래 「순결한 여인」이라는 부제를 달았다. 하지만 순결무구하고 청순한 젊은 테스는 비극적인 모습으로 죽음을 맞이하는 그 순간까지 거대한 운명의 힘에 철저히 농락당한, 가련하기 짝이 없는 여인이었다.

V. 법과의 관련성

작품 속에서 법과 관련이 있는 몇 개의 장면을 찾아보자면, 우선 알렉의 테스에 대한 겁탈이다. 현행형법 제297조(강간)는 "폭행 또는 협박으로 사람을 강간한 자는 3년 이상의 유기징역에 처한다."고 규정하고 있다. 여기에서의 폭행이나 협박은 상대방의 항거를 불능케 하거나 현저히 곤란케 할 정도의 유형력의 행사를 말한다. 같은 법 제301조(강간 등 상해·치상)는 "제297조, 제297조의2 및 제298조부터 제300조까지의 죄를 범한 자가 사람을 상해하거나 상해에 이르게 한 때에는 무기 또는 5년 이상의 징역에 처한다."고 규정하고 있다. 강간으로 인해 처녀막이 파열된 경우에도 이 조항이 적용된다는 것이 판례의 입장이다. 한편 제303조(업무상 위력 등에 의한 간음) 제1항은 "업무, 고용 기타 관계로 인하여 자기의 보호 또는 감독을 받는 사람에 대하여 위계 또는 위력으로써 간음한 자는 5년 이하의 징역 또는 1,500만 원 이하의 벌금에 처한다."고 규정하여 보호감독하에 있는 자를 상대로 그 같은 신뢰관계를 이용하여 간음할 때에는 설령 위에서 말한 폭행이나 협박이 없었던 경우에도 처벌하도록 하고 있다. 다만 형량은 강간죄에 비해 다소 가볍다.

다음은 테스의 알렉에 대한 살해행위다. 형법 제250조(살인, 존속살해) 제1항은 "사람을 살해한 자는 사형, 무기 또는 5년 이상의 징역에 처한다."고 규정하고 있다. 중죄임에 비해 조문은 간결하기 그지없다. 처벌의 범위는 꽤나 넓다. 극악무도한 수법을 동원한 살인마들에 대해 현재도 대한민국 법원은 사형을 선고하고 있다. 하지만 이른바 국민의 정부 출범 이후 현재까지 사형집행도구는 줄곧 일개 장식품으로 전락하여 그대로 방치되어 오고 있다. 이런 추세라면, 대한민국 건국 이후 최장기수들이 미집행 사형수들 중에서 쏟아져 나올 판이다. 집행하지 않을 거라면 사형선고 자체를 하지 않든가, 아예 관련 법률에 나열되어 있는 사형처벌 조항을 전부 삭제하는 방법이 법논리상으로도 타당해 보인다. 이

럴 때 우리 광수님 생각은 어떠하신지?

다음으로는, 정조를 잃었다는 테스의 고백과 관련한 부부간의 이혼 문제다. 현행 민법은 제840조(재판상 이혼 원인)에 "부부의 일방은 다음 각 호의 사유가 있는 경우에는 가정법원에 이혼을 청구할 수 있다."고 하면서 1호부터 6호까지 나열하고 있다. 1호가 바로 "배우자에 부정한 행위가 있었을 때"다. 상간 아닌 강간을, 그것도 혼인 전에 있었던 그것을 이혼 원인의 하나로서 부정한 행위로 평가할 수 있을 것인가?

요즘 한국 사회는 이혼이 너무나 흔해 빠지고 또 보편화된 상태에 접어들었다. 잘도 만나고 잘도 헤어진다. 국민들 대다수가 이혼과 관련한 법률지식을 꿰차고 있다. 그렇다면 과연 가장 큰 비중을 차지하는 가정파탄의 원인 내지 이유는 무엇인가? 배우자의 부정, 경제적 궁핍, 그것도 아니라면 성적 퇴폐 풍조와 향락? 어떤 항목이 선택되느냐에 따라 대한민국의 미래 판도가 정해질 것이다.

Ⅵ. 맺으며

「테스」는 한 개인의 단순한 비극이나 한 여인의 처참하기 짝이 없는 운명에 대한 터치라기보다는, 사회적 및 자연적 환경을 배경으로 19세기 영국사회의 변화와 발전해 가는 상황을 구체적 현실 속에서 형상화시킨 작품이라 할 것이다. 또한 비극적인 현실과 삶의 보편적인 질곡을, 인간에 대한 깊은 연민과 동정으로 극복하려 했다는 점에서도 문학적인 감동을 불러일으키기에 충분하다.

여자의 일생

Ⅰ. 작가론

모파상(1850-1893)은 프랑스 노르망디의 미로메닐에서 태어났다. 부모는 모두 노르만디인이었고, 아버지는 하급귀족가문 출신이었다. 부모는 모파상의 어린 시절 이혼했다. 부모의 결혼생활 실패는 아들의 인생과 작품에 지대한 영향을 끼쳤다. 그는 이로 인해 결혼을 두려워하게 되었다. 그의 단편소설에는 어리석고 박해받는 남편과 아버지 없는 외로운 아이가 자주 등장하게 된다. 모파상 일가는 자유사상을 신봉하는 집안이었지만, 그가 받은 최초의 교육은 교회에서 이루어졌다. 13세 때 교구 사제로부터 충분히 배운 뒤, 그는 평신도와 성직자를 함께 수용하는 이브토의 작은 신학교에 보내졌다. 제대로 적응하지 못한 그는 1868년 퇴학당한다. 그 후 르아브르에 있는 고등학교에 진학, 이듬해 대학 입학

자격시험에 합격하였다. 1869년 파리에서 법률공부를 시작하지만, 다음해 독일과의 전쟁이 발발하자 학업을 중단하고 자원입대하였다. 전쟁터에서 겪은 체험은 나중에 몇 개 단편소설의 좋은 소재가 되었다. 제대 후 중단했던 법률공부를 이어갔다. 해군부를 거쳐 교육부에서 공무원 생활을 하였는데, 아버지의 도움과 지원에 힘입은 것이었다. 모파상의 어머니 로르는 작가 플로베르와 줄곧 가까이 지냈는데, 어머니는 자신의 큰 아들을 플로베르에게 소개하곤 지도받게 했다. 모파상은 플로베르에게 도제 수업을 받는 동안에, 이름 없는 지방잡지에 가명으로 몇 편의 단편소설을 발표하기도 했다. 당시 모파상은 에밀 졸라가 이끄는 일군의 무명작가들 중 한 사람이었는데, 전쟁에 관한 단편 한 편씩을 써서 「메당의 야화」라는 타이틀로 출판하였다. 이때 모파상이 게재한 「비곗덩어리」는 6편 가운데 가장 뛰어난 작품으로 평가받았다. 아마도 모파상이 쓴 모든 단편 중에서도 가장 탁월한 작품으로 손색이 없을 것이다. 1880년대에서 90년대에 걸쳐 그는 많은 작품들을 썼다. 이 시기에 약 300편의 중·단편소설과 「벨아미」를 비롯한 6편의 장편소설, 3권의 여행안내서, 유일한 시집, 그리고 약간의 잡문들을 발표하였다. 그는 여러 나라를 통하여 베스트셀러 작가로 군림하였다. 수입은 넘쳤고, 생활은 흥청망청 모양새로 흘러갔다. 뭇 여성들과의 로맨스도 넘쳤다. 하지만 세상의 모든 일들이란 반드시 끝이 있는 법. 1893년 그는 건강이 악화되어 리비에라에 살고 있던 어머니를 찾아가 의탁한다. 그러던 중 목의 동맥을 끊어 자살을 기도했다. 다행히 살아는 났다. 어머니는 그를 정신병원에 수용하는 데 동의했다. 그는 파리에 있는 정신병원에 입원, 수용되었다. 결국 그는 43회 생일을 맞기 한 달 전, 끝내 수용된 병원을 벗어나지 못한 채 쓸쓸하니, 그야말로 파란만장한 일생을 마감했다.

II. 시대적 배경

이 작품의 도입부는 1819년 5월, 잔이 성심수도원에서 루안의 부모 저택으로 돌아오는 장면으로 시작된다. 나폴레옹이 1815년 워털루 전투에서 패배함으로써 유럽대륙은 전후 재편성기에 돌입하였다. 그에 따라 1789년 대혁명 발발 후 폐쇄되었던 수도원의 기능도 원래의 모습으로 회복되었다. 이러한 추세에 따라, 작품 속 잔도 수도원 기숙사에 머물면서 교육을 받은 듯하다. 대혁명 당시 상당수의 귀족들은 국외로 망명하였다. 이런저런 사정으로 국내에 남게 된 귀족들은 과거의 영광을 잃은 채 몰락의 길로 빨려 들어가고 있었다. 루안지방에 정주하고 있던 잔의 부모 역시 똑같은 상황이었을 것이다. 당시 그 지방에 남아 있던 몰락 과정에 있는 하층 귀족들 사이의 부패와 무기력이 이 작품에 고스란히 그려지고 있는 것이다. 당시 유럽의 정치가 근본적·심층적으로 재편성되고 있었기 때문에, 사회·경제·풍속 등도 따라서 급속하게 변동해 가고 있었다. 조화와 질서보다는 시행착오와 대혼란이 주류였음은 피해갈 수 없는 시대적 숙명이었다. 「여자의 일생」은 이러한 시대적 상황을 배경으로 하여 태어났다. 거기에 모파상의 화려하기 짝이 없는 화류계 섭렵의 이력이 묵직하니 더해졌을 것임은 물론이다.

Ⅲ. 작품의 줄거리

「여자의 일생」의 원제의 뜻은 '어떤 인생'이고, 거기에는 '조그마한 진실'이란 부제가 달려 있다. 이 작품은 모파상이 단편소설 「비곗 덩어리」에 의해 작가로서의 재능을 인정받은 후 잇따라 단편소설을 발표하여 작가로서의 지위를 굳혀 가던 중 처음으로 세상에 내놓은 장편소설이다. 여주인공 잔은 노르만디 귀족가문의 외동딸이다. 아버지는 12세 되는 선량하고 온순한 딸을 착하고 올바르고 친절하게 키우고 교육시킬 작정으로, 눈물로 애원하는 어머니의 반대를 뿌리치고 수도원 부속 기숙사로 보낸다. 5년 후 17세의 잔은 청순한 몸으로 꿈과 희망을 한껏 안고는 집으로 돌아온다. 자상한 양친과 잔, 젖먹이 자매로 하녀인 로자리, 그리고 어머니의 여동생으로 미혼인 리종 이모가 한 집에서 행복하니 살아간다. 그곳 교구의 피코 사제가 줄리앙이란 청년을 잔의 부모에게 소개한다. 잔을 염두에 둔 중매였다. 그는 사회경험이 풍부하며, 선조 대대로 물려 내려오는 저택을 팔아 부친의 부채를 정리하고는 에투방에 있는 세 개 농장 중 하나에서 임시거처하는 중이었다. 잔의 부모는 줄리앙을 데릴사위로 맞이하는 조건으로 딸과의 결혼을 승낙한다. 신혼여행에서 돌아오기 무섭게, 줄리앙은 데릴사위 지위를 내세워 재산관리권을 독점한다. 성격이 난폭해지고 하인들을 폭행한다. 거기에다 돈에도 인색해진다. 한마디로 집안 내에서 안하무인이다. 급기야 사위의 냉대를 참을 수 없게 된 남작 부부는 딸을 놓아 둔 채 루안의 본가로 떠난다. 이듬해 겨울, 하녀 로자리가 사내아이를 낳았다. 알고 보니 남편 줄리앙의 씨였다. 야박하게시리, 줄리앙은 로자리와 핏덩이 아이를 빈몸으로 쫓아내려 한다. 남작이 5만 프랑을 주려고 하나, 사위가 반대다. 결국 2만 프랑 가치가 있는 바르빌 농장을 지참금으로 주어 내보낸다. 그녀는 그곳에서 아이를 키우다가, 성실한 농부를 만나 시집을 간다. 부부가 열심히 일해 재산도 꽤 모았다. 잔도 얼마 후 아들을 낳는다. 사랑에 환멸을 느끼고 희망도 잃은 잔은 아들의 양육에 전념한다. 그사이 줄리앙이 이웃동네에 사는 푸르빌 백작부인과 사이에 바람이 났다. 이 한 쌍의 남녀가 폭풍우를 마다치 않고 산등성이에 위치한 이동용 오두막에서 한창 밀회 중이다. 이를 추적한 백작이 분기탱천하여 바퀴달린 오두막을 냅다 골짜기 아래로 밀어 버린다. 산산조각이 나고, 그 안에 들어 있던 남녀는 함께 죽었다. 줄리앙의 시체는 마차에 실려 잔의 집으로 돌아오고, 잔은 그날 밤 사산된 채로 계집아이를 낳는다.

잔에 대한 가혹한 현실은 어머니의 죽음에서도 표출된다. 어머니의 임종을 지켜보는 자리에서, 모친이 생전에 소중히 간직해 온 편지를 보게 된다. 정숙한 아내, 선량한 여인으로만 알고 있었던 어머니에게 젊은 시절 부정행위가 있었다는 사실을 알게 되고는 깜짝 놀란다. 남편 사망 후, 잔은 아버지와 함께 살면서 외아들인 폴에게 인생의 모든 기대를 건다. 그러면서 단조롭고 평화로운 세월을 흘려보낸다. 하지만 폴은 어려서부터 너무 애지중지 키운 탓인지, 버릇없고 불량기 투성이인 상태로 빠져든다. 학교에서 퇴학당하는 것은 기본이다. 유흥과 도박에 빠져 시도 때도 없이 잔에게 손을 벌린다. 돈은 쉽사리 바닥난다. 자기에게 돌아갈 유산 12만 프랑까지 끌어다 쓴다. 기선회사를 설립하긴 하였으나, 3개월을 못 버티고 회사는 파산한다. 끝내 폴은 여자와 함께 도망쳐 행방불명 상태가 된다. 그로부터 얼마 후 아버지가 사망하고, 살던 저택도 팔고는 고독한 생활 속으로 가라앉는다. 우울의 연속 중 하녀 로자리가 24년 만에 돌아왔다. 농부 남편과 행복한 결혼 생활을 이어온 그녀는, 남편이 죽은 뒤 역시 훌륭한 농부가 된 25세의 아들과 함께 오붓하게 살아가고 있었다. 로자리의 도움으로 가산을 정리하고 한적하고 보잘것없는 곳으로 이사를 왔을 때, 문득 "바다가 안 보이는구나."하면서 내뱉은 회한이 서린 한숨은 그 자체로 그녀 생애의 불행과 비애를 상징하고 있었던 것이다.

Ⅳ. 작품의 분석

이 작품은 모파상이 자신의 어머니인 로르를 모델로 하여 쓴 작품으로 알려져 있다. 작가는 철저히 그녀를 냉담한 객관적 시선으로 바라보면서, 참혹한 운명에 번롱(翻弄)당하는 그대로를 사실적으로 묘사하고 있다. 그 점에서 플로베르의 「보바리 부인」과 더불어 자연주의 문학의 걸작으로 꼽힌다.

20세기 후반에 이르자 단편소설 작가로서의 그의 인기가 이전에 비해 많이 쇠락하였고, 프랑스에서보다는 오히려 영국과 러시아에서 그의 작품이 더 많이 읽힌다는 사실이 밝혀졌다. 그러나 그렇다고 해서 그의 진정한 업적인 모든 계층의 독자들에게 제공하는 뛰어나고 상업적인 새로운 단편소설의 창조가 손상되는 것은 아니다. 모파상의 작품은 냉정한 객관적 태도로 인생의 추악한 면을 파헤치는 자연주의 문학이라고 칭할 수 있다. 농민·하급 공무원·창녀 등의 탐욕과 어리석음을 그리는 동시에, 틀에 박힌 당시의 프랑스 사회의 변두리에서 새파라니 질식돼 가고 있는 그들을 향해 깊은 동정을 보내고 있기도 하다.

다른 한편으로 인생의 잡다한 편린들을 모아서 그것을 한 편의 이야기로 꾸미는 재능에 있어서는 그를 따를 사람이 없다고 할 수 있다. 특히 단편소설의 형식을 체계적으로 정립하고 완성한 그의 공적은 특기할 만하다. 그의 기교는 세계적으로 영향을 미쳤다. 다만 그가 풍부한 예술적 소양을 가지면서도 궁극에 가서는 묘사의 퇴적에 파묻힌 듯한 인상을 주는 것은 아쉽다. 그것은 그가 나름 독자적인 인생관을 가지고 있으나, 일정한 사회관까지는 형성하지 못하였기 때문으로 보인다. 그는 「여자의 일생」에서 순박하기 그지없는 한 여성의 생애를 감상을 배제한 채 있는 그대로 담담하게 그려 냄으로써, 가혹한 인생의 진실을 표현해 내려고 했다. 역사적 측면에서의 접근과 사상성에서는 미약한 감이 없지 않지만, 긴밀한 외적 묘사의 성공에 의하여 자연주의 문학의 대표작으로서 손색이 없다 할 것이다.

작품 속 등장인물로서 잔과 로자리를 비교해 보자. 운명뿐 아니라 인생에 대한 태도 측면에서도 잔과 로자리는 대조적이다. 잔의 운명은 가혹했으나, 로자리는 그렇지 않다. 로자리는 잔 남편의 아들을 낳고는, 잔 아버지 배려로 토지를 증여받아 집을 나간다. 그로부터 무려 25년 만에 잔이 홀로 고독하게 산다는 사실을 알고는 찾아온다. 그녀는 행복한 삶, 성공적인 인생을 가꿔 왔고, 현재도 그 연장선상에 있다. 고독과 궁핍의 나락으로 떨어진 잔의 신세와는 정반대다. 이 장면은 시대가 귀족의 몰락 단계를 거쳐 농민의 자각과 자립의 단계로 나아가고 있음을 상징한다 하겠다.

이번엔 잔과 줄리앙을 나란히 세우곤 비교해 보기로 하자. 「여자의 일생」에서 남편 줄리앙이 무서운 야수라고 한다면, 아내 잔은 착하고 얌전한 미녀라고 할 것이다. 남편은 마치 야수처럼 집안에서 온갖 횡포를 저지르면서 폭군으로 군림한다. 일개 데릴사위 주제에 온갖 시건방을 떨어 대지만, 선뜻 나서 말리거나 제지하는 사람이 아무도 없다. 남편 줄리앙에게서는 인간의 이기심과 잔학성과 끝없는 탐욕이 드러나고 있다. 이에 반하여 아내 잔에게서는 인간의 사랑과 관대함과 희생이 배어 나오고 있다.

결론적으로 우리들은 이 작품을 통해 부부관계, 하녀와 주인과의 관계, 그리고 미혼모들의 혼전의 정조관 등 봉건제 말기의 풍속도를 감상해 볼 수 있다. 작가는 이와 같이 혼탁한 사회를 증오의 눈으로 바라보면서도, 한편 잔으로 대표되는 관용의 너그러움과 바다와 같이 넓은 인간애에서 참된 인간상을 탐색해 내려고 나름 땀을 흘렸던 것이다.

Ⅴ. 현실에의 대입

시대상을 개관하기 위한 방법에 두 가지 길이 있다고 본다. 국민소득·평균수명·엥겔지수·연령별 인구분포 등 국가적 차원의 통계들을 추출하여 종합하는 이른바 거시적 분석방법이 그 하나일 것이다. 다른 하나는 개인의 독서·교우·취미·식습관 등 일상생활의 패턴을 수집 분석함으로써 한 시대의 보편 평균적인 생활상과 시대조류를 유추해 내는 미시적 분석방법일 것이다. 그런 차원에서 본다면 특정 개인이 매일매일 꼼꼼히 기록해 나간 일기나 가계부, 농사일지 등도 중요하고도 요긴한 사료로서의 역할을 충분히 할 수 있을 것이다. 독자들은 「여자의 일생」을 읽음으로써 19세기 중·후반 귀족계급이 몰락하고 신흥 중산층과 농민계층이 사회의 중추세력으로 등장하여 계급의 재편성이 이루어지는, 사회 전반적 시대 변혁의 도도한 물결을 어렵지 않게 간파해 낼 수 있는 것이다. 개인의 일상적인 삶은 그 개인에 국한하여 그 의미를 가지는 것이 아니라, 사회 전체에 영향을 줄 수 있는 것이다. 또한 사회의 큰 흐름으로서의 변동은 필히 그 구성분자로서의 개인에게 긍정적으로든 부정적으로든 영향을 끼칠 수밖에 없다. 그것이 바로 유기체로서의 사회 조직인 것이다. 이 땅에 태어나 고된 삶을 살다 스러져 간 수많은 조선 여인들의 구구절절한 신고와 간난의 인생사가 어느 것인들 '여자의 일생'이 아니겠는가. 소위 4차 산업혁명의 시대를 살면서 갖은 방종과 향락의 늪에 빠져 기상천외한 행태들을 연출하고 있는 현재의 이 땅에서도 '여자의 일생'은 존재하고 있다. 유감스럽긴 하지만 엄연하다. 그녀들의 설움과 한을 풀어 주겠다고 목청을 높이는 치들은 많았다. 그들은 예외 없이 4년이나 5년 주기로 비장한 얼굴모양을 하고 카메라 앞에 서서는, 크기는 하나 어색하기만 한 제스처를 취해 가며 침을 튀겨 댄다. 그런 애국(?)일랑 이제 그만 하시고, 사색과 독서도 좀 하시고, 또 일기도 써 보시고, 그래도 시간이 남거들랑 자식 버릇이나 제대로 고쳐 보심이 어떠하겠느뇨?!

Ⅵ. 맺으며

아무래도 「여자의 일생」 마지막 부분에서 잔과 로자리 사이에 오고 가는 대사를 인용하는 것으로써 마무리해야 할 것 같다. 인구에 회자되는 유명한 대사이기도 하다.

> 파리에서 폴의 어린 딸을 데리고 왔을 때 로자리는 "그러고 보면 인생이란 사람들이 생각하듯 그렇게 행복하지도 또 불행하지도 않은 것인가 봐요."라고 가볍게 말한다. 이에 대해 잔은 "아, 나는 운이 나빴어. 만사가 나에게 뒤틀어지기만 했지. 재앙이 기를 쓰고 내 생애에 달려들어서 망쳐 버렸단다."하고 개탄한다.

잔이 아예 대꾸하지 않거나, "……"정도로 마무리했다면 더욱 좋았을 것이라는 생각은 단지 나만의 것일까?

보바리 부인

Ⅰ. 작가론

귀스타브 플로베르(1821-1880)는 1821년 파리 북서쪽에 위치한 루앙에서 태어났다. 아버지 아실 클레오파스 플로베르는 뛰어난 학식과 봉사정신, 엄격한 인품으로 많은 존경을 받았다. 루앙시립병원 외과 과장으로 근무했다. 어머니 플뢰리오 또한 교양과 덕성을 겸비하고, 예술에 깊은 소양과 관심을 가진 부인이었다. 플로베르는 병원이라는 환경 속에서 자라난 관계로 생사에 대한 문제를 깊이 생각하게 되었고, 한편으로는 자연현상에 대해서 냉정하고도 깊이 관찰하는 예리한 판단력을 갖게 되었다. 플로베르는 1832년 11월 루앙 왕립 중학교에 입학하였고, 그곳에서 만난 루이 부이에와 가까워져 함께 30여 편의 습작 창작을 시도하였다. 1836년 열다섯 살 때 트루빌 해수욕장에서 만난 열한 살 연상의 악보상 부인인 엘리자 푸고를 사모하게 되었다. 그 부인의 이미지는 「감정교육」을 비롯한 여러 작품 속 여주인공들 속에 투영되었다. 1840년 파리대학 법학부에 입학하였으나, 전공에는 흥미를 느끼지 못한다.

대부분의 시간을 고향에서 라틴어와 그리스어 학습에 소진한다. 1844년 1월 심한 발작을 일으켜 법학도의 길을 아예 포기하고는, 고향에 머물며 문학에만 전념했다. 1845년 이탈리아 여행 중 제노바에서 화가 브뤼겔의 작품인 '성 앙투안의 유혹'에 깊은 감동을 받고 동명의 작품을 쓸 계획을 세운다. 1846년 25세 때 아버지와 여동생이 죽었다. 고독과 침울 속에 작품 집필에만 전념했다. 1849년 7월에 완성된 「성 앙투안의 유혹」 제1고가 통일성이 없고 수법이 지나치게 낭만적이라는 혹평을 뒤캉과 부이에로부터 받는다. 부이에는 당시 실제로 벌어졌던 '들라마르 사건'을 소설로 써 보는 것이 어떠냐고 권유하였다. 그 후 뒤캉과 함께 여행하면서, 점차 낭만과 이면의 세계로부터 현실의 세계로 눈을 돌려 「보바리 부인」을 구상하게 되었다. 작품 집필에 매달린 끝에 1856년 4월 완성하였고, 1856년 7월부터 〈파리〉지에 연재하기 시작했다. 1857년 4월 미셸 레비 출판사에 의해 단행본으로 출간되었다. 같은 해 「성 앙투안의 유혹」 제2고를 완성하였다. 자료 수집을 위해 카르타고·튀니지를 여행한 후, 5년간의 각고 끝에 「샬람보」를 완성하였다. 1874년에 이르러서는 「성 앙투안의 유혹」 제3고를 출간하였다. 1875년부터는 건강이 악화되기 시작하였고, 조카딸 내외의 파산을 막기 위해 자신의 재산을 처분하였다. 그로 인해 이후 죽을 때까지 재정상의 궁핍을 면하지 못한 채 도서관 사서로 일하기도 했다. 1878년 말 「부바르와 페퀴셰」의 자료취합을 위해 모파상과 함께 프랑스 북부 해안을 여행했다. 곧이어 집필에 들어가, 1880년 초부터는 소설의 제10장을 쓰기 시작했다. 하지만 5월 8일 뇌출혈을 일으켜, 끝내 소설을 완성하지 못한 채 갑자기 세상을 뜨고 말았다.

II. 작품의 탄생배경 및 상황

「보바리 부인」은 무엇보다도 그 구성에 있어 엄밀하다. 귀스타브 플로베르는 그의 이름만 들어도 「보바리 부인」이 떠오를 정도로 우리에게 널리 알려진 19세기 프랑스 사실주의 문학의 대가다. 그를 이러한 위치에까지 오르게 한 「보바리 부인」의 탄생은, 사실 실제로 있었던 단순한 사건에서 비롯된 것이었다. 평범한 도시와 시골의 일개 사건을 소재로 나무랄 데 없는 완벽한 구성을 통해 뛰어난 예술작품으로 창출한 전형으로서 이 작품을 거론하곤 한다. 선뜻 내세울 것 없는 시골의사의 아내이자 화려한 것만을 쫓는 여자가 두 외간 남자와 불륜에 빠진 끝에, 빚에 쫓겨 자살한다는 줄거리 자체에는 어떠한 고매한 내용도 없다. 오히려 저속하다면 한참 저속한 소재에 불과하다고 볼 수 있겠다. 이 소재가 실제로 벌어졌던 치정사건에서 가져온 것임은 잘 알려진 사실이다. 1848년 루앙에서 20킬로미터쯤 떨어진 리라는 마을에서, 우젠 드라마르라는 개업의의 아내 델핀느가 간통과 낭비벽으로 뒤얽힌 생활 끝에 음독자살한 사건이 일어났다. 그 남편도 이듬해 죽었다. 연일 고리타분한 생활에 찌들어 있던 이 지방 사람들에게는 그런대로 이목을 끈 사건이었던 모양이다. 사건과 관련된 시골의사는 플로베르 부친의 제자였고 그 어머니 또한 플로베르 모친과는 친구 사이이기도 했으므로, 플로베르로서는 그 사건의 내막을 상세히 알 수 있었다. 소설 「보바리 부인」에서는 이 사건의 줄거리가 거의 그대로 쓰이고 있다.

플로베르가 이 같은 시골구석의 평범하고도 하찮은 사건을 굳이 소재로 삼은 것은, 다름이 아니라 그가 심혈을 기울여 쓴 소설 「성 앙투안의 유혹」이 참담한 실패로 끝났기 때문이라고 한다. 플로베르가 이를 완성하자마자, 그의 문학 동지인 루이 부이에와 막심 뒤캉을 불러 낭독해 들려 주고는 작품에 대한 기탄없는 평을 구했다. 이들은 플로베르의 과도한 공상과 지나치게 엄숙한 서정이 앞을 가려, 정작 중요한 성 앙투안의 상이 모호해졌다고 혹평했다. 기대에 반한 동료들의 혹평에 플로베르는 낙담했다. 부이에는 실의에 빠진 그에게 서정주의를 버리고 완전히 사실적인 소설을 쓰도록 권했다. 그러면서 과감하게도 평범한 드라마르 사건을 제재로 해 볼 것을 제안하였다. 플로베르는 이를 수용했고, 그 선택의 끝에는 성공이란 낱말이 기다리고 있었다. 그런 연유로 해서 탄생한 작품이 「보바리 부인」이었던 것이다.

Ⅲ. 작품의 줄거리

샤를르 보바리는 샤를르 드니바르톨로메 보바리와 어느 메리야스 상인 딸 사이에 태어난 외아들이다. 아들은 부친에게 실망한 어머니의 기대를 한몸에 받는다. 두 번째 치른 의사시험에 합격, 의사면허를 취득한 샤를르는 토스트에 개원한다. 어머니의 주선으로, 돈은 많지만 신경질적인 뒤뷔크 미망인과 결혼한다. 다리를 다친 루올 노인 치료차 베르트 농장에 갔다가. 노인의 딸 엠마와 만나고, 호감을 갖게 된다. 엠마는 수녀원에서 교육받았으나 문학을 좋아하고, 아름다운 사랑의 주인공을 동경하는 여자다. 둘의 관계는 급격히 가까워진다. 부인이 낌새를 눈치챈다. 그녀가 가졌다는 재산이 모두 사실이 아님이 드러나자, 미망인은 이를 시인하고는 세상을 떠난다. 루올 노인이 딸과 샤를르의 결혼을 주선하기에 이른다. 엠마는 처음에는 결혼생활에 충실하고 또 만족해 했다. 하지만 곧 무미건조한 남편 샤를르와 시골생활에 실망을 느끼기 시작한다. 이런 상황에서 부부는 후작의 저택에서 열리는 파티에 초대된다. 거기서 엠마는 자작이라 불리는 신사와 춤을 추게 되고, 무도회의 화려함에 휩쓸려 황홀감에 도취한다. 그 후 엠마는 도시 생활을 꿈꾸면서, 스스로도 세련되고 우아해 보이도록 나름 애쓴다. 아내의 묘한 심리를 간파하지 못한 샤를르는 환경이 맞지 않기 때문이라고 단정하고는, 용밀르 라베이라는 도시로 이사한다. 임신까지 한 엠마의 기분을 최대한 맞춰 주려고 노력한다. 보바리 부인은 이 도시에서 수다스러운 약제사 오메와 문학을 좋아하는 공증인 사무실 서기인 젊은 레옹을 만나 어울린다. 사내아이를 원했으나, 딸 베르트를 낳는다. 딸을 유모에게 맡겨 놓고는 딴눈을 판다. 낭만적 기질의 레옹과 서로 호감을 갖는다. 그녀는 마음을 다지면서 가정생활에 충실해 보려고 이런저런 시도도 해 보지만, 이미 레옹에 대한 애정이 너무 깊다. 결국 그녀는 심각한 신경질환에 시달린다. 권태로부터 오는 온갖 증오를 전부 남편에게 돌리고, 아이에게까지 화를 내기 시작한다. 레옹은 루앙으로 떠나고, 엠마는 더욱더 우울한 생활로 빠져든다. 하인을 샤를르에게 진찰받게 한 바람둥이 로돌프 블랑제가 엠마를 우연히 보게 된다. 공진회 날, 바람둥이는 엠마를 달콤한 말로 유혹하고, 엠마는 속절없이 넘어간다. 둘은 승마를 핑계로 밀회를 이어가고, 엠마는 남자의 유혹에 끌려 들어가는 것을 후회하면서도 더욱 깊이 빠져든다. 단물을 다 빨아먹은 후 남자의 여자에 대한 소홀한 태도 때문에, 엠마는 로돌프에 대해 실망이 크다. 세상 남자들의 흑심이란 동서고금을 막론하고 엇비슷하다. 하지만 사랑에 눈이 먼 엠마는 아직껏 그것을 모르고 있다. 양심의 가책으로 얼굴이 붉어진 엠마는 샤를르에 대한 감정을 되찾으려고 기회를 엿본다. 굽은 다리를 가진 이플러에 대한 수술을 샤를르가 성공적으로 해냈다는 소문이 온 동네에 퍼지자, 엠마는 다시 샤를르에 대해 선한 감정을 쌓는다. 하지만 이도 잠시. 수술이 결과적으로 실패한 것으로 드러나자, 그녀의 발길은 다시 로돌프에게로 향한다. 로돌프에게 선물공세를 하고 이런저런 사치를 일삼는다. 둘이서 먼 곳으로 도망하려 착착 준비해 가며 한껏 들떠 있는데, 로돌프로부터 함께 갈 수 없다는 궁색한 변명의 편지를 전해 받는다. 앓아누운 엠마를 샤를르는 지극정성으로 간호한다. 엠마가 병석에서 일어나자, 샤를르는 부인의 기분전환을 위해 루앙으로 오페라를 관람하러 간다. 짓궂게도 엠마는 그곳에서 레옹과 해후하게 된다. 둘은 뜨겁게 달아올라, 건잡을 수 없이 사랑에 빠져든다. 하지만 사치와 방탕 끝에 엠마는 많은 빚을 지게 되고, 레옹에게 도움을 청해 본다. 당연히 거절당한다. 세상의 남자들은 상대 여자가 이렇게 나오는 것을 질색한다. 마지막으로 형편이 훨씬 나은 로돌프를 찾아가 본다. 이번에는 더 어림없다. 절망한 보바리 부인은 약제사 오메의 집으로 숨어 들어가선 비소를 훔쳐 먹는다. 자살이란 이름이 덩그마니 남는다.

Ⅳ. 작품의 분석

플로베르는 사실 생존 시에는 그 작품의 진가에 대해 별로 인정받지 못했다. 그의 사후 40년쯤 지나서야 작품들이 재평가되기 시작하였다. 특히 그의 작품들은 단순한 소설이 아닌, 정신분석을 위한 귀중한 자료로서 평가받게 된 것이다. 또한 1940년대에 이르러서는, 실존주의 철학의 대두와 더불어 철학적인 관점에서도 새로이 긍정적인 평가를 더하게 되었다.

이 작품은 프랑스 리얼리즘 소설의 최고 걸작으로 평가되고 있다. 여기에서의 리얼리즘은 서구 문학사에 나타난 특정한 문학사조로서의 리얼리즘이다. 이것은 낭만주의에 대한 반동으로 형성되어, 19세기 초엽부터 말엽까지 1세기 동안에 개화한 문학 전통을 일컫는다 하겠다. 특히나 「보바리 부인」은 르네 웰렉의 "당대 사회현실의 객관적인 묘사"라는 정의에서 출발하고 있다. 플로베르는 이 소설에서 온갖 낭만적인 것의 배제, 당대 현실과 관련된 소재, 삶의 일상적 경험, 구체적이고 현실적인 일과 노동 등 삶의 어두운 면까지도 적나라하게 다루면서 객관성을 담보하고 있다. 그러나 때론 '객관적인 리얼리즘'보다는 오히려 '주관적인 리얼리즘'이라는 용어를 사용하기도 한다. 이는 작가의 퍼스펙티브를 배제하고 작중 인물의 퍼스펙티브를 통해 사물을 묘사하는 기법이라 할 것이다. 어느 정도 심리상태를 반영하면서도 동시에 인물의 시점에서 그려 나감으로써, 작가가 개입할 소지를 줄이겠다는 의도로 보여진다. 승마 도중에 로돌프에게 몸을 맡기고 느끼는 행복감으로 인해 '눈이 부셨다.' '무언가 달콤하고 기분 좋은 것'과 같은 주관적 요소들이 엠마의 시점에서 자연스럽게 반영되고 있다. 작가는 뒤에 숨어야 하고 인물의 심리묘사는 전혀 배제할 수 없는 상태에서, 이러한 주관적 묘사는 빛을 발하게 된다.

엠마는 더할 나위 없는 낭만주의적 세계관을 갖고 있는 인물로 그려지고 있다. 플로베르는 스스로 경멸하고 극복하고자 했던 낭만주의적 허황함을, 소설이 진행됨에 따라 점점 파국으로 치닫는 그녀의 운명을 통해서 드러내고 있다. 엠마는 그녀 자신의 의지로 인해 그녀 자신을 연속하여 배신하고 있는 것이다. 결국 그 비현실적인 낭만주의적 세계에서 나오려 하지 않았던 엠마와, 작품 전반에 걸쳐 보바리가가 몰락하는 과정과 이후 주민들의 냉대는 플로베르가 갖고 있던 낭만주의에 대한 조롱을 반영하는 것이다. 동시에 부르주아의 속물적 이기주의에 대한 환멸감도 포함하는 이중적 태도를 드러내고 있다. "보바리 부인은 나다."라고 말했던 플로베르가 엠마에게 보이는 이중적인 태도는 아마도 낭만주의적 경향과 사실주의적 경향의 작품들을 교직적으로 써냈던 작가 자신의 이중적 성향과도 관련이 있어 보인다. 이 소설을 쓴 의도가, 현실을 만연히 외면한 채 이상만을 추구하는 한 여인의 운명이 얼마나 비참한 말로를 맞이하는가를 독자로 하여금 간취케 함으로써 도덕적 자각을 갖게 하는 데 있다고 볼 수 있겠다.

「보바리 부인」의 엠마와 모파상이 쓴 「여자의 일생」 속 잔은 종종 비교되는 여주인공들이다. 우선 엠마는 시골의사의 아내로 경제적으로는 부족함이 없으나, 시골에서의 평범한 생활에 싫증을 낸다. 행복을 안겨주는 고장이 어디엔가 있을 거라 상상하면서 하시라도 그곳으로 가기를 원하는, 시종 몽상에 파묻힌 여성이다. 그녀는 불륜으로서의 정사를 거듭하다가 결국 극약을 먹고 자살한다. 잔은 몰락하긴 했으나 귀족인 데 반해 엠마는 중산층 부르주아다. 잔은 인형처럼 줄곧 안방 속에 갇혀 있는 상태로 집안이 몰락하고 자신은 늙어갔지만, 엠마는 소시민의 비생산적인 권태에서 벗어나기 위해 적극적으로 나선다. 정사를 벌이고, 재산도 탕진해 보고, 급기야 세상을 향한 반항의 표시로 자살을 감행한다. 잔은 몰락해 가는 귀족계급의 최후의 추레한 모습을, 무력하니 강 건너 불구경하듯 방관하는 태도로 일관한다. 엠마는 타락한 부르주아의 부패의 물결 위에 버텨 선 채, 스스로도 부패하여 결국 자멸하는 길 쪽을 서슴없이 선택한다. 이와 같이 두 여성은 이쪽이나 저쪽이나 가혹한 운명에 내내 희롱당하면서 살아 왔다는 점에서 자주 비교된다.

엠마의 불행은 적극적으로 나서 삶을 살아온 결과물이며, 그녀는 절망과 불행 속으로 자진해서 뛰어 들어갔다. 이에 반하여 잔은 자기의 삶을 스스로 구축해 내려는 의지 내지 주체성을 결여하였기 때문에, 시종 불행한 운명의 그림자가 그녀를 엄습하였다. 그 와중에서 그녀는 안방에 앉혀 놓은 인형과도 같이 내내 수동적으로 스스로의 운명을 하나의 거역할 수 없는 숙명으로 받아들였던 것이다.

Ⅴ. 법과의 관련성

간통은 자고로 문학의 장르, 특히 소설에서 흔히 다루어진 소재로서 고전적 유형의 지위를 점하여 왔다. 형사법 분야에서도 간통은 전형적인 범죄유형의 대표주자로서의 자격을 충분히 구비하고 있었다. 들킬 듯 말 듯 아슬아슬한 순간들의 와중에서, 파도와도 같이 밀려오는 쾌락에 남과 여는 몸을 통째로 내맡긴다. 독자들은 소설 속 주인공을 자신과 어떤 사람으로 대치시켜 가면서, 상상의 나래를 맘껏 펼쳐 본다. 밤새는 줄도 모르고 책 페이지를 넘긴다. 날이 부옇게 밝아올 무렵이면 핼쓱한 얼굴에 한 가닥 카타르시스의 자국이 남는다. 요즘엔 포르노나 야동이 책을 대신한다지. 농경사회에서 간통행위의 최적지는 달빛이 어슴푸레 내리는 보리밭이나 물레방앗간이 아니었을까? 지금은 어떠한가? 시간과 장소를 가리지 않고 간통행위가 이루어진다. 아침 출근시간대에, 승용차의 운전석과 조수석에 다정히 앉은 채 러브호텔로 들어가는 남녀들을 보고 있노라면 묘한 기분에 사로잡힌다. 간통죄가 폐지된 영향으로 불륜을 저지르는 자들의 거동이 더 당당해진 것인가? 여하튼 그동안 간통행위를 처벌해야 하느냐와 관련하여 찬반 논쟁이 지속적으로 이루어져 왔고, 마침내 헌법재판소도 기존의 입장을 바꿔 위헌결정을 내리기에 이르렀다. 이에 따라 형법이 개정되었고, 간통죄 관련 조문이 삭제됨으로써 폐지되었다.

파산과 관련해서는 「채무자 회생 및 파산에 관한 법률」이 시행되고 있다. 이 법은 660개의 조문으로 구성되어 있을 정도로 내용이 방대하고 또 복잡하다. 법인과 개인이 규율대상으로 모두 포함된다. 이 법의 시행과 동시에 기존의 「회사정리법」, 「화의법」, 「파산법」, 「개인채무자회생법」은 폐지되었다. 이 법들을 묶어 하나의 법으로 통합하였다고 보면 이해가 쉬울 것이다.

이 법에서 정한 방식과 절차에 따라, 빚더미에 올라앉은 개인은 법원에 개인회생절차의 개시 또는 파산을 신청할 수 있다. 신청서에 첨부해야 할 구비서류가 꽤나 많다. 개인회생채권을 확정하고, 변제 계획안을 제출하고, 법원이 심사하여 인가하는 형식으로 회생결정을 하거나, 아니면 변제 자력과 여건이 전무한 것으로 보아 면책 결정을 하게 된다. 신청인은 기왕이면 면책을 바랄 것이다. 면책의 요건을 구비하고 있는 이에 대해서는 의당 면책 결정을 해 줌으로써, 그가 얼기설기 얽힌 채 옴짝달싹 못하고 있는 현실을 딛고 일어나 재기할 수 있는 길을 열어 주어야 할 것이다. 하지만 분수도 모른 채 남의 돈 빌려 흥청망청 헤프게 써 대는 자, 직업도 없이 무위도식하면서도 고급 승용차에 최신형 스마트폰을 구비하곤 신용카드를 마구 긁어 대는 자에게까지 그런 동정과 혜택을 베푸는 것은 여러모로 부당하다 할 것이다. 거, 뒤에 앉은 분! 뭐라구요? 아주 아주 부당하다구요?

Ⅵ. 맺으며

샤를르처럼 곰같이 일만 하면서 부인 단속 하나 제대로 못하는 남편도, 엠마처럼 가정을 저버린 채 허영과 쾌락만을 좇는 아내도 되지 말지어다. 부디 간통하지 말고 파산도 하지 말고, 땀흘려 돈벌어 화목한 가정 꾸리고선 알콩달콩 살아 냅시다.

카라마조프가의 형제들

Ⅰ. 작가론

표도르 미하일로비치 도스토옙스키(1821-1881)는 모스크바 마린자선 병원의 의사 집안에서 태어났다. 1837년 어머니가 세상을 떠났다. 16세의 도스토옙스키는 페테르부르크의 공병사관학교에 입학, 군인의 길을 택하였다. 졸업 후 육군장교로 임관하였으나 1년을 채우지 못하고 군복을 벗는다. 그 후 문학의 세계로 눈을 돌리고, 이내 깊이 빠져든다. 1846년 처녀작인 「가난한 사람들」을 발표하여 문단에 데뷔하였다. 비평가들의 눈에 띄어 주목을 받았다. 그 후 「이중인격」·「여지주」·「분신」·「백야」 등의 작품을 발표하였으나, 크게 호응을 얻지는 못하였다.

1849년 12월에 소위 '페트라셰프스키 사건'으로 체포되어 사형을 선고받았다. 형 집행 직전 사면을 받아 사형을 면하곤 시베리아 유형을 떠나야 했다. 4년 동안 유형생활을 겪으면서 생긴 간질병이 그의 삶이 다할 때까지 그를 따라다니면서 괴롭혔다. 유배에서 풀린 뒤 사병으로 복무하다가, 1855년에 이르러 장교가 되었다. 하급 관리의 미망인과 결혼하였다. 1859년에 서부 러시아로의 귀환을 허락받아 페테르부르크로 돌아올 수 있었다.

형 미하일과 함께 잡지 〈브레먀(시간)〉와 〈에포하(시대)〉를 발행하였다. 1864년 아내와 형을 잇따라 잃었다. 잡지사 경영의 실패로 인해 막대한 빚더미 위에 올라앉게 되었다. 채권자들의 끈질긴 빚 독촉과 도박에의 탐닉으로 재정형편이 더욱 악화되어, 해외로 도피하기까지 하였다. 그런 불안과 방황 속에서도 천부적인 창작열은 불타올랐다. 「죄와 벌」·「백치」·「악령」의 3대 장편소설을 지어낸 것이다. 그 이후 겨우 경제적인 안정과 생활의 평온을 찾을 수 있었다. 속기사였던 두 번째 아내의 도움으로 「미성년」과 「카라마조프가의 형제들」을 발표하였다. 1881년 1월에 페테르부르크에서 폐동맥 출혈로 사망하였다.

그는 심리소설의 대가로, 비참한 러시아 민중들의 생활을 이른바 리얼리즘 수법으로 묘사하였다. 동시에 그는 인간의 영혼이 고통을 통해 정화된다는 신비주의적 신념을 작품 속에서 표출하였다. 「죄와 벌」로 시작되는 그의 후기 대작들은 당시의 정치적·사상적 제 문제들을 예민하게 반응시키면서, 인간존재의 근원적인 바탕들을 토론의 장으로 끌어냈다는 점에서 그 의미가 크다고 할 것이다.

Ⅱ. 작품 창작의 배경

그리스도 신앙과 관련한 주제와 더불어, 도스토옙스키에게 평생 심판의 십자가로서 떨쳐버릴 수 없었던 것이 부친살해의 주제다. 젊은 아내의 죽음 후 시골에 은거해 가며 14~15세 남짓 마을소녀들을 잇따라 임신시킨 끝에 격분한 주민들에 의해 살해된 부친의 치욕적인 죽음은, 작가의 가슴 속에 평생토록 지울 수 없는 멍에로 남았다. 「카라마조프가의 형제들」의 중심주제의 하나인 부친살해의 테마가 우연히 작가의 머릿속에서 떠오른 것이 결코 아니다. 일종의 고정관념처럼 그의 내부에 응고된 채 각인되어 있었던 것이다. 흔히 도스토옙스키의 리얼리즘을 '환상적 리얼리즘'이라고 부른다. 그것은 그의 리얼리즘이 보통의 리얼리즘과는 달리 보다 고차원의 현실, 즉 정신적 세계의 현실에 관련되어 있기 때문이다. 러시아 최초의 전업작가 타이틀을 가지고 있기도 한 도스토옙스키는 어둠과 우울이 가득찬 러시아의 고뇌와 그 땅 위에서 살아가는 인간들의 내면세계에 깃들여진 비밀을 투시하였다. 한마디로 동포 민중들의 내적 번뇌와 눈물을 구구절절하게 그려 낸 인도주의적 리얼리스트였다고 하겠다.

Ⅲ. 작품의 줄거리

음탕하고 물욕이 강한 지주인 파블로비치는 두 여자와 결혼하여 드미트리 파블로비치, 이반 파블로비치, 알료사 파블로비치의 세 아들을 낳았다. 그리고 리자베타 스메르자시차야와 관계하여 사생아 스메르차

코프를 떨궜다. 장남 드미트리는 거칠고 난폭하기는 하나, 순진하고 외골수다. 차남 이반은 지성을 갖췄고, 과묵하면서도 일면으로는 허무주의의 징조를 띤다. 삼남 알료사는 동포애를 강조하는 잘로 조시마에 심취해 있다. 알료사는 수도원에서 수사생활을 하고, 드미트리는 모스크바에서 카타리나 이바노브나와 결혼하여 집으로 돌아온다. 이반 또한 공부하러 외지에 나갔다가 돌아온다. 즉 이들 자식들은 제각각 자신의 길을 가다가 고향으로 돌아온 것이다. 과거 드미트리가 모스크바에 살 때, 그가 아버지에게 돈을 좀 보내 달라고 부탁한 적이 있다. 아버지 표도르는 큰아들에게 돈을 보내주면서, 그 대신 큰아들의 유산은 한 푼도 없다고 선언한다. 더 이전에, 집안이 곤궁에 처해 있는 카타리나와 사귀면서 드미트리는 자신이 그녀 집안의 빚문제를 해결해 주겠다고 제안한 바 있다. 그녀는 처음에는 이를 거절하였으나, 결국 고심 끝에 그를 찾아가 하소연한다. 드미트리는 그녀에게 아무런 조건도 없이 뭉칫돈을 준다, 아버지가 보내 준 돈까지 다 합해. 드미트리의 이같은 통 큰 행동은 사실은, 평소 그를 쳐다보지도 않았던 그녀를 골려 주려고 한 데서 나온 것이었다. 후에 그녀는 드미트리에게 결혼을 제의하였고, 결국 두 사람은 부부 사이가 되기에 이르렀다. 아버지가 보내 준 돈은 전부 카타리나가 썼음은 물론이다.

그런데 문제는 엉뚱한 곳에서 일어났다. 그 지방에는 그루센카라는 상인의 딸이 있었는데, 그녀는 자부심이 강하고 용모 또한 아름다웠다. 드미트리는 카타리나에 매인 몸인데도 그루센카에게 연정을 품게 된다. 그의 아버지 역시 그녀에게 관심을 둔다. 이 장면에 벌써 비극의 조짐이 묻어난다. 부자가 연적으로 서로 간에 경쟁자의 입장이 돼 가는 것이다. 그루센카는 5년 전 어떤 남자와 결혼했다가 버림을 받곤, 좌절에 빠져 있는 여인이다. 이런 처지의 그녀를 삼소노프라는 노인이 보살펴 주고 있다. 아버지 표도르는 이 여인을 위해 3천 루블의 돈을 준비해 놓곤 기회를 노리고 있는 중이다. 아들 드미트리는 아내인 카타리나가 언니에게 보내 달라면서 맡긴 3천 루블을 가로챈다. 연인 그루센카와 함께 모크로예 마을로 놀러 가, 한껏 즐기는 데 탕진한다. 이 일로 인해 드미트리는 카타리나에게 심한 수치감을 느끼게 된다. 부친으로부터 어떻게 해서든 돈을 빌리려 시도해 본다.

한편 그 집 하인으로 기식하고 있는 스메르자코프는 평소 이반을 존경하였다. 이반이야말로 제일 똑똑하고 또 현명한 심성의 소유자라고 생각했기 때문이다. 그는 드미트리와 표도르 부자간의 미묘한 알력을 이용하여 뭔가 일을 저지를 것을 계획한다. 어느 날 드미트리는 사랑하는 그루센카가 아버지에게 간 줄 알고는 심한 질투를 느낀다. 흉기를 지닌 채 아버지 집으로 숨어들지만, 살해행위에 돌입하기 직전단계에서 마음을 고쳐먹는다. 그런데 그 직후 표도르가 누군가에 의해 잔인하게 살해된다. 드미트리가 죄를 뒤집어쓴다. 결국 아버지를 살해한 죄로 체포된다. 평소 아버지를 살해하겠다고 공언해 온 드미트리에게는 그의 살인범행을 뒷받침할 만한 증거들과 증인들이 많다. 이런 막다른 판국에 그가 제아무리 무죄를 외쳐대도 아무런 소용이 없다. 범인은 사실 간질병을 가장하여 교활하게 책략을 꾸민 사생아 스메르자코프였다. 그는 평소 자신의 출생을 한껏 저주했다. 게다가 신이 존재하지 않으면 모든 행위가 용서된다는 이반의 말에 감화를 받기까지 했다. 스메르자코프는 이반의 잠재의식 속에 숨어 있는 부친 살해 의지를 헤아려 스스로 나서 그 대신 살인범죄를 저질렀던 것이다. 그로부터 2개월 후, 공판기일을 하루 앞두고 이반이 스메르자코프를 찾아간다. 얼뜨기 사생아는 모든 자초지종을 털어놓는다. 경악한 이반이 돌연 정신착란 상태에 빠지고 만다. 자신의 예상이 빗나가자, 스메르자코프는 목을 매 죽는다. 이반은 형사법정에서 증인의 신분으로 진실을 증언하지만, 묵살당하고 만다. 한없이 안타까운 순간이다. 결국 그는 의식을 잃고 쓰러진다. 모스크바에 두루 명성이 자자한 변호사의 나름 심혈을 기울인 변론에도 불구하고, 드미트리는 부친을 살해한 죄가 인정되어 징역 20년을 선고받는다.

Ⅳ. 작품의 분석

피고인에게 죄를 뒤집어씌우는 많은 증거들 중에서 피고인을 유죄로 단정할 만한, 이른바 의심의 여지없는 확실한 증거는 하나도 없어 보인다. 단지 간접증거와 정황증거들만 넘쳐나고 있다. 손가락에서 흘러내리던 피, 피투성이 상태의 옷, '아비죽인 놈!'이라는 어둠 속 피해자의 외침, 둔기로 머리를 가격당하면서 내지른 피해자의 비명, 살인에 대한 간접사실의 테두리를 벗어나지 못하는 것으로 판단되는 여러 증인들의 법정 진술 등이다. 드미트리의 부친살해를 확신하고 있는 검사 이폴리트가, 방청석에서 탄성이 터져나올 정도의 능수능란하고 현란한 언변으로써 재판을 주도하고 있다. 그 앞에서 피고인 드미트리는 불안의 끈을 놓지 못한 채 주눅들어 있다. 왠지 불길하다.

소설 「카라마조프가의 형제들」에는 법제도와 재판제도에 대한 비판이 담겨 있다고 볼 수 있다. 그러나 이 비판은 소설이 씌어졌던 1880년대 러시아의 법제도 자체에 대한 비판이 아니라, 세속적 정의의 시스템으로서의 법제도 그 자체에 대한 것이다. 작품 속에서 법제도는 이른바 실체적 진실의 파악에 실패한다. 검사의 논고와 변호사의 변론을 통해 묘사되고 있는 드미트리의 성격 또한 그의 본질적 심성은 아닌 것으로 보인다. 이러한 본질이탈은 소설의 종교적 메시지와 상호 깊은 차원에서 연결되어 있다고 할 수 있다. 도스토옙스키에게 신의 자비와 인간의 고통을 동시에 설명할 수 있는 원리는 신의 권위도, 인간의 이성적 논리도 아니다. 조시아 장로의 죽음에서도 기적은 일어나지 않는다. 신의 권위 대신에 인간 이성의 우월성을 추구하던 법이, 이성에 기초함에도 불구하고 인간의 본성을 이해하지 못한다는 것이 「카라마조프가의 형제들」이 전달하고자 하는 메시지라 하겠다. 도스토옙스키는 이 작품에서 인간과 인간세계를 규율하는 규범으로서의 법의 한계를 진솔하게 인정하고 이보다 더 큰 종교적 가치를 추구할 것을 촉구하고 있다.

V. 법과의 관련성

존속살해는 철학이나 심리학 분야에서는 '오이디푸스 콤플렉스'라는 이름으로 또아리를 튼 채, 뭇사람들의 예리한 분석과 치열한 논쟁을 유도한다. 법적인 측면에서 접근해 보자면, 우리나라 형법은 제250조(살인,

존속살해) 제2항으로 "자기 또는 배우자의 직계존속을 살해한 자는 사형, 무기 또는 7년 이상의 징역에 처한다."고 규정하고 있다. 존속 살해죄를 보통의 살인죄에 비해 무겁게 처벌하는 것은 결과적으로 직계비속이나 그 배우자라는 신분을 이유로 보통사람과 다르게 차별하여 대우한 꼴이 된다. 그렇다면 헌법이 규정하고 있는 평등권에 반하여 위헌이 아닌가 하는 의문을 낳게 되기 마련이다. 종래 위헌설은 우선 효도라는 도덕 가치는 형법에 의해 강제될 성질의 것이 아니라는 점을 앞세운다. 다음으로, 존속살해와 같은 관계범죄에서 피해자의 행태를 고찰해 보면 비속의 패륜성 못지않게 존속의 패륜성과 잔혹성이 문제되는 경우도 많은데, 유독 존속살해만 가중처벌하는 것은 존속에 대한 차별대우라는 점을 들고 나온다. 또한 존속살해에서 형의 가중 정도가 극단적이어서 그 입법목적 달성의 수단으로서 균형을 상실했을 뿐만 아니라, 그것을 정당화할 근거도 없기 때문이라는 점도 들고 있다. 이에 반해 합헌설은 법 앞의 평등은 일체의 차별을 금지하는 이른바 절대적 평등을 의미하는 것이 아니라 합리적 근거 있는 차별을 허용하고 있다는 점을 맨 앞에 내세운다. 또 존속살해 가중은 자식의 부모에 대한 도덕적 의무에 근거를 둔 것으로서, 합리적 차별대우의 근거로 삼을 만한 상당한 사유라는 점을 꼽는다. 그리고 본죄의 입법취지가 비속의 패륜성을 특히 비난하려는 것이므로, 이로 인해 존속이 강하게 보호받는 것은 반사적 이익에 불과하다는 점도 가미하고 있다. 세상이 험하고 변화의 기복이 심한데다가, 이따금씩 국민 전체가 롤러코스터를 타야 하는 경우가 생기지 않는다고 장담할 수도 없는 판이긴 하지만, 현재 존속살해죄는 이 땅에 엄연히 살아 있다.

다음으로는, 형사재판에서의 오판 내지 오심의 문제를 짚어 보기로 하자. 법관은 헌법과 법률에 의하여 그 양심에 따라 독립하여 심판하도록 보장하고 있다. 현행 헌법 제103조(법관의 독립)에서 명시하고 있다. 그 이외의 어떠한 외부적 압력이나 영향으로부터도 자유롭다. 법과 양심에 따라 재판함은 법관에게 부여된 권한이기는 하나, 동시에 의무이기도 하다. 왜냐하면 법관의 지위는 물적으로뿐 아니라 인적으로도 독립되어 있기 때문에 재판에 관한 한 그 누구로부터도 감독이나 지시를 받지 않는 고로, 자의가 개입하는 경우 그로 인해 국민들이 겪게 될 피해와 고통이 적지 않기 때문이다. 좀 오래된 통계이긴 하지만 국제인권옹호 한국연맹의 조사에 따르면, 한국 전체 법관 중 35퍼센트가 한 번 이상의 오판경험을 갖고 있다고 한다. 그 오판들이 모두 법관들의 고의나 중대한 과실로 인해 행해졌다고 볼 수는 없겠지만, 최근 들어 과거 독재체제에 항거하다 처벌받은 인사들이나 간첩죄에 연루되어 옥고를 치르거나 희생된 사람들에 대한 재심재판에서 무더기로 무죄판결들이 쏟아져 나온 사실은 많은 것들을 시사하고 있다.

법관의 오판이나 실수로 형사처벌을 받은 피해자는 재심을 통한 사후 구제만으로 그와 가족들이 겪었던 고통과 잃었던 명예가 온전하게 회복되는 것은 아니다. 이처럼 법관의 잘못된 재판으로 인한 피해는 당사자와 이에 관련된 이들에게 치명적이고 또 결정적이라 할 것이다. 더구나 법관의 불공정한 재판이나 이른바 정치판사들의 의도적인 법 왜곡은 사법부에 대한 국민들의 신뢰를 떨어뜨리고, 준법정신의 해이를 초래하는 결과를 가져오게 된다. 이는 곧 국민들의 기본권 보호를 위한 최후의 보루라는 사법부로서의 긍지와 자부심을 스스로 허물어뜨리는 행위 이외에 아무것도 아니다. 우리나라의 사법사에서 정치범이나 간첩죄를 비롯한 이른바 공안 사건을 제외한 일반 형사사건에서 가장 뜨거운 오판 논쟁을 불러일으킨 사건은 '사형수 오휘웅 사건'일 것이다. 내연녀의 교사에 의해 그녀의 남편과 두 아들을 살해한 혐의로 구속 기소된 그는 사형을 선고받았고, 항소와 상고가 내리 기각되어 형이 확정되었다. 결국 사형대의 이슬로 사라졌다. 끈질긴 오판 논쟁이 이어졌고, 이와 관련한 자료들이 취합되어 책으로 출판되기까지 하였으나, 불행하게도 그는 여지껏 살인 누명을 벗지 못하고 있다.

Ⅵ. 맺으며

사법 연수원 시절, 그러니까 1985년 무렵이었을 게다. 어느 교수님께서 말씀하셨다. "재판에 있어서 법률의 적용과 판례의 대입은 평균적 법조인이라면 누구나 할 수 있다. 재판의 결과를 가름하는 중요하고도 결정적인 요소는 사실인정 영역이다. 어떤 증거를 채택하고 또 어떤 증거를 버릴 것인가, 많은 증인들의 상반되고 모순된 진술 중에서 어느 증인의 진술을 어디까지 믿을 것인가를 분별해 낼 수 있는 혜안이 필요하다. 여러분은 이 정도면 법률지식의 습득은 충분하다. 옥석을 명확하게 가려내어 반듯한 재판 결과를 도출해 내는 유능한 법조인이 되기 위해서 앞으로 여러분이 열심히 해야 할 일은 책 읽기, 그중에서도 소설 읽기다."

오셀로

Ⅰ. 작가론

윌리엄 셰익스피어(1564-1616)는 잉글랜드 중부지방의 워릭셔 남쪽 외곽에 위치한 스트랫퍼드 어폰 에이본에서 중상류 상공인의 아들로 태어났다. 출생년도는 1564년인데, 세례받은 날이 4월 26일로 문헌상에 남아 있을 뿐이다. 당시의 관례로 미루어 4월 23일을 출생일로 추정하여 기념하고 있다. 4살 때 아버지가 읍장을 지낸 것으로 보아, 어린 시절을 구김살 없이 보낸 듯하다. 스트랫퍼드 그래머스쿨에 다닐 수 있는 행운도 누렸다. 14살 때부터 가세가 기울어 대학 진학을 포기했다. 하지만 당시 교육기관으로서는 특수층 자제만이 다닐 수 있는 그래머스쿨에서 라틴어를 익혀 서양의 고전을 섭렵할 능력을 갖춘 것만도, 이후 그의 천재성을 싹틔우는 데 큰 몫을 했다.

18세 때 여덟 살 연상의 헤서웨이와 결혼하여 딸을 낳고 이어 쌍둥이 남매를 낳지만, 아내와 다정한 삶을 누린 흔적은 없다. 그 후 런던의 극장에서 허드레 일꾼으로 출발하기까지의 8년간의 행적에서 시골학교 교사, 귀족의 심부름꾼 등으로 전전하며 방황한 삶의 흔적을 남기고 있다. 30세가 된 1594년부터 의전장관 극단에 소속되었고, 극작가로서 승승장구할 수 있는 계기를 맞는다. 그 후 20여 년간 전속 극작가 겸 극단 공동 경영자로, 때에 따라서는 무대 위 배역까지 직접 맡았다. 이 기간 동안에 40여 편의 희곡과 시집을 펴냈다. 성공적인 저작활동으로 축적한 재산을 착실히 관리하였다. 재산관련 소송에서 재산상 손해를 감수해 가면서도 명예를 지킬 줄 알았고, 거액을 빌려 달라는 친구의 간청도 뿌리치지 않아 후일 양가 자손들이 혼사를 맺게 되는 미담도 남겼다. 사망하기 한 달 전에 작성한 유언장에서 대부분의 재산을 맏딸이 낳은 외손자에게 물려주고, 정작 아내에게는 자기 소유의 침대들 중에서 두 번째로 좋은 것을 물려준다고 명기하여 이를 둘러싸고 구구한 해석을 낳게 했다. 1616년에 타계하였는데, 그 날짜가 묘하게도 생일인 4월 23일이다.

초기 작품으로 「헨리 6세」, 「리처드 3세」, 「계속되는 시행착오」 등이, 원숙기의 작품으로 「로미오와 줄리엣」, 「한 여름밤의 꿈」, 「베니스의 상인」, 「헨리 4세」, 「12야」 등이, 1600년대 작품으로 「햄릿」, 「오셀로」, 「리어왕」, 「맥베드」의 이른바 4대 비극과 「줄리어스 시저」, 「안토니오와 클레오파트라」, 「끝이 좋으면 모두 좋다」 등이, 만년의 작품으로 「심벨린」, 「겨울 이야기」, 「눈보라」 등이 있다.

II. 시대적 배경

서양에서 정치적으로나 문화적으로나 변방에 불과했던 16세기의 영국에서 인류 사상 최고의 대문호가 탄생한 데에는, 셰익스피어 개인의 천재성만으로 돌릴 수 없는 시대의 배경적 호조건이 뒤따랐다.

우선 정치적인 측면을 살펴보기로 한다. 고대 이후 장구한 세월동안 위세를 떨친 로마제국의 영향하에 기독교 세력에 의한 정교유착이 극성을 부렸다. 유럽 통치의 중심은 이탈리아였다. 로마 교황청 휘하에 프랑스·스페인·독일이 솥의 세 발을 형성하고 있었다. 잉글랜드는 이들 국가들의 눈치를 살펴가며 섬 안의 적대 세력인 스코틀랜드·아일랜드·웨일즈를 평정하는 데 급급하였다. 그러다가 셰익스피어가 태어난 16세기 후반에 이르러 비로소 유럽 정치 세력의 중원국으로 자리잡을 판도를 마련하게 된다. 엘리자베스 1세 여왕이 등극하였다. 왕가 사이의 끊임없는 분란으로 단명했던 이전의 왕들과는 달리, 45년간 재위에 있었다. 여왕은 영특하고 희생적인 통치로써 섬 전체를 통일하고 국력을 키워, 대륙의 힘에 정면으로 맞섰다. 대륙세력을 연이어 격파하고, 마침내 세계를 주름잡는 대영제국의 기상과 긍지를 영국민들의 가슴에 아로새겼던 것이다.

문화적인 측면을 보기로 하자. 대륙을 모방했던 16세기의 영국에서 셰익스피어가 갑자기 돌출했다고 보기보다는, 국세의 확장에 힘입어 국민들의 고양된 자긍심이 문화의 독창력으로 승화된 계기를 맞이한 결과로 봄이 마땅하다 하겠다. 15세기 이탈리아에서 시작된 이른바 문예부흥 운동이 대륙을 거쳐 토마스 모어에 의해 영국에 점화된 것이 16세기 전반이었다. 대륙문화의 영향을 받은 에드먼드 스펜서가 고전문학의 단순모방 차원을 넘어 모국어 문학의 지평을 넓혔다. 대학의 재사들은 신극운동을 펼침으로써, 고전극의 답습에 머물지 않고 영국 토착극을 발전시켜 독창성을 발휘할 가능성을 암시해 주었다. 이는 셰익스피어의 문학세계를 풍성하게 만든 밑거름이 되었다. 어쨌든 문화의 변방에서 그렇게 단시간 내에, 수입된 문화를 독창적으로 재창조하여 전 세계에 역수출할 수 있었던 것은 여러 방향에서 불어 주는 순풍들을 잘 활용한 작가 개인의 천재성과 사이에 조화와 합일을 이룬 결과라고 볼 수 있겠다. 그러나 셰익스피어의 천재성에도 불구하고 현대적인 관점에서 볼 때 미숙해 보이는 연극대본을 쓰게 된 것은, 당시의 극장 여건이 매우 제한적이었던 사정을 감안한다면 대문호의 능력으로서도 어쩔 수 없는 노릇이었을 것으로 사료된다. 극장 구조는 지붕이 뚫린 형태였고, 무대가 개방형이어서 앞면의 막이 아예 없었다. 무대장치도 변변치 않았고, 조명은 거의 사용되지 않았다. 연기자에게는 각자 맡은 대사만 주어졌으며, 여성역은 변성기 이전의 소년배우가 해냈다. 극작가는 어쩔 수 없이 이 같은 당시의 무대 수준과 실정을 감안해야만 했을 것이다.

Ⅲ. 작품의 줄거리

이아고는 오셀로의 부관이 되지 못하자, 그에게 앙심을 품는다. 이아고는 평소 브러밴쇼의 딸 데스데모나를 사랑하던 로더리고와 함께 브러밴쇼를 찾아가선, 지금 데스데모나가 오셀로와 함께 있다고 전한다. 이

아고는 오셀로의 집으로 와 아부를 한다. 이때 브러밴쇼와 로더리고가 도착하고, 데스데모나는 사람들에게 오셀로와 결혼하겠다고 말한다. 오셀로는 출동명령을 받아 터키군대를 물리치기 위해 사이프러스로 떠나고, 데스데모나는 뒤따라 간다. 이아고는 로더리고를 감언이설로 꼬여 사이프러스로 함께 간다. 데스데모나는 사이프러스에 먼저 도착하고, 오셀로는 도중에 큰 폭풍우를 만난다. 폭풍우 덕에 터키군은 전멸하고, 오셀로는 무사히 도착한다. 이아고는 로더리고를 꼬드겨 오셀로의 부관인 캐시오와 싸움을 붙이려 한다. 이아고는 술을 못 마시는 캐시오에게 억지로 술을 먹인다. 술 취한 캐시오는 로더리고와 결투를 벌인다. 소란의 와중에 잠을 깬 오셀로는 이아고의 모함을 사실로 알고는 캐시오를 쫓아낸다. 캐시오는 데스데모나를 찾아가 화해를 위해 오셀로를 설득해 줄 것을 부탁한다. 데스데모나는 캐시오를 위해 오셀로의 마음을 돌리려 하고, 이아고는 데스데모나와 캐시오가 간통을 했을지도 모른다고 모함한다. 이아고 부인 이밀리어는 오셀로가 데스데모나에게 준 손수건을 줍고, 이아고는 이것을 빼앗아 간통의 증거로 삼으려 한다. 오셀로는 부인의 부정을 믿지 못해 증거를 요구하고, 이아고는 손수건 이야기를 꺼낸다. 흑인(무어인) 장군 오셀로는 분노한다. 오셀로는 데스데모나가 손수건을 갖고 있지 않음을 확인하곤 역정을 낸다. 캐시오는 자신의 방에서 주운 문제의 딸기무늬 손수건을 정부인 비앵커에게 준다.

이아고는 캐시오가 찾아오자 비앵커 얘기를 물어본다. 이야기를 듣던 오셀로는 데스데모나에 대한 얘기로 오해한다. 비앵커가 나타나 손수건을 돌려주고, 오셀로는 아내와 캐시오를 죽일 결심을 한다. 이때 베니스에서 사절이 와, 오셀로에게 캐시오를 대신 있게 하고 베니스로 귀환하라는 내용의 명령서를 전달한다. 오셀로는 사절들이 보는 앞에서 데스데모나를 때린다. 이아고는 로더리고를 부추겨 캐시오를 암살하려 한다. 오셀로는 데스데모나에게 침실에서 혼자 기다리라고 하고, 데스데모나는 죽음을 예감한 듯한 노래를 한다. 로더리고는 캐시오를 급습하나 실패하고, 오히려 상처를 입는다. 베니스 사절들이 이를 발견하고, 이아고가 나타나 로더리고를 찌르고 캐시오의 정부 비앵커의 짓이라고 말한다. 오셀로는 잠들어 있는 데스데모나에게 키스하고는 그녀를 목졸라 죽인다. 이밀리어가 손수건은 자신이 남편 이아고에게 준 것임을 오셀로에게 밝힌다. 이로써 그동안 일어났던 모든 일들이 이아고의 모략이었음이 백일하에 드러난다. 오셀로는 자신의 분별없음과 데스데모나의 어처구니 없는 죽음을 슬퍼한다. 후회해도, 용서를 구해 봐도 때는 늦었다. 돌이킬 수는 없다. 한때 질투의 화신이었던 장군은 자신의 몸에 칼을 꽂는다. 아내의 싸늘한 시신 위에 뜨거운 피가 용출하는 육신을 얹는다.

Ⅳ. 작품의 분석

비극은 결정적인 면에서 인간이란 자유롭고 책임감이 있어야 한다는 생각, 즉 그들의 운명은 자신들의 선택의 결과라는 생각에 기초를 두고 있다. 외부적인 힘과 우연성의 모든 결과는 비극적 관점에서는 인간성의 말살이다. 그러나 그렇게 해석된 오셀로는 이아고를 만나는 불행한 사건을 맞는, 쉽게 흥분하는 한 인간의 이야기에 불과하다. 이것은 우리가 이 희곡을 감상할 때 갖게 되는 감정을 정당하게 취급하지 못한다. 그리고 오직 느낀 것을 명백히 표현하고 그 성격과 행동의 보다 큰 중요성을 상세히 기술하는 것이 해석의 과제일 것이다.

이 극에 있어서 오셀로가 흑인이라는 사실이 대단히 중요하다. 그의 신분이 베니스의 장군이기는 하나, 단지 이방인일 뿐이다. 백인들 일색의 귀족사회에서 특이하고도 괴이한 존재임은 어느 누구도 부인할 수 없을 것이다. 베니스의 명문거족 외동딸이 유색인 장군을 사랑하고 사랑의 도피행각 끝에 결혼까지 한다는 사실이, 당사자인 브러밴쇼는 물론이려니와 독자의 입장에서도 선뜻 믿을 수 없는 것이다. 결국 이들의 사랑에 있어서 비극의 근원은 사랑의 순수성이 인종과 문화, 나이 등 모든 장애를 극복해 낼 수 있다고 믿는 환상에 있는 것이다. 오셀로가 추구하고 있는 것은 완벽한 사랑이다. 거기에서는 어떠한 세속적인 의도도, 인종적·문화적 편견도 용납되지 않는다. 그는 이러한 신념을 현실세계에서 실천하려고 시도하는 반면, 베니스인들은 이를 결코 수용할 수 없다는 데 그의 비극이 있다. 오셀로는 냉철한 판단에 따라서 사랑하는 아내 데스데모나를 살해한다. 그것은 결코 복수를 위한 행위가 아니다. 어디까지나 타락한 윤리성을 회복하고 정의를 구현하기 위해서라고 할 수 있다. 여기에서 그는 아내의 부정한 행위로 인한 고통과 수치심을 극복하고 있는 듯하다. 율리우스 시저도 아내에게 이혼을 선언하면서 당당하니 말했다. 시저의 부인이라면 설령 실제로는 간통을 하지 않았더라도, 구설수에 올라 그런 풍문에 연루되어 남들의 입방아에 오르내려서도 안 된다. 오셀로는 이제 새로운 안목으로 아내의 부정행위를 보고 있다. 타락한 세상의 윤리를 바로잡기 위해 아내를 살해하기로 결심한다. 이런 남편 앞에서 남편을 사랑한다는 이유 하나 때문에 그 남편의 손에 죽어야 하는 데스데모나의 슬픈 운명에 대해 누구나가 연민의 정을 갖게 된다.

이 극에 등장하는 인물들은 각기 자신의 고유한 행동영역을 갖고 있다. 그들은 각자의 영역에서 충실하게 행동하고 있다. 그들이 각자 대변하고 있는 것은 그 사회가 내포하고 있는 모든 대립적 요소들의 극단적 양상들이다. 그리하여 이 극이 1600년대를 전후하여 영국사회가 잉태하고 있는 대립적 요소들을 대변하는 인물들 사이의 갈등으로 진행된다면, 그 갈등은 당시 관객 대중들의 관념적 및 현실적 생활의 모든 영역을 전부 포함하는 것이기도 하다.

이 극에 등장하는 오셀로, 데스데모나, 이아고는 어떤 일정한 종교적, 윤리적 또는 사회적 배경에 고착시켜 놓고는 충분히 이해할 수 없는 인물들로 보인다. 왜냐하면 살아 있는 현실적 인물로서 오셀로보다도 더 고귀하고 단순한 인물, 데스데모나보다 더 아름답고 선한 인물, 그리고 이아고보다도 더 간악한 인물을 상상한다는 것은 어렵기 때문이다. 그러나 다른 한편 이들 사이의 얽히고설킨 갈등은 단순한 관념의 유희가 아니다. 이런저런 갈등이 각기 그 시대성과 사회성을 확고하게 구현하고 있는 인물들 사이에서 생동감 있게 전개되고 있다는 점에서, 이 극의 진정한 가치를 찾아볼 수 있을 것이다.

V. 법과의 관련성

형법은 명예에 관한 죄로 제307조(명예훼손)를 두고 있다. 제1항은 "공연히 사실을 적시하여 사람의 명예를 훼손한 자는 2년 이하의 징역이나 금고 또는 500만 원 이하의 벌금에 처한다"고 규정하고 있다. 명예훼손죄는 물론 모욕죄도 공연성을 요건으로 한다. 공연성이란 '불특정 또는 다수인이 인식할 수 있는 상태'를 말한다. 따라서 불특정인인 경우에는 수의 다소를 묻지 아니하고, 다수인인 경우에는 그 다수인이 특정되어 있다고 하더라도 상관없게 된다. 이와 같은 상태를 어떻게 이해할 것인가에 대하여 소위 전파성의 이론이 주장되고 있다. '전파성의 이론'이란 사실을 적시한 상대방이 특정한 한 사람인 경우라 하더라도 그 말을 들은 사람이 불특정 또는 다수인에게 그 말을 전파할 가능성이 있는 때에는 공연성을 인정하자는 것을 말한다. 대법원도 일관되게 이 이론을 채택하여 "개별적으로 한 사람에 대하여 사실을 유포하였다고 하여도 이로부터 불특정 또는 다수인에게 전파할 가능성이 있으면 공연성의 요건을 충족한다."고 판시하고 있다. 이아고 딱 걸렸다. 사실의 적시란 사람의 사회적 가치 내지 평가를 저하시키는 데 충분한 사실을 지적하는 것을 말한다. 적시의 객체는 사실이다. 여기서 사실이란 현실적으로 발생하고 증명할 수 있는 과거와 현재의 상태를 말한다. 외적 사실인가 내적 사실인가는 묻지 않는다. 그러나 장래의 사실의 적시는 의견진술은 될 수 있어도 사실은 되지 않는다. 적시한 사실이 허위일 경우에 관하여 위 조문은 제2항에 따로 규정하고 있다. "공연히 허위의 사실을 적시하여 사람의 명예를 훼손한 자는 5년 이하의 징역, 10년 이하의 자격정지 또는 1,000만 원 이하의 벌금에 처한다." 제1항의 범행보다 죄질이 불량하고 피해의 정도도 크다 할 것이므로, 가중하여 처벌하는 규정이다. 본죄는 피해자의 명시한 의사에 반하여 논할 수 없다. 이른바 반의사 불벌죄에 해당한다. 따라서 피해자의 처벌을 희망하는 의사표시가 없어도 소추할 수 있지만, 피해자가 처벌을 희망하지 않는 의사표시를 하거나 또는 처벌을 희망하는 의사표시를 철회하는 때에는 공소기각의 판결을 선고하여야 한다. 다만 처벌을 희망하는 의사표시의 철회는 제1심 판결 선고 전에 하여야 한다.

상해죄는 타인의 신체를 손상시키는 죄를 말한다. 형법 제257조(상해, 존속상해) 제1항은 "사람의 신체를 상해한 자는 7년 이하의 징역, 10년 이하의 자격정지 또는 1,000만 원 이하의 벌금에 처한다."고 규정하고 있다. 폭행죄는 타인의 신체에 대하여 폭행을 가하는 죄를 말한다. 형법 제260조(폭행, 존속폭행) 제1항은 "사람의 신체에 대하여 폭행을 가한 자는 2년 이하의 징역, 500만 원 이하의 벌금, 구류 또는 과료에 처한다."고 규정하고 있다. 여기서 폭행이란 사람의 신체에 대한 직접·간접의 유형력의 행사로, 상해에는 이르지 아니한 상태를 말한다. 상해라 함은 통상 생리적 기능에 장애를 주는 경우뿐만 아니라 신체의 완전성을 해하는 것까지도 포함한다. 상해죄나 폭행죄는 다 같이 직계존속에 대한 경우에는 형이 가중된다. 상해나 폭행으로 인해 피해자가 사망하는 경우에는 상해치사죄나 폭행치사죄의 책임을 면할 수 없다. 형량이 대폭 늘어남은 물론이다. 두 사람이 치고받는 형태로 싸우거나 그로 인해 양인이 상해를 입는 경우, 두 사람은 상호 간에 가해자 겸 피해자로서 둘 다 형사상의 처벌을 면할 수 없겠다.

일방이 결투를 신청하고 상대방이 이를 받아들여 증인 입회하에 결투를 벌이는 경우, 결투 끝에 상해를 입거나 사망하게 되는 경우, 과연 가해자를 처벌할 수 있겠는가가 문제된다. 중세 이후 근대에 걸쳐 유럽에서 사내들 간 결투가 유행하였었다. 대학가에서는 결투로 인한 얼굴 흉터가 많은 젊은이일수록 여성들에게 인기가 있었다고 한다. 자신의 명예가 훼손되었다고 판단되는 경우 가차 없이 결투를 신청하는 것이 당시 사회의 관행이자 유행이었던 것으로 보인다. 러시아의 대문호 푸슈킨도 결투의 희생자였다. 부인 나탈리아가 사교계의 꽃이었다. 외교관인 단테스와 사이에 염문이 있었다. 이런저런 일들이 계속 틀어지는 바람에 푸슈킨과 단테스의 사이가 벌어져 악화되었다. 푸슈킨이 분을 참지 못하고 결투를 신청, 1837. 1. 27. 푸슈킨과 단테스가 권총 결투에 돌입한다. 푸슈킨은 복부관통상을 입고 이틀 후 절명하였다. 푸슈킨은 나이 사십도 되지 않은 몸으로 제 발로 걸어 이승을 하직하였고, 그의 문학적 업적도 거기까지였다. 이 경우 단테스를 상해치사나 살인죄로 형사처벌할 수 있겠느냐의 문제가 제기된다. 독일 형법 제226조의 a는 "피해자의 승낙에 의한 상해는 그것이 사회상규에 반할 때에는 위법하다."고 규정하고 있으며, 여기서 사회상규는 선량한 사회인의 윤리감정을 의미한다고 해석되고 있다. 이러한 규정이 없는 우리 형법의 해석에 있어서 논란이 있을 수 있다. 하지만 사람의 신체는 생명의 기초가 되는 중요한 법익임을 고려할 때, 사회상규 또는 공서양속에 의한 사회윤리적 제한에 따라야 한다는 통설이 타당하다고 하겠다. 위에서 본 결투 후 러시아 황제 주관으로 푸슈킨에 대한 장례가 성대하게 치러졌고, 곧이어 단테스에 대한 결투 관련 사면령이 황제의 이름으로 내려졌다. 현재의 법체계하에서도 결투로 인한 형사 처벌을 피할 수 있는 길이 있긴 있다. 가르쳐 달라고? 그러기 위해선 둘 다 죽어야 한다.

오셀로의 데스데모나 살해 행위를 법적으로 어떻게 처분하여야 할까? 음흉하기 짝이 없는 이아고가 파 놓은 함정에 걸려들어 착하디 착한 아내를 간통녀로 오해하게 되었고, 그로부터 비롯된 질투와 분노가 사방팔방으로 뻗쳐 이성을 잃어버리고선 아내의 목을 조른 것이다. 이러한 경위와 그릇된 사실 인식과 범행 동기는 설령 정상참작의 사유가 될지언정, 살인의 죄책을 면할 수는 없다. 고귀한 장군의 지위와 신분으로 세상천지에 바보천치짓을 저지른 자신을 탓하고 세상을 원망하면서 서슴없이 자살을 실행하는 오셀로에게, 법의 잣대를 들이대고 아내살해의 죄책을 묻는 것이 도대체 무슨 의미가 있으리요?

Ⅵ. 맺으며

아내가 곱게 단장하고 외출할 때 용감한 남편이 묻는다, 어디 가느냐고. 남편은 명퇴하고는 이제껏 삼식이 신세다. 곰같은 사내들이여! 아내에 대해 추호도 질투하거나 의심하지 말지어다.

아Q정전

Ⅰ. 작가론

루쉰(魯迅 1881-1936)은 중국 저장성 사오싱에서 부친 저우원위, 모친 루루이의 3남 중 장남으로 태어났다. 본명은 저우수런(周樹人). 루쉰이란 이름은 그의 백여 개의 필명 가운데 가장 유명한 것들 중 하나에 지나지 않는다. 18세인 1898년, 난징의 쟝난수사학당에 입학하였다. 1902년 4월에 국비일본유학생으로 선발되어, 일본으로 건너가 예비학교인 동경 홍문학원에 입학하였다. 1904년 센다이의학전문학교에 입학하였으나, 1906년에 이르러 중퇴한 후 귀국하여 주안과 결혼한 다음 다시 도일한다. 1907년에 산문「악마파 시의 힘」·「문화편향론」등을 써 이듬해 초 유학생 잡지 〈허난〉에 발표하였다. 1909년 귀국하여 항저우의 저장양급사범학당 교사로 부임하여 화학과 생리위생학을 가르쳤다. 그 이후로 교육자의 길을 걸었다. 1911년 한문소설 「희구」를 써서 1913년에 발표하였다. 1918년 5월, 단편소설 「광인일기」를 루쉰이라는 필명으로 〈신청년〉에 발표하였다. 그 이후 「쿵이지」·「약」·「내일」·「풍파」·「고향」 등 단편소설들을 발표하였다. 1921년 12월 4일 중편소설 「아Q정전」 연재를 시작하여 이듬해 2월 2일에 끝마쳤다. 1923년 8월에 중·단편을 묶은 첫 창작집 「외침」을 출판하였고, 이듬해 단편소설 「장명등」·「조리돌리기」·「까오선생」·「이혼」 등과 산문집 「열풍」을 출간하였다. 1926년 산문집 「화개집」을 출간하고, 베이징을 떠나 9월에 샤먼대학 문과대 교수로 부임하였다. 이듬해 광저우로 옮겨가 중산대학 교수로 취임하였으나, 국민당 우파의 반공쿠데타에 반발하여 광저우를 떠나 10월에 상해에 도착하여 여제자인 쉬광핑과 함께 생활하기 시작한다. 1928년 산문집 「아침 꽃 저녁에 줍다」와 「이이집」을 출간하였다. 1930년 2월에 자유운동대동맹에 참가하였고, 3월에는 중국좌익작가연맹의 대표로 선임되었다. 1935년 산문집 「집외집」·「문외문답」을 출간하고, 단편소설 「홍수를 다스리다」·「고사리를 캐다」·「관문을 떠나다」·「다시 살아나다」를 탈고하여 이듬해 1월에 발표하였다. 1936년 세 번째 창작집 「새로 쓰는 옛날이야기」와 산문집 「화변문학」을 출간하였다. 같은 해 10월 19일 지병인 폐병으로 사망하였다. 향년 56세.

II. 시대적 배경

루쉰이 태어난 1880년대에 중국에서는 아편전쟁과 태평천국의 난

등에 의한 상처가 아물지 않은 채, 국내외적으로 큼직큼직한 사건들이 잇따라 일어나고 있었다. 그때까지 서구열강들은 청나라를 '동양의 잠든 사자'로 여겨 두려워하고 있었다. 그러나 체제의 모순과 병폐가 드러나고, 열강의 도전에 연이어 패배하여 온갖 굴욕과 수모를 감수해야 하는 처량한 신세로 전락하기에 이르렀다. 이에 따라 열강들의 침략 촉수가 중국의 대륙 깊숙이까지 뻗어 들어오고 있었다. 국내 정치는 더욱더 수렁에 빠져 수습될 기미를 보이지 않게 되었다. 이 같은 국가적 위기 사태에 직면하여 일부 각성한 사람들은 혁신과 혁명을 부르짖기 시작했다. 하지만 이들의 외침만으로 급격하게 기울기 시작한 대제국의 명운을 되살릴 수는 없었다. 그야말로 좌절과 절망으로 점철된 비운의 시대였다. 청의 왕조가 멸망했을 당시 루쉰의 나이 서른이었다. 신해혁명이 성공하여 민국의 시대가 되었지만, 드리웠던 암운이 걷힌 것은 아니었다. 군벌들 간의 내전이 끝없이 계속되고 있었다. 정치·경제·사회 등 나라의 모든 분야가 혼미한 상태를 지속하였고, 봉건사회의 구태와 악습을 벗어 버린다는 것이 실로 요원하기만 한 실정이었다. 루쉰이 사망한 것은 중국과 일본 양국이 전면전쟁에 돌입하기 직전이었다. 결국 루쉰의 일생은 절망과 고난의 시대로 시종했다고 말할 수 있을 것이다.

Ⅲ. 작품의 줄거리

「아Q정전」은 모두 9장으로 구성되어 있다.

제1장 서: 작가가 아Q의 전기를 쓰는 데 있어서 어려운 점들이 서술된다. 예를 들자면, 그의 정확한 이름을 몰라 사람들이 '아Quei'로 부르는 것을 따라 '아Q' 로 줄여서 호칭할 수밖에 없는 것 등등.

제2장 우승의 기록: 아Q는 미장마을에서 날품팔이로 살아가는 인물로, 집도 없어 사당에서 살고 있다. 마을사람 그 누구도 그를 거들떠보지 않는다. 그 또한 그들을 경멸한다. 그는 상대가 자기보다 약하게 보일라치면 두들겨 패는데, 그러다가 오히려 그가 당할 때가 많다. 그런 꼴을 당하는 경우에 그는 마음속으로 패배를 승리로 돌려놓는다. 그러고선 나름 만족해 한다. 이것을 그는 정신승리법이라고 표현한다.

제3장 속 우승의 기록: 어느 해 봄 그는 평소 무시해 오던 왕털보와 이깨물기 시합을 벌였다가, 지고 나선 냅다 대들었다. 이번에도 물씬 얻어맞고선 길을 걸어간다. 화풀이로 '가짜 양놈'인 조 나으리 아들에게 욕을 해 대다가 또 두들겨 맞는다. 이번에는 정수암 비구니를 만나 그녀를 희롱해 댄다. 자신의 짓거리가 성공했다며 이를 자랑스럽게 여긴다.

제4장 연애의 비극: 아Q는 조 나으리 댁에서 허드렛일을 해 주던 중 눈이 어찌 돌아갔는지, 그 집 하녀에게 동침을 요구한다. 이 일로 인해 주인에게 묵사발이 되도록 얻어맞고는, 벌금을 물고 없어서 서

약까지 한다.

제5장 생계문제: 하녀와의 사건 이후 그의 날품팔이 일이 끊긴다. 그가 해 오던 일들이 모두 소(小)D에게 돌아갔는데, 아Q는 또 그 문제로 소D와 한바탕 싸움을 벌인다. 그 후 암자의 무밭에 들어가선 몰래 무를 훔쳐 먹고는 성 안으로 들어간다.

제6장 중흥에서 말로까지: 성에서 돌아온 아Q는 돈을 벌었다고 까불까불 으스댄다. 그러나 점차 그것이 도둑들과 어울려 얻은 것임이 드러난다.

제7장 혁명: 신해혁명당이 입성하자, 아Q는 신명이 나서 큰 마을을 휘저어가며 주름잡는다.

제8장 혁명금지: 혁명당이 입성했지만 변화는 없고, 이른바 혁명의 일등공신 자리는 그가 평소 경멸해 왔던 가짜 양놈이 차지한다. 양놈의 무리에 참여하고자 하나, 아Q는 보기좋게 쫓겨난다. 그리곤 조나으리댁이 폭도들에게 강탈당하는 장면을 목도하게 된다.

제9장 대단원: 아Q는 폭도들의 일당으로 오인되어 체포된다. 그리곤 속절없이 처형된다.

Ⅳ. 작품의 분석

루쉰 작품들 대부분이 짤막짤막한 단편이다. 가장 길다고 하는 것이 아Q정전이다. 하지만 이것도 중편 정도에 지나지 않는다. 그런데도 루쉰의 작품은 읽으면 읽을수록 정취를 더한다. 작가의 깊디깊은 뜻에 감탄하지 않을 수 없다. 불과 몇 장 분량의 에세이에서도 헤아릴 수 없는 인생의 깊이를 느끼게 한다. 그것이 비록 혁명을 위한 문학일지라도 안이한 이데올로기의 도구로 삼지 않는 향기로운 문학, 그것이 바로 루쉰 문학의 위대성이다. 문학이 정치의 노예가 되어서는 안 되며, 정치체제가 바뀌었다고 해서 읽히지 않는 글은 진정한 의미에서는 문학이 아니라 할 것이다.

루쉰은「현재의 우리들의 문학운동에 대하여」란 글에서 "작가란 그 어떤 인물을 그리든, 그 어떤 소재를 사용하든 자유로 할 수 있다. 그러나 모든 작품에 '민족혁명전쟁'이란 꼬리를 달고 그것을 내세워 기치로 삼아서는 안 된다. 왜냐하면 우리가 필요로 하는 것은 작품 뒤에 붙인 슬로건이 아니라 그 작품 속에 깃들어 있는 진실한 생활, 눈부신 투쟁, 약동하는 맥박, 사상과 정열이기 때문이다."라고 소회를 피력한 바 있다. 이것을 바꾸어 말한다면, 루쉰은 불행한 사람들의 정신개조를 생각하면서 소설을 썼지, 결코 정치를 위해 소설을 쓴 것은 아니라는 뜻이다. 인간 자체가 바뀌지 않고서는 사회도 바뀌지 않는다는 신념이 중국국민의 전형으로서「아Q정전」을 쓰게 하고「고독자」를 쓰게 한 것이리라.

「아Q정전」은 신해혁명을 배경으로 날품팔이꾼 '아Q'의 일생을 그림으로써, 당시의 중국사회에 만연했던 숱한 병폐들을 적나라하게 폭로하고 있다. 작가는 수천 년간 퇴영의 늪에 빠져 허덕이던 중국의 전통사회가 빚어낸 인간의 심벌로 아Q를 설정하고 있다. 그리곤 청조 말기의 침체된 봉건사회 속에서 아Q를 중심으로 한 지방토호와 그 가족들 사이에서 벌어지는 권력다툼의 이면과 그 위에 어른거리는 혁명의 그림자를 희화화하고 있다. 아Q는 반식민지·반봉건적인 사회, 더구나 신해혁명을 성공적으로 이끌어 가지 못하는 타성적인 사회에서 사명감도 목적의식도 없이 혁명의 소용돌이에 휘말린다. 끝내 무기력하고 비겁한 노예근성으로 돌아가 허망하게 최후를 맞는 시대적 산물이다.

한편 그러한 줄거리를 꿰뚫고 흐르는 관념의 흐름은 이른바 '정신승리법'이다. 공허한 영웅주의와 무력한 패배주의에 탐닉되어 자신의 현실을 직시하지도 못하면서, 나름 자기만족에 푹 빠져 있다. 고단하기만 한 일상생활 중간 중간 실패를 맛보면서도 정신적인 만족으로의 도피통로를 마련해 두고는 험난한 현실을 애써 외면한다. 이러한 생활태도를 '아Q주의'라고 말하기도 한다. 피압박 사회에서의 교활하기 짝이 없는 대응수법이라고나 할까.

민족의 치욕은 잊어버리고, 병을 앓으면서도 의사를 기피한다. 남의 뒤를 좇아 부화뇌동하고, 약자에게는 잔인하면서 강자에게는 아첨한다. 스스로의 책임을 곧잘 남에게 미루고, 시도 때도 없이 이리 밀리고 저리 쫓긴다. 그런 꼴불견에 갖은 추태를 저지르면서도, 지난날의 영광을 자랑하면서 행복은 다만 환상에 맡기는 것이 이 작품의 세계다. 당시 지성인이란 사람들의 진면목이기도 하다. 이 작품은 그 같은 당시 지성인들의 자기만족에 대한 엄혹한 질책이라 할 것이다.

V. 법과의 관련성

인간은 만물의 영장이요, 사회적인 동물이다. 그런고로 인간은 먼 옛날부터 사회를 형성하였고, 시간이 지남에 따라 점차 그 규모를 확대해 왔다. 또한 사회는 시간의 흐름과 함께 사상적·구조적 변화를 거듭하여 왔다. 형벌제도 또한 이러한 사회의 형성과 함께 사회질서의 유지수단으로서 생겨났던 것이다. 형벌제도는 사회의 변화와 함께 강화되기도 하고 약화되기도 하는 등의 변화를 거쳐 왔다. 그러나 이러한 형벌제도의 변화 속에서도 고대로부터 현재에 이르기까지 중요한 형벌로서의 위치를 지켜온 것이 바로 사형이란 이름의 형벌이다. 인간의 하나 뿐인 생명을 단절시키는 냉혹하기 한량없는 형벌인지라, 세상 사람들은 극형이란 칭호를 부여했다. 사형제도는 인류역사상 한 번도 사라지거나 중단되지 않았던 형벌이긴 하지만, 그로써 사람의 생명을 박탈한다는 특유의 비극성 때문에 장구한 세월동안 찬반논란이 이어져 왔다. 현재도 그 논란은 계속되고 있다. 다만 최근에 이르러서는 여러 나라들이 사형제도를 폐지하였다. 또 비록 사형제도를 법률상 아직 존치시키고는 있으되, 실제로 사형이 집행된 지 이미 오래된 국가들도 여럿 있다. 한반도는 세계 그 어느 지역보다도 이데올로기의 대립이 첨예했다. 남과 북이 갈라져 대립·갈등했고, 급기야 전쟁의 참화가 삼천리 금수강산을 온통 피로 물들였다. 일인 독재정권과 군사정권들이 연이어 들어섰고, 정통성에 자신 없던 통치권자들은 반공이라는 미명하에 강압통치 내지 철권통치에 돌입했다. 민주투사들이 간첩의 누명을 쓰거나, 국가보안법 위반이나 긴급조치·계엄령 위반으로 툭하면 사형을 선고받았다. 사형집행으로 불귀의 객이 된 인사들이 적지 않았다. 세상이 바뀌어 그분들 대다수가 재심으로 무죄를 확정받았고, 또 미약하나마 정부로부터 보상을 받긴 했다. 하지만 그런다고 억울하게 형장의 이슬로 사라진 그들이 살아 돌아올 수는 없다. 이러한 측면에서 본다면, 대한민국에서도 의당 사형제도가 폐지되어야 할 것이다. 또 다른 측면, 즉 인간으로서는 도저히 상상할 수 없는 잔인하고도 극악무도한 살인범행을 서슴없이 저지르고 또 제대로 뉘우치지도 않는, 인간의 탈을 쓴 살인마들에 대해서까지 사형집행을 면해 주자는 입장에 선뜻 동조하기에는 왠지 망설여진다. 이는 단지 나만의 괘념일까?

사형을 존속·유지시키는 경우에도, 사형의 선고와 집행은 물론 사형범죄의 범위를 축소할 필요가 있겠다. 먼저 사형선고를 제한하기 위한 방법으로, 사형선고에 관여법관 전원의 찬성합의를 요하거나, 사형의 선고를 신중히 할 것을 법으로 규정하는 방법이 있을 수 있다. 사형집행을 제한하기 위한 방법으로는, 이른바 사형집행 유예제도를 두어 일정기간 동안 사형의 집행을 유예하고, 유예기간이 경과한 후에는 무기징역형으로의 전환을 가능케 하는 방법 등이 주장되고 있다. 우리나라의 경우 사형을 법정형으로 규정하고 있는 범죄가 지나치게 많다 할 것이므로, 이를 필요불가결한 범위로 제한하여 대폭 축소할 필요가 있다 하겠다.

과거 한때 사형집행국 출신 인사에게 노벨평화상을 수여하는 것이 과연 국제인권관련 기구나 노벨상 심사위원회의 정서에 부합하겠느냐와 관련하여 논란이 있었다. 이 땅에서 사형집행이 중단된 것이 그 논쟁을 전후한 시기였고, 그 추세는 현재까지 줄곧 이어져 오고 있다. 현재의 법제도상 법무부장관이 내일이라도 당장 사형수들에 대한 집행명령을 내리는 데는 하등의 장애가 없어 보이긴 한다.

Ⅵ. 맺으며

「아Q정전」에서는 아무래도 법과의 관련성보다는, 작가 루쉰의 지식인으로서의 청량한 시대정신과 백사장 해당화와 같이 붉디붉은 우국충정의 단심을 읽어 내는 편이 그나마 그에 대한 최소한의 예의가 될 것이다.

제3부

영화

쇼생크 탈출	프랭크 다라본트
그린마일	프랭크 다라본트
의뢰인	조엘 슈마허
아미스타드	스티븐 스필버그
레인 메이커	프란시스 코폴라

쇼생크 탈출

Ⅰ. 감독론·작가론

영화 「쇼생크 탈출」은 프랭크 다라본트(Frank Darabont)가 각본·감독·제작을 총괄하여 만든 감독 데뷔작이다. 그는 절망 속에서 희망을 찾아내는 강인한 휴머니스트를 묘사하는 데 탁월한 능력을 구비한 감독이다. 1994년 제작된 이 영화는 그해 아카데미상 7개 부문 후보에 오르는 대성공을 거두었다.

그 후 5년 만에 영화 「그린 마일」로 팬들 곁으로 돌아온 프랭크 다라본트 감독에게 있어 「쇼생크 탈출」은 아카데미 최우수 각색상 후보, 작가협회 길드상 후보, 감독협회 길드상 후보 등 커다란 영예를 안겨 주었다. 또한 이 영화 시나리오로 남캘리포니아 대학으로부터 인권상, 스크립터상을 받기도 했다.

「쇼생크 탈출」 이전 시기에 다라본트가 감독한 제니퍼 제이슨 리 주연의 케이블 영화 「Buried Alive」는 케이블 TV 최고의 시청률을 기록하였다. 스티븐 킹의 원작을 직접 각색해 만든 독립단편영화 「The Woman In The Room」은 PBS의 전파를 타고 방송되었다. 다라본트는 할리우드에서 세트 설치 담당자로 일하다가 1981년 공포영화 「Hell Night」 촬영 중 척 러셀과 알게 된다. 러셀과 공동으로 「멜름가의 악몽 3」과 1950년대의 공포영화를 리메이크한 1988년작 「The Blob」의 각본을 썼다. 데이빗 크로넨버그의 1986년작 「플라이 2」의 시나리오도 그의 작품이다. 그가 감독한 주요 작품으로는 「미스트」, 「마제스틱」, 「더 팬」, 「이레이저」, 「프랑켄슈타인」 등이 있다.

「쇼생크 탈출」과 「그린 마일」의 원작자인 스티븐 킹(Stephen King)은 수십 년간 최고의 인기를 누려 온 대중소설 작가다. 한때 뉴욕타임스 베스트셀러 목록에 그의 소설 다섯 편이 동시에 오를 정도로 독자들의 인기를 끌었다. 미국 경제잡지 〈포브스〉지에 따르면 그의 1년 평균 수입이 8,400만 달러로 존 그리샴, 마이클 클라이튼, 톰 크랜시도 그의 성공을 따라잡기에는 역부족이다. 그의 대부분의 작품이 영화화되어 박스오피스를 화려하게 장식하는 성공을 거두었다. 주요작품으로는 「죽음보다 무서운 비밀」, 「나이트 플라이어」, 「러닝맨」, 「The Mangler」, 「Sleepwalkers」, 「Cat's Eye」 등이 있다.

II. 작품의 배경

「쇼생크 탈출」은 쇼생크 감옥에 수감되어 있는 무기수가 일반인들이 상상할 수 없는 절망 속에서 '희망'이라는 실낱 같은 한줄기 빛을 잡고 19년을 버텨내다 마침내 자유를 찾아나서는, 앤디 듀프레인의 처절하기만 한 인생 역정을 그려 낸 감동의 영화다. 공포소설의 귀재인 스티븐 킹의 작품을 원작으로 하였지만, 영화는 공포물이 아닌 휴먼 드라마다. 두 시간이 넘는 상영시간을 전혀 지루하지 않게 요리한 프랭크 다라본트 감독의 연출 솜씨와 팀 로빈스, 모건 프리먼의 명연기가 볼 만하다. 이 영화는「빠삐용」과「뻐꾸기 둥지 위로 날아간 새」 이후 오래간만에 보는 감동적인 휴먼 드라마라는 찬사를 받았다. 아카데미상 7개 부문에 노미네이트 되었지만,「포레스트 검프」에 밀린 탓에 한 부문도 수상하지 못했다.「캐리」,「미저리」,「돌로레스 클레이본」 등의 소설과 영화로 유명한 스티븐 킹의 원작을 토대로 만든 이 영화는 법과 제도의 이름으로 공공연히 가해지는 인간에 대한 억압과 폭력, 그리고 자유와 희망을 그리고 있다. 실화가 아닌 작가의 상상력으로 창작된 작품이기에, 그만큼 이 같은 주제가 정교하게 배치되어 있다. 스티븐 킹의 베스트셀러「사계」에 수록된 중편소설「리타 헤이워드의 쇼생크 탈출」을 원작으로 한 이 영화는, 이야기 전개 능력이 탁월한 킹의 창작능력을 다시 한 번 확인하게 만든다. 탈옥을 다룬 문학작품이나 영화가 많이 있지만,「쇼생크 탈출」은 그 분야에 있어 하나의 전범이 되고 있다. 누명을 쓴 채 억울한 옥살이를 하던 주인공이 교도관을 멋지게(?) 속여 넘기곤 탈출하여 복수를 감행한다는 스토리는, 소설「몽테크리스토 백작」이나 영화「빠삐용」에서 익히 보고 또 즐긴 바 있다.

이들 작품들 속 주인공들은 막강한 국가권력이 개인의 억울함을 해소시켜 주기보다는 법과 제도의 이름으로 누명을 씌우는 데 분노하고 절망한다. 그리고 자신들이 죄를 짓지 않은 만큼 처벌받을 하등의 이유가 없다는 소박한 정의 감정에서 발로하여 탈출 계획을 세우곤 적당한 기회를 엿봐 이를 실행에 옮긴다. 이러한 관점에서 그는 처음부터 관객들을 그의 편으로 끌어들인다. 관객들은 자연스레 주먹을 움켜쥔 채 조마조마하니 그를 응원하고, 탈출이 성공하는 순간까지 긴장의 끈을 놓지 못한다.

Ⅲ. 작품의 줄거리

성실하기 그지없는 은행원 앤디(팀 로빈스 분)는 아내와 그녀의 정부를 살해한 혐의로 재판정에 선다. 술에 취한 상태에서 사건당시 상황을 제대로 기억하지 못하는데다 불리한 증거 투성이다. 앤디는 결국 종신형을 선고받고는, 미국 메인 주에 위치한 쇼생크 교도소에 수감된다. 그는 교도소 내 호모 수형자들의 야만적인 폭력에 시달린다. 어느 날 그는 영외작업 중 교도관들이 세금문제로 걱정하는 사실을 듣고 이를 해결해 준 것을 계기로, 교도소장 이하 교도관들의 재정 자문역을 맡게 된다. 자신이 억울하다고 생각하는 그는 현실과 타협하는 다른 동료죄수들과는 사고의 차원이 다르다. 흑인 고참죄수 레드(모건 프리먼 분)는 다른 수형자들과 거리를 두고 있는 앤디에게 호감을 갖는다. 물심양면으로 그를 돕는다. 폐쇄되고 단절된 공간에서 뭔가 삶의 이유와 의욕을 찾아야 하는 앤디는, 벽을 가릴 만한 대형 여배우 사진과 취미생활을 위한 암석 세공용 망치를 구한다. 그리곤 독방에서 쥐도 새도 모르게 일을 꾸민다. 교도소장의 총애를 받아 교도소 내 사서보조로 일하게 된 앤디는 구내 도서실을 확장하기 위해 주정부에 탄원서를 보내고, 교도소장에게 은근 슬쩍 압력을 가하기도 하는 등 죄수들의 수용조건 향상을 위해 나름 애쓴다. 외부로부터 기증받은 레코드판 중에서 모차르트의 「피가로의 결혼」을 발견한 앤디는 극중 아리아를 구내방송을 통해 틀어 주며 인간다운 삶을 추구하고자 한다.

그러던 어느 날 앤디는 새로 수용된 좀도둑 토마스로부터 자신의 무죄를 증명할 수 있는 유력한 증언을 확보할 수 있게 되고, 그는 기쁨에 들떠 어쩔 줄 모른다. 그러나 앤디의 재심청구 요청을 받은 교도소장이 자신의 재정 관리를 맡아 처리해 오면서 이와 관련된 각종 부정과 비리를 꿰차고 있는 앤디를 놓아줄 리 없다. 교도소장은 부하를 시켜 토마스를 앤디로부터 영원히 격리시킨다. 또다시 절망에 빠진 앤디는 19년 동안 은밀히 진행시켜 온 자신의 계획을 실행에 옮긴다. 그의 독거감방 벽면에 부착되어 있던 여배우 포스터가 리타 헤이워드에서 마릴린 먼로로, 다시 라켈 웰치로 바뀌는 동안, 그는 조그만 망치로 탈옥을 위한 터널을 파고 있었다. 천둥번개가 요란한 날 밤, 그는 치밀하게 준비해 온 각본대로 교도소를 벗어남으로써 탈출하는 데 성공한다. 그를 괴롭히던 교도소장과 교도관들은, 탈출에 성공하여 자유를 되찾은 앤디의 투서로 응분의 대가를 치른다.

Ⅳ. 작품의 분석

영화 속에서 가장 감동적이고 인상적인 장면은 주인공 앤디가 탈출에 극적으로 성공한 후 쏟아지는 빗속에서 허공을 향해 두 팔을 벌려 환호하는 부분이라고 할 것이다. 이 장면은 여러모로 자유의 의미와 진가를 일깨워 준다. 공권력에 의한 부당한 구금으로부터의 자유, 공정하고 신속한 재판을 받을 권리의 보장 등 일신의 자유는 마그나 카르타 이래 인류가 추구해 온 기본적 인권이었다. 영화 속에서 앤디가 교도소 구내 방송실을 안에서 걸어 잠그곤 오페라의 아리아를 틀어 줌으로써 교도소 뜰 안에 있던 죄수전원을 부동자세로 만든 것도 그가 갈망하는 자유에 대해 고귀함을 부여하기에 충분한 장면이 되겠다. 감독은 자유의 참된 가치는 그 무엇과도 비교할 수 없을 정도로 고귀한 것임을 충격적인 영상을 통해 우리들에게 가르쳐 준다. 브룩스가 만기출소한 뒤 넘치는 자유를 감당하지 못한 나머지 스스로 목을 매달아 자살하는 행태와는 대조적이다. 다분히 희화적이긴 하나, 가석방 심사를 받는 레드가 고분고분하지 않고 반항적인 태도를 취하는 바람에 가까스로 석방될 수 있었던 장면 또한 감독 나름대로 자유의 본질을 설명하는 방식이라 할 수 있다. 영화 대사 중 앤디의 독백은 고무적이다. “희망은 좋은 것이다. 좋은 것은 사라지지 않는다.” 주인공이 멕시코의 한적한 해변에서 배를 손질하고 있는 모습의 마지막 영화장면을 보면서, 관객이라면 누구나 자유에 관한 충분한 대리만족을 얻었다는 뿌듯한 희열을 맛볼 수 있을 것이다.

이 영화에서 교도소란 ‘인생’에 대한 은유다. 많은 사람들이 각자 인생을 살아가면서, 뜻대로 움직여지지 않는 현실의 장벽을 체감하기 마련이다. 자신이 진정으로 원하는 방향으로 삶을 살아 내지 못하는 이들 또한 부지기수이다. 이 영화에서는 또 다른 은유와 상징을 보여주는데, 우선 영화 속에서 인용되는 성경구절들이 그러하다. 악덕 교도소장실의 벽에 설치된 금고를 가려 주는 액자 속에 수놓은 "심판의 날이 곧 오리라."는 성경구절과 앤디의 탈옥 후 소장이 앤디의 성경책을 펼쳐 볼 때 보여지는 '출애굽기' 등은 아이러니컬하게도 극의 전개와 맞아떨어지고 있다. 교도소 내 도서실에서 도서 분류작업을 할 때 언급되는 듀마의 「몽테크리스토 백작」 역시 앤디가 나중에 탈옥을 결행할 것의 암시이자 예고가 되겠다. 쇼생크 감옥이라는 끔찍한 공간 속에 유폐된 죄수들은 단지 부정적 시각에서만 비춰지는 것은 아니다. 비록 그들이 유죄가 확정된 죄수들이라고 하더라도, 그들 또한 교도소 밖 사람들과 별반 차이가 없는 하나의 인간이란 존재로서 비추어지고 있기도 한 것이다. 범죄자들을 격리수용하고 있는 이곳 교도소에서 우리들 인생의 의미를 찾아보는 일은 얼마든지 가능하다 할 것이다. 50년 이상을 교도소에 수감된 상태로 흘려보낸 브룩스를 통해 우리들은 길들여진다는 것의 비애와 무서움을 간파할 수 있다. 그는 영화 속에서 가석방으로 출소하지만, 사회에 적응하지 못하고 끝내 자살하고 만다.

V. 법과의 관련성

형사재판이란 인간이 저지른 범죄에 대해 사회질서의 유지와 사회정의를 구현할 목적으로 법에서 정하고 있는 일정한 형벌을 부과하는 절차를 일컫는다. 하지만 재판 또한 인간이 하는 일이라 어쩔 수 없이 한계를 드러내기 마련이다. 검찰 측과 변호인 간의 날카로운 공방 끝에 실체적 진실이 규명되기도 하고, 때에 따라서는 영화 속 앤디처럼 살인죄의 누명을 뒤집어쓰기도 한다. 현실적으로 재판관은 전지전능한 신이 아니다. 여기에서 인간에 의한 재판의 한계가 비롯되는 모순이 생기는 것이다. 이는 곧 재판관일지라도 진실을 왜곡할 가능성을 원천차단하거나 배제할 수 없으며, 따라서 실체적 진실을 찾아내는 데 원초적인 한계를 갖고 있음을 직시해야 할 것이다. 그렇다면 법관은 만에 하나라도 억울한 누명을 쓰고 수형생활을 하는 이가 생기지 않도록 실체적 진실의 발견과 국민 한 사람 한 사람의 인권보호를 위해 최대한의 노력을 경주하여야 할 것이다. 우리나라의 형사소송법은 법원의 오심 내지 오판에 대해 재심이라는 비상구제절차를 마련해 두고 있다. 즉 판결이 확정된 다음에 그 재판이 잘못되었음을 인정할 만한 일정한 사유가 있는 경우에는 원심법원에 재심을 청구할 수 있다(형사소송법 제420조). 진범이 따로 있다는 사실이 밝혀진 경우가 대표적인 경우라고 할 것이다. 유죄의 선고를 받은 자나 그 법정대리인은 물론 그가 사망한 경우에도 배우자, 직계친족 또는 형제자매가 재심을 청구할 수 있으며(같은 법 제424조), 시기에도 제한을 두고 있지 않다. 형의 집행을 종료하거나 형의 집행을 받지 아니하게 된 때에도 할 수 있다(같은 법 제427조).

다음으로 교정행정의 문제점에 관해 간단히 살펴보기로 하자. 영화 속에서 무려 50년간 수형생활을 하고 백발의 노인이 되어 출소한 브룩스는 슈퍼마켓에서 일하기도 하지만, 사회적응에 실패하여 끝내 자살로

생을 마감하고 있다. 레드 또한 40년의 수형생활을 끝내고 가석방으로 출소하여 사회적응을 위해 나름 노력해 보지만, 제대로 적응하지 못하고 이런저런 갈등을 겪는다. 이는 오랜 수형생활로 인한 사회와의 격리가 불러오는 적응력 부족이 원인이라고 안이하게 단정할 수는 없을 것이다. 오히려 교정당국이 교도소 수용자들로 하여금 사회변화에 제대로 적응해 나갈 수 있도록 체계적이고도 효율적인 교정행정을 시행함에 있어서 소홀함이 있었음의 반증이라 할 것이다.

앤디는 같은 남성 죄수들로부터 집단 성폭행과 무자비한 폭력을 당하고 있다. 이는 교도관의 감시 소홀을 틈탄 수용자들 간 폭력 등 범죄에 대한 교도소의 방관과 묵인이 얼마나 인간을 비참하게 만드는지를 여실히 보여 준다. 아울러 앤디가 교도소 내 도서실 업무를 보조하면서 사회단체에 편지를 보내 도서를 확충하여 재소자들로 하여금 여가시간을 활용케 한다든지, 음악을 들려줌으로써 수형자들의 마음에 감동을 불러일으키게 하는 행위들은 강제와 통제만이 아닌 정서를 고려한 교정행정이 재소자들의 순화에 더욱 효과적이라는 사실을 보여 준다. 그렇다면 바람직한 교정행정은 범죄의 재발을 막고, 출소자들로 하여금 사회에 원만하게 적응할 수 있는 의지와 능력을 최대한 키워 주는 방향이 될 것이다.

Ⅵ. 현실에의 반영

1997년 연초 강도치사죄로 부산교도소에 수감중이던 무기수 신창원

이 교도소를 탈출했을 때, 그의 거동이 영화 「쇼생크 탈출」과 너무도 흡사하다 하여 한동안 세인들의 관심사가 되었고, 이른바 '신창원 신드롬'이 유행하였다. 그는 수사당국의 포위망을 요리조리 잘도 빠져나갔다. 동에 번쩍 서에 번쩍, 축지법이라도 쓰는 듯 유유자적 신출귀몰하였다. 홍길동이 따로 없었다. 심지어 그가 경찰에 잡히지 않길 은연 중 바라는 이들도 있었다. 체포되었을 당시 그가 입고 있었던 알록달록한 상의셔츠가 한동안 백화점에서 불티나게 팔려나가기도 했다. 이 같은 특이한 현상이 시사하는 바는 과연 무엇일까? 우리사회는 어쩌면 흉악범인 신창원을 「쇼생크 탈출」에 나오는 앤디처럼 현실의 고발자 또는 영웅으로 대접하고 싶었던 것은 아닐까? 하지만 신창원의 탈옥사건을 이 작품과 같은 맥락에서 보아서는 안 될 것이다. 우리들은 「쇼생크 탈출」을 통해 현재 대한민국의 교도소에도 앤디와 같은 입장의 억울한 수형자가 존재할 수 있는 개연성을 살펴보아야 할 것이다. 그리고 그들이 받는 고통을 무엇으로 보상할 수 있을 것인지를 세밀히 따져 보아야 할 것이다. 무엇보다도 오심을 줄이기 위한 합리적이고도 타당한 제도와 장치의 개발과 시행을 위한 사법당국의 부단한 노력과 자기성찰이 절실히 요구된다 할 것이다.

Ⅶ. 맺으며

진실은 반드시 밝혀지기 마련이라고 한다. 하지만 실체적 진실을 발견하는 과정에서 적법절차의 준수나 인권의 보장이 확보되지 않게 된다면, 실체적 진실의 발견은 그 본연의 의미를 잃는다고 할 것이다. 이들 두 가지 이념의 적절한 조화와 균형이야말로 형사소송절차에 있어서 가장 중요한 요소라 할 것이다.

그린마일

Ⅰ. 감독론·작가론

앞에서 본 「쇼생크 탈출」 편의 감독론·작가론을 참고하면 되겠다.

Ⅱ. 시대적 배경

이 영화의 배경은 1935년 대공황기 미국남부 루이지애나로, 세계역사상 가장 잔인했던 시기인 양차 세계대전의 중간에 놓인 시대다. 제1차 세계대전이 막을 내린 1920년대 이후 1930년대까지의 경제적 위기는 사회적 갈등과 정치적 혼란을 초래하였다. 유럽에서는 민주주의의 전망에 대한 부정적 시각이 지배적이었다.

이 시기의 특성으로는 국제적 대립과 전쟁위기의 심화, 국내정치의 불안정·부패·무능·비능률의 병리현상, 사회조직의 강화에서 오는 자율적 균형회복능력 상실, 정치적·사회적 집단 간의 충돌, 대량실업 및 직능적 조직으로부터 탈락한 사람들의 출현을 꼽을 수 있다. 이 같은 위기상황에서 사회혁명에 대한 불안이 싹트게 되고, 노동자들의 조직적 투쟁에 대한 프티부르주아의 반감도 거세어져 갔다. 게다가 지식인이나 기술자들의 허무주의 양상도 강해져, 전반적으로 정치나 사회사상 측면에서 회의와 절망이 증폭되고 있었다. 이러한 여건하에서, 제국주의 전쟁이 또다시 일어나지 않기를 염원하는 대다수 국가들은 권위적인 리더십에 대한 갈망이 싹트면서 새로운 정치체제의 모색 움직임이 일기 시작하였다.

정치·사회적 위기가 집중적으로 격화된 상황을 민주적 정당이 나서 수습할 능력과 지도력을 거의 상실한 상태였다. 이 틈을 파고든 파시스트 세력은 노동운동의 분쇄와 의회민주주의의 부정이라는 극우이데올로기를 기반으로 하였다. 프티부르주아 계층에 정치적 기반을 둔 파시즘운동은 반혁명과 전투적 조직으로써 단기간 내에 사회안정을 시도하였다. 경제적으로는 자본주의체제의 위기를 계기로 국가에 의한 강력한 경제통제·감독을 행하는 형태로 탄생한 혼합경제체제가 점차 고개를 들기 시작했다. 전후의 몰락한 경제위기 속에서 전통적 프티부르주아들은 점차 급진화되어 반자본주의적 성향을 띠기 시작했다. 노동자계급은 혁명적 이데올로기로 기울었다. 결론적으로, 영화의 배경이 된 이 시기는 양차대전의 중간시기로서, 정치적으로 불안했을 뿐 아니라 경제적으로도 대공황으로 인해 역사상 어느 시기보다도 어렵고 혼란스러웠던 시대였다.

Ⅲ. 작품의 줄거리

어빙 벌린의 「Cheek To Cheek」에 맞춰 행복한 미소를 띤 채 춤을 추는 두 남녀. 친구 앨런과 함께 영화 「Top Hat」의 한 장면을 보고 있던 폴 에지컴은 갑자기 울음을 터뜨린다. 60년 전 교도소의 간수장으로 근무하던 시절 자신의 삶을 송두리째 흔들어 놓았던 한 사형수와의 만남이 떠올랐기 때문이다. 폴은 앨런에게 오랫동안 가슴에 묻어 두었던 과거의 이야기를 들려주기 시작한다. 폴은 사형수 감방의 간수장으로 일하고 있다. 그가 하는 일은 평소 사형수들을 보호·감독하고, '그린 마일'이라 불리는 초록색 복도를 거쳐 그들을 전기의자가 놓여 있는 사형집행장까지 인도하는 것. 폴은 그 길을 걸어가 전기의자에 결박된 채 죽어간 많은 사형수들의 최후를 지켜보아 왔다. 폴은 그들이 형장의 이슬로 사라지는 순간까지 편안하게 지낼 수 있도록 나름 최선을 다한다. 그들을 위해 음악을 틀어 주기도 하고, 난폭한 사형수 와일드 빌의 공격적인 행동이나 무례한 태도에도 여유와 침착을 잃지 않으려고 애쓴다. 그러던 어느 날, 콜드 마운틴 교도소로 먼지를 일으키며 죄수 호송차 한 대가 들어서고, 존 커피라는 사형수가 이송되어 온다. 2미터가 넘는 키에 140 킬로그램이나 나가는 거구의 몸집을 가진 그는 쌍둥이 여자아이를 둘이나 살해한 흉악범이다. 하지만 어린아이 같은 순진한 눈망울에 겁을 잔뜩 집어먹은 그의 어리숙한 모습에, 폴은 당혹감을 느낀다.

「그린 마일」이 평범한 감옥영화가 아님은 영화 곳곳에서 드러난다. 감독은 에지컴이 커피의 초자연적인 힘을 경험하는 환상적인 플롯으로 관객을 이끌고 들어간다. 방광의 통증으로 쓰러진 폴을 들어 올려 감방의 쇠창살에 밀어붙인 후 커피는 그의 가랑이를 움켜쥔다. 폴에게 입김을 불어대자, 기이하게도 폴은 그 즉시 방광의 통증이 가신 것을 느낀다. 폴이 커피의 신비로운 기적의 능력을 발견하고 나서부터 영화는 여러 가지 이야기를 병행시킨다. 인디언 사형수의 처형장면을 상세히 묘사함으로써 전기의자에 의한 사형집행의 끔찍함을 보여 준다. 초췌한 모습의 백인죄수 델라크로아는 감옥 안에 기거하는 생쥐와 사귀어, 그것을 보살피는 재미로 소일한다. 그는 언제 그린 마일을 걸어서 통과할지 모르는 신세다. 비정한 교도관인 퍼시가 밟아 버린 생쥐를 커피가 회생시킨다. 새로 들어온 죄수 윌리엄은 미친개 같은 거동으로 그린 마일의 분위기를 험악하게 조성한다. 한편 점잖고 인간적인 교도소장의 암으로 죽어가는 아내는 폴과 동료들로 하여금 커피의 초능력에 대해 확신을 갖게 하는 플롯의 도구로 활용된다. 다라본트 감독은 긴 시네마의 여정을 통해 자신의 특기인 캐릭터 개발과 기운찬 구성의 철저함에 접근한다. 폴의 선한 행위는 물론, 동료들 각자의 모습과 심지어는 죄수들까지도 관객들이 좋아하거나 혹은 싫어할 수 있도록 조명의 밝기를 조절한다. 커피가 무죄라는 사실을 관객들은 늦지 않게 감지해 낼 수 있으나, 동시에 영화는 마지막에 커피가 전기의자를 향해 발걸음을 옮겨 가야 할 운명을 피할 수 없게 될 가능성 또한 배제하지 않는다. 감독은 스토리를 따라가는 관객들로 하여금 감정의 기복을 경험할 수 있도록 이

끈다. 어떤 장면에서는 숨을 죽인 채 잔뜩 긴장하게 만들고, 또 어떤 때는 안도의 한숨과 함께 애처로이 화면을 주시하게도 만든다. 그래픽으로 표현되는 호러적인 장면들 또한 섬뜩하게 만들기에 충분하다. 감독은 양극의 인간을 묘사하여, 과연 누가 인간의 삶과 죽음을 결정지을 수 있는가 하는 의문을 던진다. 커피의 사행집행 날짜가 다가오면서, 영화는 종교적인 색채로써 영적인 의미를 집어넣는다. 기적이라는 매체의 휘장 속에 죄의식과 용서, 그리고 직업적인 임무 등을 균등하게 다룬다. 영화의 효과를 상승시키기 위해 다른 일면으로는 그러한 요소들이 편리하게 이용되기도 한다. 장시간 지루하지 않게 관객을 집중시키는 감독의 내레이션 기술을 칭찬할 만하지만, 좀 더 타이트하게 편집이 되었어도 메시지를 전달하는 데 별다른 문제가 없었을 것으로 여겨진다.

Ⅳ. 법과의 관련성

「그린 마일」을 법적인 관점에서 볼 때, 문제되는 부분은 크게 세 가지 경우로 나눠 생각해 볼 수 있겠다. 첫째로는 살인범행을 뒷받침할 만한 확실한 증거가 없는 상태에서 극형인 사형을 선고할 수 있겠는가 하는 점이다. 사형제도는 이를 통해 사회질서를 확고하게 유지해 나갈 수 있고, 잔인한 방법이긴 하나 간단한 집행방법의 실시를 통해 최대한의 범죄예방적 효과를 기대할 수 있다고 말해진다. 하지만 집행 이후 뒤늦게 재판이 오심이었음이 드러나게 되는 경우, 인권보호 차원에서 심각한 문제에 봉착할 수밖에 없다. 일단 형장의 이슬로 사라진 사형수의 보호

되어야 할 인권은 현실적으로 그 어디에서 어떠한 방법으로도 보호받거나 보상받을 수 없기 때문이다. 오심을 막기 위해서는 우선적으로 재판부의 증거법칙의 엄격한 적용을 통한 철저한 심리와 신중한 판단이 요구된다 할 것이다. 수사기관 또한 수사의 전 과정을 통해 억울하게 누명을 쓰는 피의자가 생기지 않도록 심혈을 기울여야 하겠다. 최근 재심을 통해 무죄를 선고받은 삼례슈퍼마켓 강도살인사건의 세 젊은이의 경우를 보면, 수사기관의 강압수사와 부실수사가 빚어낸 어처구니없는 결과가 개인은 물론 민주사법제도에 대한 국민들의 신뢰에 얼마만큼 큰 악영향을 미치게 되는지를 분명하게 알 수 있다 할 것이다. 사형수 오휘웅 사건에 관해서는 이미 앞에서 거론한 바 있다.

둘째, 교도소 내에서의 가혹행위와 관련한 문제다. 교도관들에 의한 수용자 가혹행위와 수용자들 상호 간에 벌어지는 폭력행위로 나눠 볼 수 있겠다. 교도행정의 체계가 잡히고 수형자들의 의식과 교육수준이 향상됨에 따라 수형자들 간 폭력이 많이 줄어들었다. 근절되었다고 단언하는 이들도 있긴 하다. 하지만 그곳 세계도 역시 사람들이 모여 사는 곳인지라, 예상치도 못한 별별 일들이 일어나기 마련이다. 교도소 내에서의 수형자 간 폭력 등 행위는 그 자체로서 하나의 범죄다. 마땅히 처벌되어야 한다. 교도관에 의한 가혹행위는 밖으로 쉽게 드러나지 않는다. 내부규정을 위반하거나 교도관들의 지시에 고분고분하지 않는 수형자들에 대해 계구를 채워 징벌방에 따로 가두거나 구타하는 등의 방법으로 가혹행위가 행해져 왔다. 과거 5공 시절 청송감호소 내 징벌방에 거꾸로 매달린 상태로, 새벽안개가 피어오를 무렵 홀로이 허망하게 죽어간 경상도 출신 청년이 있었다. 사망 당시 그의 육신은 여기저기 피멍든 상처로 얼룩져 있었다. 그의 죽음과 관련된 이런저런 의혹들은 여태껏 그의 시신과 함께 땅 속 깊이 묻혀 있다.

셋째, 원론적인 문제로서 사형제도 존폐에 관한 문제이다. 사형제도의 문제가 형식적인 학문상의 논쟁이 아닌, 그 존폐여부가 끊임없이 대립하고 있는 것은 단순히 형벌의 종류가 아닌 고귀한 인간의 생명권과 직결되고 있기 때문이다. 20세기를 거쳐 21세기로 진입한 현재의 사형에 관한 이론은 응보형주의와 일반예방주의보다는 목적형주의, 특별예방주의 및 교육형주의의 추세로 나아가고 있다. 또한 형벌 본질상의 문제로서 범죄인의 재사회화가 형벌정책상 크게 중시되고 있는 현실임에 비추어 볼 때 사형의 본질은 다시 한번 제고되어야 할 것이다.

사형폐지론은 1977년 12월 국제사면위원회가 "사형제도는 극도로 가혹하고 비인도적이며 모욕적인 형벌임과 동시에 생명권을 침해하는 제도"로 규정한 뒤, 사형제도를 무조건적으로 반대한다는 이른바 '스톡홀름 선언'을 발표하면서 전 세계적인 주목을 받기 시작했다.

V. 맺으며

집행될지 안 될지, 집행된다면 그게 언제일지 현재로서는 도저히 감을 잡을 수 없는 사형수에게 교도소 측이 「그린 마일」 영화를 틀어 주겠다고 하자, 사형수는 이렇게 대꾸한다. "고맙긴 하지만, 됐다. 그 대신 「쇼생크 탈출」을 틀어 달라."

의뢰인

Ⅰ. 감독론·작가론

이 영화는 존 그리샴(John Grisham, 1955-)의 베스트셀러 원작 「의뢰인(The Client)」을 조엘 슈마허(Joel Schumacher, 1939-) 감독이 영상으로 옮긴 법정휴먼드라마다. 조엘 슈마허는 1939.8.29 미국 뉴욕 주에서 태어났다. 어려서부터 영화광이었던 슈마허는 뉴욕 파슨스디자인스쿨에서 디자인과 디스플레이를 전공한 후 CF촬영에서 미술감독으로 일했다. 우디 앨런의 도움으로 1973년 영화의상담당으로 영화계에 발을 디뎠다. TV광고미술분야에서도 일했다. 1974년 TV영화 「버지니아 힐 스토리」를 연출하였으며, 「세차」를 비롯하여 여러 편의 시나리오를 썼다. 1980년대 초반 데뷔작 「줄어든 여자」를 필두로 「DC택시」를 발표하여 코미디 영화부문에 재능을 발휘하였다. 여러 작품을 연이어 발표하였다. 1993년 「폴

링 다운」을 발표하여, 그가 만든 최고의 작품이라는 찬사와 함께 인종차별 이데올로기를 담은 폭력영화라는 비판을 받기도 했다. 이듬해 적절한 캐스팅과 긴박감 넘치는 사건전개를 다룬 존 그리샴 원작의「의뢰인」을 선보여, 다양한 장르의 영화에 뛰어난 재능을 가진 헐리우드 감독이라는 명성을 얻었다. 그가 감독한 대표작으로「유혹의 선」,「폰 부스」,「타임 투 킬」,「오페라의 유령」,「로스트 보이」,「배트맨 3: 포에버」,「배트맨 4: 배트맨과 로빈」 등이 있다.

존 그리샴은 1955년 아칸소 주에서 태어났다. 그는 미시시피주립대학에서 회계학을 전공한 후 같은 대학 로스쿨을 졸업했다. 변호사 시험을 합격한 후 미국 남부의 테네시 주에서 평범한 변호사로 활동하던 중 소설가로 변신했다. 어렸을 때 꿈은 또래 아이들처럼 메이저리그 홈런왕을 지향하는 프로야구 선수였다. 커 가면서 자신에게 그런 능력이 없음을 직시하곤, 법조인으로 진로를 바꿨다고 알려졌다. 어느 날 법정에서 강간 피해자로 증언대에 서게 된 12세 소녀와 관련된 암담한 판결을 목도하게 된다. 만약 그 소녀의 아버지가 비인간적인 판결에 불복해 법정에서 강간 피고인을 직접 처단한다면 어떻게 될까? 이런 상상을 전제로 스토리를 구상한 끝에 발표된 소설이 그리샴의 처녀작인「타임 투 킬」이다. 1989년에 발표된 이 소설은 신인작가의 첫 작품이라고 보기에는 믿기 어려울 정도의 탁월한 작품성과 완성도로 인해, 장차 대형 베스트셀러 작가의 가능성을 보여 주었다. 이를 계기로 그리샴은 본격적인 전업작가의 길로 들어선다. 그가 처녀작을 탈고한 즉시 작업에 들어간 작품이「The Firm」. 그는 이 책으로 1991년 전미베스트셀러 1위에 오르는 저력을 과시했다.

60만 달러라는 거액에 판권을 파라마운트사에 넘기며 본격적으로 헐리우드에 입성하게 된다. 이듬해인 1992년에 「펠리컨 브리프」로 전미베스트셀러 차트에서 2년 연속 1위를 차지하면서, 그리샴은 「타임 투 킬」에서 보여 준 가능성을 현실에서 입증하기 시작한다. 그 후 해마다 한 작품씩을 발표하는 왕성한 필력을 과시한다. 「의뢰인」, 「가스실」, 「레인 메이커」, 「사라진 배심원」, 「파트너」, 「거리의 변호사」, 「유언」 등이 그것들이다. 그는 이로써 명실공히 전 세계 대형베스트셀러 작가군단에 이름을 올리게 된다. 존 그리샴의 전공분야가 법이고 변호사임에도 불구하고, 작가로서의 그리샴은 사람에 대한 애정에 바탕을 두고 작품을 쓰고 있다. 바로 이 점이 그리샴의 작품이 전례를 찾아보기 힘들 만큼 광범위한 독자층을 확보하게 해 주는 이유가 된다고 할 수 있을 것이다.

Ⅱ. 작품의 줄거리

성격파 배우 수잔 새런든, 「도망자」에 출현했던 토미 리 존스, 5천 대 1의 경쟁을 뚫고 아역으로 발탁된 브래드 렌프로가 개성적인 연기를 펼치고 있다. 존 그리샴 소설의 가치를 완벽하게 보존시킨 영화이고, 관객을 사로잡은 영화라는 평을 듣기도 했다. 영화 「의뢰인」이 관객에게 어필하는 요소는 바로 강하고 대담한 소년 마크와 상처와 인간적인 모습이 뒤섞인 여자변호사 레지의 갈등과 사랑이라 하겠다. 마크 스웨이(브래드 렌프로 분)는 엄마의 담배를 몰래 훔쳐 동생 리키와 함께 산으로 가게 된다. 그곳에서 담배를 피우던 중, 마크와 리키는 한 남자의 자살시도 장면을 목격하게 된다. 가스통과 호스를 연결해 가스중독으로 죽으려던 그 남자를 방해하다가, 결국 마크는 그에게 붙잡힌다. 자살을 기도한 이는 제롬 클리포드라는 이름을 가진 베리 몰다노의 변호사. 베리 몰다노는 상원의원인 보이 보예트를 실종케 한 혐의를 받고 있는 마피아였고, 그는 제롬 클리포드의 의뢰인이었다. 제롬은 보이 보예트의 사체가 자신의 보트창고에 있다는 엄청난 비밀을 마크에게 얘기했고, 이 사실을 마크도 알게 되었으니 자신과 함께 죽어야 한다는 것이다. 그는 곧장 마크를 죽이려고 한다. 옥신각신하는 과정에서 마크는 제롬의 총을 만지게 된다. 이것이 이후 총이 제롬과 함께 차 안에 있었다는 증거가 된다. 마크는 천신만고 끝에 현장을 벗어나 탈출하는 데 성공한다. 마크를 추격하던 제롬은 마크와 리키가 숨어 있는 곳 가까이에서 총을 쏴 자살한다. 총성을 들은 동생 리키는 그 충격으로 실어증에 걸린다. 마크는 경찰에게 자신은 죽어 있는 제롬의 시체만을 발견했을 뿐이라고 둘러댄다. 경찰이 진실을 밝힐 것을 집요하게 요구하며 다그치자, 마크는 여자변호사 레지 러브(수잔 새런든 분)를 찾아간다. 자신이 장차 위협을 당할 거라는 생각에, 그는 그녀에게조차 진실을 말하지 않는다. 마크가 제롬으로부터 무슨 얘기를 들었는지 알아내기 위해 사건 해결 능력이 탁월한 뉴올리언즈 지방검사인 로이 폴트리그(토미 리 존스 분)가 찾아온다. 그는 사건 해결 그 자체보다는 그 과정에서 높아질 자신의 명예나 혹은 출세에 더 관심이 많다. 소년의 입을 열기 위해 회유와 협박 등 온갖 수단을 다 동원한다. 마크는 그야말로 늙은 고양이 앞의 쥐 신세다. 마크의 입을 봉하기 위해 마피아 킬러가 등장해선 어린 소년을 위협한다. 여변호사 레지 러브는 마크를 보호하기 위해 철저하고도 헌신적으로 도우려 한다. 변호사를 떼어 놓기 위해, 폴트리그 검사는 마크에게 그녀가 한때 마약·알콜 중독자였음을 폭로한다. 어른들의 고단수 셈법을 알아챌 리 없는 소년은 레지에게 크게 실망한다. 그녀 앞에서 해임하겠다고 소리지르기까지 한다. 하지만 두 사람은 서로의 과거를 얘기하면서 상대방을 이해하게 된다. 그리하여 깨졌던 신뢰를 다시 회복해 간다. 마피아 조직에 의해 마크네 트레일러가 불타고, 마크는 폴트리그에 의해 신변보호라는 명목하에 구금당하게 된다. 이때는 레지가 이미 마크와 관련한 비밀을 모두 안 상태였다. 폴트리그는 미궁에 빠진 채 갑갑해 한다. 마크는 구금시설 안에서 쪼그려 뛰기를 통해 심장박동수를 늘린다. 혼수상태를 가장하여 교도관을 속여 넘기곤 병원으로 이송된다. 병원을 몰래 빠져나오던 마크는 자신을 위협하던 마피아와 조우하나, 지혜롭게 위기를 모면한다. 마크의 행방불명으로 어수선하던 레지에게 마크의 전화가 걸려 오고, 두 사람은 다시 만나게 된다. 둘은 차를 타고 피신한다. 마크는 시체가 숨겨져 있는 곳으로 가자고 고집을 부린다. 마크가 제롬의 보트창고로 들어간 얼마 후, 시체를 옮기려는 마피아 일당이 들이닥친다. 이들의 눈을 피해 그곳을 빠져나가던 마크는 마피아에게 들키고 만다. 우여곡절 끝에 레지와 힘을 합쳐 베리 일당을 따돌리고 위험에서 가까스로 벗어난다. 폴트리그에게 시체가 숨겨진 장소를 알려 주는 대가로, 레지는 마크와 그 가족들의 신변안전을 보장받는다. 마크와 레지가 작별인사를 나눈다. 마크의 가족은 피닉스로 떠난다.

Ⅲ. 작품의 분석

소설「의뢰인」은 성장소설을 빙자한 추리소설이든지, 아니면 그 반대성격의 것 중 하나일 것이다. 위험하지만 흥미진진하고, 기발하지만 상식을 벗어나지 않는 이야기는 주인공 마크 스웨이가 수임의 대가로 변호사에게 교부하는 1달러짜리 지폐에 그려진 조지 워싱턴의 이른바 미국정신에 대한 꿈과 현실 사이의 모순에서 출발한다. 법정은 더 이상 선과 악을 가리는 장소가 아니다. 수사 담당자는 사건해결을 출세의 수단으로 생각한다. 그리고 마피아는 합법화되었다고 보아도 지나치지 않다. 사자와 여우들 사이에서 마크가 살아남으려면 어른들 세계에 들어가 홍정을 해야 한다. 존 그리샴은 이미 소설 속에 충분한 장치를 해 놓았다. 조엘 슈마허 감독은 원작에 새로운 것을 거의 보태지 않았다. 두 연기자 토미 리 존스와 수잔 새런든은 스타는 아니지만, 활기차게 드라마 전체를 휘저어 놓는다. 그들은 지나치게 전문적인 법률용어들을 들먹이지 않으면서도, 법정주변을 맴돌며 싸우는 방법을 알고 있다. 그렇다면 과연 누가 이길 것인가? 헐리우드의 정답은 간단하다. 법전의 구절을 로맨틱하게 해석하는 자가 이기는 것이다. 주인공 마크는 미혼모 어머니와 이혼한 변호사 사이에서 살인사건에 쫓기며, 비로소 두 여인의 아픔을 이해한다. 거기서 진지한 해결의 모색은 없지만, 이른바 결손가정에서 자라는 소년의 예민한 심리상태가 덧붙여진다. 그러나 감독 슈마허는 여기서부터 자신이 찍고 있는 영화가 무엇인지 잊어버리곤 서둘러 결론을 맺는다. 마크와 가족들은 수사에 협조하는 대신 증인보호 프로그램에 따라 전혀 다른 장소에 가서, 전혀 다른 이름으로, 전혀 다른 형태의 삶을 보장받는다. 사건이 해결된 듯하면서도, 현실세계에서 해결된 것은 아무것도 없다. 파렴치하기까지 한 검사는 계속 승승장구할 것이고, 마피아는 그 명성에 걸맞게 합법적으로 사업을 계속해 나갈 것으로 보여진다. 이것이야말로 현실에서 꿈에 이르는 헐리우드의 '현실보도' 프로그램인 것이다.

영화 속 인물들 중 레지 러브는 통상적인 변호사 이미지와는 거리가 느껴진다. 상처가 있지만, 따뜻한 인간적 감성의 소유자다. 사람냄새가 풍기며, 마크에게는 변호사라기보다는 오히려 푸근한 이웃집 아주머니 같은 존재로 다가선다. 마크 스웨이는 호기심과 모험심이 강한 소년이다. 외로운 법적 투쟁을 마다하지 않는 강인한 성격의, 어린이답지 않은 모습을 보여 주고 있다. 아버지에 대한 원망과 분노를 품고 있기도 하다. 로이 폴트리그는 사건 해결보다는 명성과 인기를 추구하는 데 훨씬 더 많은 관심을 쏟는 패기만만한 검사다. 주지사 출마를 염두에 두고 있다. 맡게 된 사건에 매달려 물불 안 가리지만, 집요한 성격에 이런저런 형태로 계략적인 측면들을 노출시키고 만다. 영화에 등장하는 판사 루즈벨트는 법의 근엄성과 법관으로서의 자존감을 제대로 드러내고 있다. 같은 법조인이면서도, 폴트리그에 비해 너무나도 정의롭고 또 검소한 태도를 보이기까지 한다. 소신껏 마크와 관련된 문제를 해결해 나간다. 레지에게도 객관적인 입장을 보인 그의 한마디가 여운으로 남는다. "의뢰인은 단지 의뢰인일 뿐이오."

이번에는 영화에 등장하는 변호사 둘을 비교해 보기로 하자. 레지 러브는 변호사에 대해 평소 부정적인 시각을 갖고 있는 이들에게는 약간의 혼란을 줄 만한 인물이다. 한마디로 인간적이고 다정한 변호사로서의 모습을 취하고 있다. 그러기 때문에 그녀의 경력이나 과거에 대한 왈가왈부에 상관없이, 정의롭고 신선하고 사람다운 냄새가 풍긴다. 그렇다면 제롬 클리포드는 과연 어떠한가? 마피아에게 보복당할 것을 두려워하여 자살한 변호사다. 마피아 두목을 위해 헌신하고서도, 마피아 내부비밀을 깊숙이 알게 되었다는 이유로 그들의 제거목표물 신세가 되고 만다. 변호사는 국민의 인권을 보호하고, 실체적 진실의 추구를 통한 정의실현을 그 사명으로 한다. 다른 한편 의뢰인이나 고용주(?)를 위한 대리인이거나 하수인이 되기도 한다. 결론적으로 작가와 감독이 이 두 변호사를 비교·대비시킨 의도는 법이 지향하는 궁극적 목표는 인간존중 내지 인간에 대한 이해라고 하는 기본적 이념을 부각시키기 위함이라고 할 것이다.

Ⅳ. 법과의 관련성

1990년대 중반에 강간죄로 복역한 20대 남성이 출소한 후 재판과정에서 자신에게 불리한 증언을 했던 직장상사의 집으로 찾아가, 마침 집에 있던 상사의 어린 아들과 함께 있던 이웃집 어린이 두 명을 살해한 끔찍한 사건이 있었다. 이른바 보복살인 범행이었던 것이다. 이 사건을 계기로 수사 및 재판과정에서의 참고인이나 증인을 보호할 수 있는 제도적 장치의 마련이 시급하다는 여론이 형성되었다. 공개재판의 원칙을 천명하고 있는 우리나라의 법체계상 범죄피해자나 증인의 신원이 대부분 노출될 수밖에 없으나, 이들에 대한 보호장치가 거의 없을 정도로 미흡하다. 재판부의 판단과 재량에 의거하여 필요할 경우 증인의 증언을 비공개로 하거나 아예 피고인까지 퇴정시킨 상태에서 진행하기도 하나, 이런 정도의 배려만으로 증인보호조치를 다했다고 할 수는 없겠다. 증인보호를 위한 법률제정 등 구체적인 입법노력이 절실히 요구된다 하겠다. 미국을 비롯한 선진국에서는 증인의 신변보호를 위한 조치 등 여러 형태의 증인보호대책이 시행되고 있다. 우리나라에서는 2010년대에 들어서서 「범죄 피해자 보호법」이 제정되었다. 이 법은 범죄피해자 보호·지원의 기본정책 등을 정하고 타인의 범죄행위로 인하여 생명·신체에 피해를 받는 사람을 구조함으로써 범죄 피해자의 복지증진에 기여함을 목적으로 하고 있다(제1조 목적).

여기에서 범죄피해자란 타인의 범죄행위로 피해를 당한 사람과 그 배우자(사실상의 혼인관계를 포함한다), 직계친족 및 형제자매를 말한다고 규정함으로써 보호의 범위를 확대하고 있다. 국가와 지방자치단체는 범죄피해자의 피해정도 및 보호·지원의 필요성 등에 따라 상담, 의료제공, 구조금 지급, 법률구조, 취업관련지원, 주거지원, 그 밖에 범죄피해자의 보호에 필요한 대책을 마련해야 한다. 범죄피해 구조금으로 유족구조금·장해구조금 및 중상해구조금을 규정하면서, 구조금의 지급절차와 방법 등에 관하여도 상세히 나열하고 있다. 이 법의 운용에 있어서 신축성과 탄력성이 요구된다 하겠다.

V. 맺으며

단돈 1달러도 가볍게 여기지 아니하고, 이런저런 위험과 위협에 굴하지 않고 현실과 인간을 제대로 직시할 줄 아는 여변호사의 안목이 진실과 진리만을 추구해야 하는 진정한 법조인의 상을 제시했다고 본다. 정의의 실현을 위해 수임료에 연연해 하지 않는 주인공의 인간애는 우리나라 법조계가 나아가야 할 바람직한 방향을 보여 주고 있다. 부디 바라건대 돈과 권력, 명예의 유혹 앞에 흔들리지 않고 꿋꿋하니 사회적 약자와 소수자들의 인권옹호와 권리보호에 헌신하는 법조인들이 많이 출현하길!

아미스타드

Ⅰ. 감독론·작가론

영화감독 스티븐 스필버그(Steven Spielberg: 1946-)는 미국 오하이오주 신시내티에서 태어났다. 아버지는 컴퓨터 설계 및 전기 기술자였고, 어머니는 클래식 피아니스트였다. 아버지로부터는 분석적이고 과학적인 사고를, 어머니로부터는 자유로운 예술가적 기질을 물려받았다. 유태인인 그의 가족은 유태인 거주지역이 아닌, 기독교도들이 많이 사는 지역으로 이사를 다녔기 때문에 스필버그는 늘 소외감을 느꼈다. 부모가 이혼했고, 이는 어린 그에게는 큰 충격이었다. 학교 다니는 것을 싫어했다. 그가 촬영한 필름을 편집한다는 핑계로 일주일에 한 번꼴로 학교에 가지 않았다. 좋지 않은 성적으로 고등학교를 졸업한 후 캘리포니아 주립대학교에 입학하였다. 대학시절에도 그의 영화에 대한 관심과 집착은 여전하였다. 전위적인 스타일의 영화들을 거쳐, 좀 더 프로다운 영화「엘블린」을 만들었다. 그의 재능을 간파한 '유니버설 필름 라이브러리' 직원인 척 실버의 소개로 TV제작담당 중역인 시드 샤인버그를 만났고, 이를 계기로 스필버그는 TV시리즈물 감독으로 많은 경력을 쌓을 수 있었다. 그가 극장영화감독으로 만든 첫 작품은「슈가랜드 특급」이었다. 이 영화는 비평가들로부터 좋은 평을 받았으나, 흥행에는 실패하였다. 그가 그 다음에 내놓은 작품은「조스」였다. 이는 블록버스터 영화시대의 서막을 알린 작품이다. 엄청난 흥행 성공으로 스필버그의 이름은 전 세계에 알려졌다. 이후 그는「이·티(E.T)」를 만들어 기존의 흥행기록을 다시 한번 깼다. 이로써 그는 상업적 흥행에 있어서는 누구도 따라올 수 없을 정도로 독보적인 지위를 차지하게 되었다. 그의 이름 앞에는 항상 '흥행의 귀재'라는 수식어가 따라다녔다. 하지만 아카데미가 그의 상업적인 성공을 시기한 탓인지, 그는 오스카상과는 별 인연이 없었다. 그런 서먹한 관계를 유지해 오던 중, 1993년 발표한「쉰들러 리스트」가 아카데미상 7개 부문 상을 휩쓸면서 그와 아카데미와의 악연은 사라지게 되었다. 그의 대표작으로는「딥 임팩트」,「라이언 일병 구하기」,「마스크 오브 조로」,「스타워즈: 스페셜 에디션」,「잃어버린 세계: 쥬라기 공원」,「맨 인 블랙」,「아미스타드」,「트위스트」,「캐스퍼」,「쥬라기 공원」,「후크」,「백 투 더 퓨처」,「레이더스」 등이 있다.

Ⅱ. 시대적 배경

인류의 역사가 법을 통한 인간해방의 역사였다고 본다면, 새로운 역사를 열기까지 장구한 세월에 걸쳐 법에 의한 인간의 지배가 계속돼 왔다. '위대한 자유의 문서'라는 미국연방헌법은 노예 출생 당시에 일정한 유예기간을 두고 노예매매를 금지하였을 뿐, 노예제 자체를 부정하지는 않았다. 흑인노예는 법적으로 재산일 뿐 사람이 될 수 없었다. 그러나 기이하게도 백인 대표자를 선출하기 위한 인구수를 산정하는 기초자료에 한정하여 백인의 5분의 3 가치를 가진 인간으로 간주한다는 매우 예외적인 문구를 자유문서의 한 구절로 남겼다. 흑인 노예가 재산이 아닌 인간의 신분을 얻기 위해서는 온전한 사람들의 '내분'이 필요했다. 피로 얼룩진 남북전쟁을 거친 후, 비로소 아프리카 출신 흑인들도 법적으로 사람임을 선언받게 된 것이다. 식민지 시대 미국은 노예제를 합법적으로 유지하고 있었다. 유럽 전역에 걸쳐 노예제는 상업적 동기로 널리 통용되고 있었다. 아프리카에서 조달한 노예를 거래하는 식민지 미국의 법과 관행은 영국으로부터 상속받은 코먼 로의 일부였던 것이다. 미국이 독립한 지 얼마 지나지 않은 1807년 연방법으로 노예의 매매를 금지시켰다. 일부 주는 연방정부가 출범하기도 전에 이미 노예제를 폐지하거나, 자기 주의 영토 내에 들어온 노예들을 정기적으로 해방시키는 조치를 취하기도 했다. 아미스타드 판결 당시 미국전역에 걸쳐 노예의 매매는 금지되었으나, 노예제 자체의 합법성 여부는 주마다 달랐다. 이 사건의 재판이 행해진 뉴욕과 코네티컷 주에서는 노예제가 이미 폐지된 상태였다.

Ⅲ. 작품의 줄거리

아미스타드는 스페인어로 '우정'이란 뜻이다. 하지만 아이러니컬하게도 아미스타드호는 원래의 뜻과 달리 아프리카 대륙에서 흑인들을 납치해 상인들에게 팔아먹는 스페인 노예무역선이다. 아프리카의 영국보호령인 시에라 리온 인근 해안에는 노예매매를 위해 축조한 유럽인 요새가 있다. 영국정부는 이러한 요새의 존재를 공식적으로 부인한다. 유럽의 노예상들은 공권력의 비호하에 포획한 아프리카 토인들을 신대륙에 노예로 팔아넘기고 있다. 멘데어권의 부족추장 씽케는 동료 부족민들과 함께 유럽인들의 마수에 걸려들어 졸지에 포획물의 신세가 된다. 짐승으로 매매된다. 포르투갈 선적의 악명 높은 노예무역선 테코라호에 실린 채 스페인령 쿠바의 아바나까지 운송되어 온다. 아프리카에서 납치된 이들은 고향과 가족들과 생이별한 채 대양을 횡단하는 긴 항해에 들어간다. 짐짝으로 부려진 이들 중 절반 이상이 항해 중 죽어 고기밥 신세가 된다. 겨우 목숨을 부지한 44명의 화물인간들은 웃돈을 치른 서인도제도 농장주에게 매각된다. 그리곤 노동현장으로 옮겨가기 위해 아미스타드호에 선적된다. 배 안에서의 이들에 대한 대우는 우정과는 전혀 상관이 없다. 단지 짐승이나 짐짝일 뿐이다. 도끼 등 무기를 손에 쥐고는 선상반란을 일으킨다. 항해에 필요한 두 명만 남기고, 스페인 선원들 전부를 잔인하게 학살한다. 태양을 가리키며 해가 뜨는 동쪽으로 가라고 명령한다. 살아남은 두 명의 백인선원은 흑인 노예들을 속이는 데 성공한다. 아프리카가 아닌 미국 코네티컷 주 영역에 진입한다. 식수를 구하기 위해 뉴욕 주 롱아일랜드 근처 섬에 접안하다가, 미국 해군에 의해 배가 나포된다. 이들 흑인의 지위와 법적 처리가 미국 사법부의 현안으로 떠오른다. 이들과 관련한 사건의 변론을 맡게 된 부동산전문 변호사 로저 볼드윈은 노예는 재산이라는 통념으로 안이하게 재판에 임한다. 재판이 진행되면서 서서히 그들의 인권에 눈을 뜨게 된다. 뉴 헤이븐 소재 연방지방법원의 판결이 있었고, 항소법원의 심리를 거쳐 1841년 연방대법원의 확정판결이 선고되기에 이른다. 자신의 의사와 전혀 상관없이 백인 노예상들에 의해 포획되어 신대륙에 노예로 팔려 왔던 기구한 운명의 흑인들에게 판결로써 허용된 것은 다름 아닌 자유였다. 인권보호를 위한 최후의 보루로서의 사법부가 깨어 있었고, 숭고한 정의가 두 눈 부릅뜬 채 살아 있었던 것이다.

Ⅳ. 작품의 분석

「아미스타드」는 4천만 달러의 제작비를 들여 미국 내에서 4천 4백만 달러의 흥행수입을 올렸다. 스필버그의 다른 흥행작들의 흥행실적에 비한다면, 신통치 않은 결과다. 이 영화는 스필버그의 다른 영화들에 비해 그리 큰 주목을 받지는 못했다.

이 영화는 아프리카 흑인들을 싣고 가던 스페인의 노예무역선 아미스타드호에서 실제 일어났던 사건을 소재로 제작되었다. 인간의 존엄성과 자유에 대해 진지하게 생각하게 한다는 점에서, 나치치하에서 수많은 유태인들을 구해냈던 인물 쉰들러를 소재로 만들어진 영화「쉰들러 리스트」와 맥을 같이한다고 할 수 있을 것이다. 아미스타드호에서 한

밤중에 느닷없이 벌어진 사건을 묘사하고 있는 도입부는 인상적이다. 영화는 누군가가 거친 숨소리를 내며 선창의 마루바닥을 손톱으로 긁는 장면으로부터 시작된다. 칠흑 같은 어둠 속에서 시커먼 손이 나무바닥에 박혀 있는 못을 힘겹게 빼낸다. 잠시 후 갇혀 있던 흑인들이 배 안에 있는 백인들을 죽여 나간다. 퍼붓는 빗속에서 전개되는 싸움 신은 그야말로 압권이다. 살아남은 백인선원 두 명은 그들을 아프리카 아닌 미국으로 인도한다. 결국 미해군 함정에 의해 나포된다. 선상사건의 주모자인 신케이는 미군에게 잡히길 거부하고, 고향으로 돌아가겠다면서 바다에 뛰어들어 헤엄쳐 나간다. 동쪽하늘에 떠 있는 해를 향해 헤엄쳐 가는 신케이의 모습은 애처롭기 그지없다. 법정에까지 노예제 옹호론자들이 몰려와 세를 과시하고, 노예해방 운동가인 죠드슨은 변호사 볼드윈을 지원한다. 연방법원은 연이어 그들에게 자유를 선언하나, 재선을 노리는 대통령의 지시에 따른 상고로 인해 연방대법원의 법정으로 심판무대가 옮겨 간다. 흐름의 불리함을 간파한 죠드슨은 전직 대통령인 존 퀸시 아담스를 찾아가 도움을 요청해, 다시 한 번 노예제 옹호론자들과 맞서게 된다.

자유와 태양을 향한 대장정이라는 미국건국신화의 계곡에는 검은 복병이 매복해 있다. 인종문제는 미국이 내세우는 도덕성에 치명적인 약점으로 작용한다. 세계의 경찰을 자처하면서 타국의 인권문제를 거론하고 나설 때마다 반문당하게 되는 약점이 바로 흑인문제이다. 「아미스타드」는 이렇듯 미합중국의 원죄인 흑인노예문제를 허먼 멜빌의 「베니토 세리노」 이래 고전적인 주제의 하나로 자리매김되어 온 선상반란과 함께 엮어, 미국사의 암실에 한 줄기 섬광을 끌어들인 작품이라고 평할 수 있다. 1841년 미국연방대법원은 유럽국가들의 노예거래에 대해 경종을 울리는 판결을 내렸다. 이 작품은 이러한 미국의 선구자적 업적을 영상으로 재조명하는 시도라 할 것이다. 전 유럽이 제국주의와 중상주의의 마녀가 되어 약소국들을 식민지화하고 착취하던 시절에, 적어도 미국의 법원만큼은 무엇이 진리이고 정의인가를 정확히 꿰차고 있었다는 자긍심을 맞춤하니 보여 준 영화라 할 것이다.

V. 법과의 관련성

자유라는 지극히 원초적인 정의를 되찾기 위한 법적 절차는 꽤나 복잡하고도 더디다. 연방검사는 아프리카 야만인들을 살인죄로 처벌할 것을 요구한다. 스페인 정부는 조약을 근거로 내세워 '화물'의 인도를 청구한다. 미국해군은 연방법상의 보상규정을 들어 재산의 분배를 요청한다. 농장주는 농장주대로, 이들이 막대한 대가를 지불하고 취득한 사유재산임을 주장한다. 이렇게 복잡하게 얽힌 이른바 문명세계의 법질서를 태양과 사막, 그리고 사자와 공생하던 순박하기 짝이 없는 아프리카인들이 이해할 리 없다. 판사라는 직책을 '추장'으로밖에 통역할 수 없는 안타까움이 있다. 하늘과 같이 높은 존재인 추장의 선언을 다시 심사하는 또 다른 추장이 있다는 이야기는 오로지 속임수로밖에 보이지 않는다. 검은 지도자 씽케와 미국 변호사들 간의 교감과정은 원시적 정의감이 제도적 이성과 단계적으로 결합해 가는 아름다운 모습을 보여 주고 있다.

법은 문화와 이성의 상징이다. 전직 대통령 존 퀸시 아담스가 연방대법원의 변론에 몸소 나선다. "법정에서는 사연을 가장 잘 전달하는 쪽이 이기는 법이다. 우리는 그들의 존재만 알고 있을 뿐, 그들의 사연은 전혀 모르고 있지 않은가?" 검사는 아프리카에도 노예제가 존재한다고 주장한다. 전쟁·부채 등 여러 가지 사유로 인해, 노예제는 세계 어느 구석에서나 보편적으로 존재하는 인간세계의 제도임을 역설한다. 이 같은 검사의 주장은 미국남부 주들의 정서를 고려한 연방정부의 정치적 발언으로서의 성격이 짙다. 전직 대통령이 자신이 임명한 판사들 앞에 선 것은 이 사건의 비중을 가늠케 하는 유력한 증거가 된다. 마치 대통령의 연두교서를 연상케 하는, 총 80여 페이지에 달하는 장문의 변론서는 그 자체로서 자유를 향한 하나의 위대한 문서로서 손색이 없다. 그의 변론은 건국의 아버지들이 미국적 이상에 호소함에 초점을 맞춘다. 대법원은 아미스타드호에 실려진 흑인들은 어느 나라의 법에 의해서도 자유인이었고, 이들은 불법적으로 납치되었기에 노예의 신분과 재산의 존재를 전제로 하는 법리가 적용될 수 없다는 요지의 판결을 선고하였다. 스페인 법에 의해서도 이들은 자유인이다. 불법적으로 납치·수송된 자유민이다. 이들이 잃어버린 자유를 되찾기 위해 행한 잔혹한 수단은, 유감스럽기는 하나 불가피했던 자구행위 아닐까? 이들의 선상반란은 '자연권'의 행사이자 정당방위라는 변호인의 주장을 재판부가 정면으로 수용한 것은 아니지만, 형사책임은 불문에 부치기로 한다.

영화와 법적 사실과의 부분적 차이는, 영화가 새로운 유형의 사료라면 기존의 사료를 해석할 정당한 권한의 범위에 속한다고 볼 수 있을 것이다. 재판을 통한 자유의 선사가 중심이 된 이 영화는 그러한 재판을 탄생시키는 사회의 갈등과 정치적 기류를 전달함을 소홀히 하지 않는다. 이 재판에 대해 미국주재 스페인 대사는 행정부 권력이 통제하지 못하는 법원은 자격이 없는 법원이라고 힐난한다. 이에 전직 대통령은 법원이 인형처럼 제 맘대로 갖고 놀 수 있는 장난감이 아니라고 일갈한다. 알렉시스 드 토크빌은 그의 명저「미국의 민주주의」에서 다음과 같이 말하고 있다. "미국에서는 조만간 소송으로 발전하지 않는, 이른바 '정치적 문제'란 존재하지 않는 것이나 마찬가지다."

Ⅵ. 맺으며

자연권은 어느 누구에 의해서도 침해될 수 없는 인간으로서의 고유한 권리다. 천부인권이 되겠다. 영화의 마지막 장면은 대포를 동원하여 문제의 요새를 폭파하는 작업을 지휘한 영국군 장교가, 그 요새가 애초부터 존재하지 않았음을 공식적으로 확인하는 의식을 거행하는 것으로 마무리되고 있다. 이는 위선의 우상이 파괴된 후에도 여전히 거짓과 위선이 판을 치고 있는 세상을 향해 작심 끝에 내리꽂는 명감독의 비수가 아닐까?

레인 메이커

Ⅰ. 감독론·작가론

프란시스 코폴라(Francis Coppola: 1939-) 감독은 미국 미시간 주에서 태어났다. 그의 부친은 음악가인 카마인 코폴라. 예술적 감성을 부친으로부터 이어받았다. 캘리포니아 주립대학교의 영화 관련학과에서 수학했다. 23세 때 「글러머 서부를 황폐하게 하다」를 발표했다. 시나리오 부문에서 두각을 나타냈다. 그에게는 이런 수식어들이 따라붙는다. 엉겅퀴를 붙인 곰, 재주꾼, 난봉꾼, 운 나쁜 인간, 몽상가, 가족을 중시하는 사람, 이상주의자, 제멋대로인 사람 등등. 캘리포니아 영화학교 출신으로 성공한 삼두마차 가운데, 유일하게 자신의 예술적 욕구를 따라간 인물이기도 하다. 조지 루카스는 테크닉의 장난감들과 함께 자신 속에 갇혀 버렸고, 스티븐 스필버그는 자신을 창조하기에는 너무나 심플한 구석이 있다. 그러나 코폴라는 「대부」를 만들었고, 진정 위대한 걸작인 「지옥의 묵시록」을 내놓았다. 이 영화들은 동시대의 다른 어떤 작품들보다도 치열한 문제의식과 고통을 담고 있다. 「패튼 대전차 군단」으로 아카데미 각본상, 「대부」로 아카데미 감독상을 수상, 깐느영화제 그랑프리도 2회 수상, 뉴 시네마 이후 미국영화의 선봉이 되어 온 거물이다. 영화감독 소피아 코폴라가 그의 딸이다. 대표작으로 「대부 2」, 「대부 3」, 「드라큘라」, 「도청」, 「아웃사이더」, 「럼블 피쉬」 등이 있다.

영화 「레인 메이커」는 존 그리샴의 소설을 원작으로 하고 있다. 존 그리샴에 관해서는 앞서 본 22편의 감독론·작가론을 참고하기 바란다.

영화에 출연한 배우들을 훑어보자면, 우선 풋내기 변호사 루이 베일러 역에는 멧 데이먼이 기용되었다. 보조 변호사인 덱 쉬플릿 역에 데니 드 비토, 그들의 우두머리 변호사 브루저 스톤 역에 미키 루크 , 상대방 변호사 레오 드러먼드 역에는 존 보이트가 각 캐스팅되었다. 주인공인 루디 베일러와 사랑하게 되는 여주인공 켈리 라이커 역으로는 클레어 데인즈가 등장한다. 재판장인 타이런 키플러 역에는 대니 글로버가 기용되었다. 그야말로 초호화판 캐스팅이라 칭할 수 있겠다.

Ⅱ. 작품의 줄거리

멤피스대 로스쿨을 갓 졸업한 루디 베일러는 아직 변호사시험을 패스하지 못했다. 하지만 일자리를 구하는 것이 급선무다. 그동안 아르바이트하던 술집 주인의 소개로 브루저 스톤 변호사 사무실에 일자리를 구하게 된다. 매달 1천 달러 이상 수입을 올리지 못하면, 그 부족액만큼 변상책임을 지는 조건이다. 루디가 가져온 사건은 로스쿨 워크샵에서도 다루었던, 부자 할머니의 유언장을 작성하는 건과 백혈병 환자를 대리하여 보험회사를 상대로 보험금을 청구하는 건이다. 루디는 그레이트 베니피트라는 대형 보험회사를 상대로 한 보험금 청구소송을 수임하곤, 승소할 경우 보험금 수령액의 3분의 1을 사례금으로 받기로 한다. 한편 돈 많은 노파는 자식들을 불신한 나머지, 2천만 달러가 넘는 유산 전부를 TV부흥사에게 기부하겠다고 밝힌다. 루이에게 유언장을 작성해 오라고 한다. 보험회사를 상대로 소송전을 치러야 하는 루디는 보험회사 출신의 노련한 덱 쉬플릿과 한 팀을 이룬다. 덱은 변호사 시험에 번번이 낙방한 까닭에 단지 법률보조원으로 일할 수 있을 뿐이다. 루디가 업무차 법원에 들렀을 때, 남편에게 야구방망이로 얻어맞아 중상을 입고 입원한 켈리 라이커의 모습을 보게 된다. 루디는 그녀의 모습에서, 끄떡하면 폭력을 휘두르던 아버지에게 얻어맞아 몸이 성할 날이 없었던 어머니의 모습을 발견한다. 수차의 만남을 통해 켈리를 동정하게 된 루디는 그녀에게 남편을 상대로 이혼소송을 제기하라고 권유한다. 그녀는 권유를 뿌리친다. 이혼소송을 제기하면 남편이 소송대리인인 루디부터 죽이려 들 것이라고까지 말한다. 마침내 루디는 변호사시험에 합격한다. 배심원 매수, 사기, 탈세 등 혐의로 FBI의 내사를 받아온 대표변호사 브루저 스톤의 신변에 불안을 느낀 덱과 루디는 독립하여 사무실을 차린다.

보험금 사건에서 노회한 1급 변호사 레오 드러먼드가 보험회사 측 소송대리인으로 나온다. 재판장에게 소각하 판결을 구한다. 루디의 소송대리인 자격에 관한 시비가 일단락되자, 이번에는 상대방 대리인이 재판장에게 5만 내지 7만 5천 달러의 합의금 액수까지 제시해 가며 화해를 유도한다. 재판장도 보험회사 측을 노골적으로 편드는 것 같아, 루디는 실망도 분노도 크다. 그런데 반전이 일어난다. 재판장이 급사하고, 인권 변호사 출신의 흑인판사가 그 사건을 이어 맡는다. 신속한 재판진행을 요구한 드러먼드 변호사는 판사에게 무안을 당하고, 원고의 진술을 듣기 위한 사전증거조사가 판사의 입회하에 실시된다. 보험회사를 방문해 이뤄진 데포지션(deposition)에서는, 기이하게도 원고 측에서 신청한 증인들이 모조리 회사를 그만둔 것으로 드러난다. 자신의 사무실이 도청되고 있음을 감지한 루이 측은 역정보를 흘린다. 배심원 선정 시 루디 측이 배심원들을 매수하려 시도했다고 주장하는 드러먼드 측을 곤경에 빠뜨린다. 배심원단이 구성되고 재판이 본격적으로 진행되지만, 루디의 미숙한 소송 진행은 사사건건 드러먼드에 의해 "재판장님, 이의 있습니다."라는 벽에 부딪치게 된다. 루디는 어느 비오는 날 켈리의 옷가지를 가지러 집에 갔다가 그녀의 남편과 맞닥뜨린다. 루디는 남편의 폭력행사에 맞서 야구방망이를 빼앗아 휘두르다가 그만 그를 죽이고 만다. 모든 사태를 스스로 감당하겠다며 켈리가 루디를 집 밖으로 내보내자, 루디는 자신의 무력함을 통감한다.

재판에서는 보험회사가 골수이식수술을 위한 원고의 보험금 지급신청을 여덟 번씩이나 거절한 것이 과연 정당하냐, 보험회사 측이 원고 측 증인으로 채택된 보험금 신청 접수담당자의 증언을 의도적으로 방해한 것이 아니냐가 쟁점이다. 실험적인 치료방법에 대하여는 보험회사가 보험금의 지급을 거절할 수 있다. 덱이 수완을 발휘해 이미 사직한 보험회사 담당자를 찾아내 증언대에 서게 하는 데 성공한다. 하지만 이를 그대로 보고만 있을 드러먼드가 아니다. 전직실무자의 증언내용은 회사의 홀대에 앙심을 품은 데서 나온 것이라 믿을 수 없고, 퇴사 시 회사의 업무편람을 들고 나온 것은 불법행위이므로 아예 증거능력이 없다고 탄핵한다. 루디 측은 보험회사 대표까지 증인석에 세워 보험회사가 가난한 사람들을 무더기로 보험에 가입시키지만, 보험금을 청구하면 갖은 핑계를 대가며 80퍼센트 이상 보험금 지급을 거절해오고 있음을 밝혀낸다. 루디는 이에 덧붙여 골수이식은 일반적인 치료방법으로 보험금 지급이 타당하다고 자체 분석한 보험회사의 내부문건을 공개한다. 결국 배심원들은 원고 측 승소를 평결하는데, 보험회사로 하여금 원고에 대한 20만 달러의 실질적 손해배상과 함께 5천만 달러의 징벌적 손해배상을 하도록 결정한다. 그러나 이것은 사실상 보험회사의 파산을 초래하는 결과가 되기에 이른다. 루디와 덱은 보험회사를 응징하는 역사적인 사건을 만들지만, 수임료를 한 푼도 건지지 못하게 된다. 루디는 정당방위가 인정되어 석방된 켈리와 함께 멤피스를 떠나기로 결심한다. 변호사가 때로는 본의 아니게 양심의 선을 넘기도 하지만, 승소를 위해 그 선을 자주 넘다 보면 아예 '더러운 물에 사는 상어'처럼 될 것이라고 믿기 때문이다.

Ⅲ. 작품의 분석

'레인 메이커'란 가뭄이 들었을 때 주술로써 비를 내리게 하는 인디언 주술사처럼, 부유한 고객으로부터 소송위임을 받아 승소판결을 끌어냄으로써 많은 수입을 올리는 법률회사의 스타 변호사를 일컫는 말이다. 「레인 메이커」는 법과 정의에 대한 차분하고도 냉정한 비판으로 시종한다. 법은 과연 정의로운가? 법은 약자들도 차별하지 않고 공평하게 대우하는가? 헐리우드 영화는 이 두 가지 질문에 회의적이다. 한 발 더 나아가 그 법과 법을 운용하는 인간들에게 경멸을 보낸다. 검사는 자신의 출세를 위해 법을 이용하고, 변호사는 그저 돈만 된다면 양심과 진실을 헌신짝 버리듯 내팽개친다. 영화는 그 속에서 절망하면서도, 순수와 열정으로 무장한 채 정의의 편에 서는 한 젊은이를 찾아낸다. 「데블스 애드버킷」에서 케빈(키아누 리브스)이 있었다면, 「레인 메이커」에서는 루디 베일러(멧 데이먼)가 있다. 이들에겐 공통점이 있다. 갓 로스쿨을 졸업한 가난한 풋내기 변호사다. 우연하게도 그들은 법에서조차 외면당하는 보잘것없는 사람들을 위한 변론을 맡게 된다. 상대방 측은 거대한 조직으로, 그 구성원들이나 또 그들이 선임한 소송대리인들은 교활하기 짝이 없다. 그러면서도 재판진행에 능수능란함을 유감없이 보여 준다. 필요하면 재판부도 속여 넘길 정도로 노회하다. 애초부터 도저히 상대가 되지 않을 것 같은 상태에서 싸움을 시작하지만, 어느 순간 반전의 계기가 맑은 하늘에 벼락 치듯 찾아온다. 이 공식에 가장 적합한 원작은 누가 뭐래도 존 그리샴의 소설이다. 「대부」, 「지옥의 묵시록」의 코폴라 감독으로선 이 영화가 싱거울 정도로 고전적이며, 또 차분하다. 격정도, 피를 뜨겁게 하는 비장미도 없다. 이제는 노년이 된, 세상의 이치를 꿰뚫어볼 수 있게 된 감독은 결코 흥분하지 않는다. 그저 조용하고 냉정하게 법과 인간의 관계를 비판할 뿐이다. 마치 인위적인 기교를 다 떨쳐버리고 고목의 등걸처럼 투박하고 고졸한 만년의 추사글씨를 대하는 느낌이라고나 할까.

Ⅳ. 법과의 관련성

법적인 관점에서 살펴볼 때, 이 영화는 데포지션이 무엇이고 어떻게 진행하는 것인가, 징벌적 손해배상은 어떤 경우에 명하는 것인가, 배심원들에 의해 결정된 손해배상의 액수를 상급심에서는 깰 수 없는가의 문제를 포함하고 있다.

우선 '디스커버리(증거의 개시)'라고 하는 미국소송법상의 증거조사절차를 이해할 필요가 있다. 이는 법정에서 정식으로 증거조사절차에 들어가기 전에 일방당사자가 상대방에게 자기가 알고 있거나 가지고 있는 것, 당해 소송의 쟁점에 관계되는 사실 및 증거를 내보이고 이를 열람시키는 행위를 말한다. 주로 원고와 피고가 증거조사 단계에서 자기에게 유리한 증거를 확보하기 위해 상대방에게 소송쟁점에 관한 질문서·서류제출요구서·사실인락요구서 등을 보내고, 상대방이 제출한 증거서류와 자료를 열람하거나 증인에게 선서시키고 질문도 할 수 있다. 이 중 특히 선서에 의한 증언을 '데포지션'이라 한다. 데포지션은 정식변론에 앞서 어느 한편 변호사의 사무실에서 진술자로 하여금 "진실만을 말하겠다"는 선서 또는 "진실과 부합된다"는 확약을 받고 진술한 것을 녹취한 서면에 선서를 시킨 사람(통상 법원서기가 담당)의 서명을 첨부한 것이다. 심문은 주로 상대방 변호사가 맡아 하고, 증인도 신청인 측 변호사의 도움을 받을 수 있다. 증언은 속기로 기록하거나 비디오로 녹화한다. 데포지션은 변호사 사무실에서 법관 없이 실시하고 쟁점에 대한 관련성이 훨씬 완화되어 있다는 점에서 법정에서의 변론과 구별된다.

미국에서 불법행위로 인한 손해배상 사건에 있어서의 평결은 책임의 존부와 손해배상의 범위로서의 배상액에 관한 판단이다. 즉 피고가 위법한 행위로 인하여 원고의 권리를 침해하였는가, 침해사실이 인정되는 경우 그로 인한 원고의 손해를 어느 범위에서 배상해야 하는가에 관하여 소박한 법관념을 가진 배심원들이 내리는 결론이다. 이 경우 피고에게 악의 또는 중대한 과실이 인정될 때에는 원고에 대한 배상과 더불어 백만 달러 이상 단위의 일벌백계식 손해배상을 명한다. 이를 징벌적 손해배상이라고 칭한다. 특히 제조물책임소송의 경우에 그 예가 많다.

끝으로 배심원들이 평결로 정한 손해배상액은 얼마나 확정적인지 살펴보기로 하자. 통상 12명으로 구성되는 배심원단은 원칙적으로 만장일치의 방식으로 결론을 도출하게 된다. 평결내용이 법과 증거에 반하는 경우 당사자의 신청에 따라 평결을 무시한 판결을 내릴 수 있는데, 이런 경우 외에는 재판부는 대체로 배심원단의 평결을 존중한다. 즉 재판부도 사실 발견자로서의 배심원들의 판단을 중시하는 것이다. 또한 특별한 사정이 없는 한 상급심도 제1심에서 정해진 손해배상액을 그대로 인정하는 추세가 강하다.

Ⅴ. 맺으며

이 영화는 존 그리샴의 다른 원작소설인 「The Firm」, 「Pelican Brief」와 마찬가지로, 주인공이 자신도 몸담고 있는 법조계에 환멸을 느끼고 소송실무보다는 가르치는 일이나 해 보겠다며 떠나는 장면으로 끝난다. 고백하건대 나도 십여 년쯤 전에 어느 대학으로부터 교수직을 권유받은 적이 있다. 학구적인 스타일도 못 되는데다가 능력도 부족한지라, 나로부터 배우게 될 학생들이 불쌍해질 염려도 없지 않아 정중히 거절한 바 있다. 그 대신 여러모로 출중한 동료를 추천하였다. 그는 현재도 대학 연구실의 불을 밝히고 있다. 나는 뭐하냐고? 썰렁한 사무실을 지키고 앉아, 언제 올지도 모르는 의뢰인을 기다리고 있는 중이다. 사색과 독서로 위안삼고 있는 사이, 세월의 수레바퀴는 잘도 돌아가고 있다. 그래도 「고장난 벽시계」를 섹소폰으로 연주하시는 이 학장님보다는 덜 늙었다. 이제부터라도 인생의 활력을 되찾을 만한 무언가를 찾아나서야 할까 싶다. 우선 신들메부터 고쳐 맨다.

참고문헌

단행본

· 강준만, 『마광수 살리기』, 중심, 2003.

· 권영민, 『한국현대문학사 1945-1990』, 민음사, 1993.

· 권영성, 『헌법학원론』, 현문사, 1999.

· 김기실, 『세계명작해설』, 기문사, 1991.

· 김동욱 외, 『현대소설사』, 현대문학사, 1990

· 김수복·양은창, 『한국현대소설 이해와 감상』, 한림출판사, 1997.

· 김영수, 『한국문학 그 웃음의 미학: 21세기 예술의 전략』, 국학자료원, 2000.

· 김화영, 『프랑스 문화 산책』, 세계사, 1994.

· 나영균, 『영미 여성소설의 이해: 제인 오스틴에서 앨리스 워커까지』, 민음사, 1994.

· 박형규 외, 『러시아 문학개론』, 제3문화사, 1998.

· 송면, 『프랑스문학사』, 일지사, 1982.

· 송하춘, 『1950년대 한국소설의 형성』, 나남, 1994.

· 송현호, 『한국현대소설의 해설』, 관동출판사, 1994.

· 윤정은, 『셰익스피어 비평연구』, 한신문화사, 1994.

· 이강은·이병훈, 『러시아문학사 개설』, 한길사, 1989.

· 이재상, 『형법각론』, 박영사, 1998.

· 이재상,『형법총론』, 박영사, 1999.

· 임종국,『친일문학론』, 평화출판사, 1993.

· 임헌영,『분단시대의 문학』, 태학사, 1992.

· 장정일,『펄프에세이: 작가 장정일의 문학탐색』, 하늘연못, 1997.

· 조동일 외 6인,『한국문학강의』, 길벗, 1994.

· 홍태식,『한국현대소설의 이해와 감상』, 문음사, 1994.

논문

· 권진영,『오셀로』의 주요 모티프의 기능과 의미, 계명대학교, 1999.

· 김덕중, 성 표현물 규제 정책에 대한 연구: 간행물의 성 표현을 중심으로, 서강대학교 언론대학원, 2002.

· 김상수, 오영수 소설 연구: 현실수용 양상을 중심으로, 목원대학교 대학원, 2001.

· 김연경,『까라마조프가의 형제들』에서의 낭만적 부정성(否定性)연구: 이반을 중심으로, 서울대학교 대학원, 1999.

· 김재훈, 음란성 개념 변화에 관한 연구: 대법원 판례를 중심으로-, 전남대학교 대학원, 2003.

· 남희진, 여성 성장 소설로서의 『제인 에어』, 숙명여자대학교, 1998.
· 문은주, 『마담 보바리』에 나타난 권태와 욕망의 분석, 중앙대학교 대학원, 2000.
· 문혜경, 선우휘 소설 연구: 의식의 변화 양상을 중심으로, 가톨릭대학교 대학원, 1996.
· 박필순, 이문열 소설의 폭력성 연구, 숭실대학교 대학원, 2011.
· 성수용, 김정한 소설에 나타난 인간상 연구, 경기대학교 교육대학원, 2000.
· 심일주, 이문열의 성장소설 연구: 「우리들의 일그러진 영웅」과 「젊은날의 초상」을 중심으로, 홍익대학교 대학원, 2007.
· 윤영심, 최서해의 탈빈궁계열 작품연구: 제재별 분석을 통하여, 성신여자대학교, 1997.
· 윤정화, 나도향 소설의 시공간 연구. 이화여자대학교 대학원, 1993.
· 이인아, 채만식 문학에 나타난 패러디 연구: 소설 작품을 중심으로, 중앙대학교 대학원, 2000.
· 이희정, 모파상의 환상소설에 나타난 공간분석, 한양대학교 대학원, 1997.
· 최상천, 마광수 교수사건, 대법원의 '유죄' 확정판결을 보고: 『즐거운 사라』가 증언하는 누더기 '자유민주주의', 사회평론, 1995.
· 최은경, 최서해 소설 연구: 소외 문제와 그 대응 양상을 중심으로, 전북대학교 교육대학원, 1999.
· 황명훈, 교실 내 권력의 문제를 다룬 소설 비교연구: 「아우를 위하여」, 「우상의 눈물」, 「우리들의 일그러진 영웅」을 비교연구함, 신라대학교, 2002.

문학과 법